KB245639

유랑, 이후

유랑, 이후

2013년 9월 30일 1판 1쇄 찍음
2013년 10월 8일 1판 1쇄 발행

지은이   최화성
펴낸이   손택수
기획   경상북도, (사)인문사회연구소
편집   이호석, 하선정, 임아진
디자인   김현주
관리 · 영업   김태일, 이용회

펴낸곳   (주)실천문학
등록   10-1221호.(1995.10.26.)
주소   우121-839, 서울시 마포구 서교동 478-3 동궁빌딩 501호
전화   322-2161~5
팩스   322-2166
홈페이지   www.silcheon.com

ISBN 978-89-392-0706-6 03810

이 책은 '경북의 혼을 찾아 떠나는 신실크로드,
해외동포정체성찾기사업3-독일 경상도 사람들'의 일환으로 제작되었습니다.

이 도서의 국립중앙도서관 출판시도서목록(CIP)은 서지정보유통지원시스템 홈페이지(http://seoji.nl.go.kr)와
국가자료공동목록시스템(http://www.nl.go.kr/ kolisnet)에서 이용하실 수 있습니다.
(CIP제어번호:CIP2013019121)

유랑, 이후

최화성 지음

떠나야 했던 사람들, 그 내밀한 삶의 기록들,

실천문학사

이주에 대한 사적인 기억으로부터

1

1976년

그는 중동으로 향하는 비행기에 몸을 실었다. 된장찌개가 끓어 넘쳐 냄비 뚜껑을 열려고 돌아서면 치맛자락이 타버리는, 좁장한 부엌이 딸린 방 한 칸에 20대 초반의 아내와 두 살짜리 딸아이를 남겨두고 말이다. 그는 서른을 갓 넘긴 청년이었다.

경상북도 군위에서 태어난 그는 일찌감치 대처大處로 나갔다. 운 좋게 항구도시에 있는 규모가 큰 제철 회사에 취직을 했고 또래보다 조금 늦은 나이에 결혼을 했다. 자식이 태어났지만 살림은 나날이 더 궁핍해졌고 사글세를 벗어날 수 없었다. 많이 배우지도 못했고 부모로부터 물려받은 재산도 없었고 도시에 이렇다 할 '빽'도 없었던 그에게 중동으로의 노동이주는, 가난을 벗어나기 위해 선택할 수 있는 유일한 방법이었다.

뜨거운 모래바람이 몰아치는 중동의 광활한 건설 현장에서 그는 집채만 한 지게차를 몰았다. 밤이 되면 공사 현장 구석에 거북이 등짝처럼 납

작게 웅크린 텐트에서 몸을 구기고 잠을 잤다. 모래바람이 텐트를 흔들며 그의 잠을 깨웠고 극한의 더위는 체내의 수분을 고갈시켰다. 그는 말도 통하지 않는 외국인들 사이에서 눈만 껌뻑거리며 순식간에 계란이 익어버리는 모래사막 위 텐트의 시간을 견뎠다.

1977년

항구도시에 남겨진 그의 아내는 이제 막 자궁에 착상한 태아의 존재를 알게 되었다. 그가 떠난 지 얼마 되지 않아서의 일이었다. 그녀의 태교는 외로운 정서와 빈곤한 살림이었는지도 모른다. 자궁 속 태아는 그녀의 결핍으로 점철된 감성을 거스르려 하기보다는 순순히 받아들였다. 바람에 휘갈기는 중동의 모래알갱이처럼 시간은 광폭하게 흘러 그녀는 만삭이 되었다. 그녀는 고작 스물넷이었다.

그녀는 경기도 이천에서 6남매 중 첫째로 태어났다. 일찍 돌아가신 아버지를 대신해 농사일을 도맡았고 열여덟 살에 도심의 봉제공장에 취직했다. 친척 집에 얹혀사느라 그 집 살림과 어린 조카들의 양육을 다해주며 공장에 다니던 중 그를 만나 결혼을 했다. 중동으로 가겠다는 그를 잡을 수가 없었다. 아이와 혼자 남겨지는 것보다 가난이 더 두려웠다.

산통이 시작된 어느 날, 그녀는 홀로 세 살 된 딸아이를 업고 어기적어기적 산부인과까지 걸어갔다. 그녀의 친정어머니는 농사가 바빴고, 도심으로 진출한 친척들도 평일 대낮에 직장을 팽개치고 달려와 줄 만큼 배짱이 두둑하지 못했다.

"아줌마, 죽고 싶어 환장했소!"

의사의 고함 소리가 들리지 않았다. 그녀가 진통을 하는 동안 세 살짜리 아이는 여자의 배 위에서 울었다. 여자도 울었고 마침내 태어난 아이도 울었다.

나는 그렇게 태어났다.

나는 태어나자마자 울기 시작해서 24시간 연중무휴로 울어댔다. 그녀가 속으로 삼킨 눈물을 모조리 머금었다 한꺼번에 터트리는 것만 같았다. 내 논스톱 울음 때문에 그녀는 밥 한 술 떠 넣을 겨를조차 없어 굶기가 일쑤였다. 단칸방 사글세 신세에 갓난쟁이가 쉼 없이 울어대는 것은 여간 난처한 일이 아니었다. 그녀는 저녁이 되면 세 살짜리 딸은 등에 업고, 나는 품에 안은 채로 새벽까지 옆 동네와 인근 시장을 떠돌았다. '이 아이는 정상이 아니구나' 의심이 들 때쯤 이웃 아주머니가 귀엣말을 전했다. 신통한 스님이 있는데 그 스님의 침 한 방이면 울음을 딱 멈춘다고. 그녀는 스님을 찾아가 내 정수리에 침을 꽂았다. 맙소사! 울음소리는 더 커졌다. 중동의 그와 편지 몇 통을 나누었지만 스님과 야매 침술, 그리고 내 울음에 대해서는 함구했다.

1978년

그림자가 길어지던 어느 해거름, 두 살이 된 나는 울음을 딱 그쳤다. 기적 같은 일이어서 그녀는 입을 다물지 못했다. 나는 그림자처럼 새까맣게 그을린 그의 품에 안겨 있었다. 2년 만에 그는 한국 땅을 밟았고 나는 난생처음 만난 그의 품에서 울음을 그쳤던 것이다.

2012년

어릴 때 우리 집에는 중동을 드나들며 그가 사온 신기한 외제 물건들이 많았다. 라디오, 카메라, 홈베이킹 오븐, 미싱, 만화경, 또 뭐가 있었더라……. 지금 그 물건들은 수명을 다하였거나 이사 중에 잃어버렸거나, 어쨌든 모두 동맹이라도 맺은 듯 순식간에 사라졌다. 그러나 그 시절의 정서는 가족들에게 고스란히 남아 있다. 나는 지금도 결핍의 감성에 익숙하고 눈물이 많으며 외로움에 태연하다. 올해 환갑이 된 나의 어머니는 아직도 돈은 저축을 위해 존재하는 것일 뿐 소비하는 것이라는 사실을 모른다. 칠순을 몇 해 앞두고 있는 아버지는 '어머니 환갑기념 첫 가족해외여행'으로 떠났던 괌에서 현지인들과 대화들을 나눴다. 그의 영어 단어 나열에 가족들이 놀라자 그는 멋쩍은 듯 말했다.

"나 사우디에서 외국 애들이랑 살았잖아."

칠순이 다 된 아버지는 가족들의 생일은 다 잊어도 40년 전 생계를 위해 암기했던 몇 토막의 영어 단어는 아직도 기억하고 있었다. 환갑을 맞이한 어머니는 그날 밤 괌에서 그 시절의 야매 침술에 대해 털어놓았다.

"내가 오니까 울음을 딱 그쳤다니까."

아버지는 자랑스레 말했고,

"아니야, 더 울었어."

어머니는 나의 울보 역사를 연장했다.

2

이 책의 여는 글을 '이주에 대한 사적인 기억'으로부터 시작하는 이유는, 현재를 살고 있는 우리 각자의 생애가 한인이주 역사의 자장으로부터 자유로울 수 없기 때문이다. 우리는 식민지 시절 수차례 강제 이주를 당했고, 하와이 사탕수수 농장으로의 이주, 월남으로의 파병, 중동과 독일로의 노동이주 등 기나긴 이주의 역사를 지나왔다.

공식적으로 드러난 이주의 역사만 해도 110년이 넘었고 726만 명이 전 세계로 흩어져 나갔다. 그러나 우리는 너무 빨리 우리의 이주사로부터 관심을 돌렸고, 너무 쉽게 그들과의 연결고리를 놓아버렸다. 그 사이 각자의 생애와 맞닿았던 글로벌한 이주사들이 뚝뚝 끊어져버렸고 시간 속으로 사라져갔다. 나는 그렇게 끊어져버린 한인이주사의 한 줄을 잡아 현재와 이어주고 싶었다.

그래서 지난 5월 독일로 떠났던 것이다.

이 유랑은 1960~70년대에 독일로 간 광부, 간호사들을 찾아 떠났던 지난 봄날의 기록이다. 그들은 가장 젊고 아름다운 한때에 이주노동자의 삶을 택했다. 7,936명의 청년이 광부로, 10,032명의 아가씨가 간호사로 각자의 사연과 꿈을 안고 독일로 떠났던 것이다. 그들은 가장 먼저 유럽에 진출한 한인 디아스포라 1세대였다.

그들은 당시 최대 탄광공업지대였던 노르트라인 베스트팔렌Nordrhein-Westfalen 주의 루르Ruhr 지역에 가장 많이 배치되었고 그곳에 유럽에서 가장 큰 한인사회를 만들었다. 독일로 떠났던 젊은이들 중 삼분의 일에 해당하는 한인들은 40여 년이 흐른 지금까지도 독일에 정착해 살고 있다. 나는 루르 지역의 여덟 개 도시를 떠돌며 그들과 만났다. 과거 청운의 꿈을 안고 떠났던 청년들은 어느덧 연금생활을 하는 노년이 되어 있었다.

그들과 함께 그들의 이주노동의 역사가 스민 공간들(병원, 광산, 기숙사 등), 그들의 이주사가 남긴 공간들(한인문화회관, 광부박물관, 한글학교, 한국정원 등), 또 남다른 장소애가 담긴 공간(주말농장, 트라이푼트, 란드스크라프 등)들을 유랑했다. 과거 한국에 대한 선명한 기억들, 파독派獨을 결심한 개개인의 사연들, 그 후의 오랜 정착 과정에서 겪었던 일들이 그 길을 수놓았다. 또 그들의 집에 초대받아 스스로 지켜온 '궁극의 한국음식'을 맛보았고 독일문화와 결합하며 만들어진 '이주민의 의식주'를 직접 느껴보았다. 더불어 파독 당시 한국에서부터 가져온 물건, 당시의 사진, 편지들도 함께 나누었다.

이 유랑길에 함께 오른다면 3년이라는 체류기한 때문에 '손님 노동자'로 불렸던 그들이 독일에 정착하여 노년이 되기까지의 50년 이주사와 만날 수 있을 것이다. '한국의 경제발전을 위해 희생된 사람들', '상업차관을 받기 위해 팔려갔던 수출인력'이라는 시대가 만들어준 일방적인 해석에서 벗어나, 이주노동자로서의 서러웠던 삶에 대한 막연한 동정심을 넘어, 유럽으로 진출한 한인 1세대의 진취적인 이주사로서의 새로운 가치를 발견할 수 있게 될 것이다. 무엇보다도 끊어져나간 개개인의 이주사의 줄을 찾아 다시금 엮어보는 계기가 된다면 좋겠다.

결국 그들을 찾아 떠나는 유랑은 우리가 잊고 있었던 가족을 찾는 일이었다.

차 례

Aachen

· · · · ·

아헨

태권도 제자 안드레아와
함께 떠나는 광산 투어

봄날 아침, 눈꽃이 날리고 있었다. 호텔의 레스토랑, 조식이 담긴 접시에 햇살이 내려앉았고 눈꽃 그림자가 아른거렸다. 아헨Aachen에 흩날리는 봄날의 눈꽃은 창밖을 부유하는 민들레 홀씨들이었다. 1층 레스토랑에 앉아 가느다랗게 눈을 뜨고 달콤한 멜론 조각을 씹고 있는데 검은 그림자 두 개가 창을 가렸다. 하나는 작았고 하나는 컸다. 그중 작은 남자가 마치 유행 지난 '야타족'처럼 엄지손가락을 치켜세우며 내게 신호를 보냈다. 두 그림자 너머로 7인용 승합차 한 대가 서 있었다. 이 모든 풍경에도 봄날의 눈꽃이 뒤섞여 있었다. 나는 눈꽃이 흩날리는 밖으로 뛰쳐나갔다.

"아얏!"

작은 남자와 반가움의 악수를 나누던 중 소리를 지르고 말았다. 순간 그의 손아귀는 내 손가락 정도는 금세 가루로 부숴버릴 것만 같은 괴력을 뿜어냈다. 게다가 그의 손은 바위보다 더 단단했고 오래된 나뭇등걸보다 거칠었다. 재미를 느낀 그는 손가락을 더욱 꽉 조였고 내 몸은 절로 트위스트를 췄다. 큰 남자는 옆에서 나의 춤사위를 지켜보며 웃었다.

이 작지만 괴력의 사나이의 이름은 김한용, 1944년생이며 1970년에 광부로 파독派獨했다. 그는 독일에 와서 아헨의 광산에서 일했고 현재까지도 아헨에 살고 있었다. 한국에서 살았던 시간보다 더 많은 시간을 아헨에서 살고 있는 그가 과거 한국 광부들이 일했던 광산과 기숙사를 구경시켜 주겠다고 했다.

"내 태권도 제자야."

그는 큰 남자를 그렇게 소개했다. 금빛 머리카락에 푸른 눈동자의 독일 남자가 태권도를? 태권도에 너무 깊게 심취한 나머지 동양의 침술학까지 공부했다는 그의 이름은 안드레아. 그는 스승님의 부탁으로 이번 투어에 운전을 담당해주기로 했다. 나이는 나보다 어렸지만, 이미 결혼해서 아이가 셋이라고 했다.

유럽에 태권도가 뿌리내리게 된 계기는 독일로 온 광부들에 의해서라고 했다. 유럽에 처음 진출한 한인 1세인 파독 간호사와 광부들은 당시 광산촌별로 기념행사를 갖곤 했는데, 이때 광부들이 태권도를 선보인 것이다. 우렁찬 기합 소리와 함께 송판을 와장창 시원스레 깨버리면 독일인들은 열렬한 환호를 보냈다. 태권도의 인기는 날로 높아졌고 독일인들은 태권도를 배우고 싶어 했다. 광부들 중 태권도 유단자는 태권도 사범으로 전업하여 독일인들에게 태권도를 가르치기 시작했다. 고등학교 때 태권도와 유도를 했던 그도 그중 하나였다. 그는 7인용 승합차에 앉자마자 지갑 속 사진을 꺼내 증명해 보였다.

"보세요! 여기 이게 고등학교 2학년 때."

흑백사진 속 태권도 도복을 입은 청년을 보니 내가 덩달아 어깨가 으쓱해졌다. 이렇게 늠름하고 멋진 한국의 청년들이 독일에 와서 유럽 전역에 태권도의 씨앗을 뿌렸던 것이다. 그는 '안드레아'를 외쳤고, 차는 바로 출발했다. 그의 태권도 제자 안드레아가 운전하는 차를 타고 아헨에 남아 있

는 탄광의 흔적, 한국 광부들의 발자취를 찾아 나섰다.

저 너른 탄광 위에 그림 같은 집을 짓고

"여기서 한 달 일하면 공무원 다섯 달 월급을 벌 수 있었어요. 우리나라 장관보다 월급이 많았다니까. 3년 정도 일을 하면 서울에 있는 한옥 집 한 채를 살 수 있는 돈을 모을 수 있었다고. 그래서 레벨이 하이스쿨 이상 된 사람들이 많이 빠져나왔어. 나도 돈도 벌고 시야도 넓히러 왔지."

경북 상주가 고향인 한용 씨는 서울에서 7년 동안 공무원으로 일하다가 독일에 광부로 왔다. 그는 광부 체류기한 3년을 마치고 미국으로 건너가서 공부를 하려고 했다. 한용 씨처럼 파독을 미국으로 가기 위한 발판으로 삼는 경우도 많았다. 1960~70년대 국경을 넘는 도전을 감행한 그들은 누구보다도 큰 꿈을 갖고 있는 진취적인 청춘들이었고, 그런 그들에게 파독이란 단지 '가난' 때문이 아닌 꿈의 실현을 위한 결심이었다. 함께 왔던 친구 셋은 모두 미국으로 재이주를 했지만 그는 가지 못했다. 그의 발을 묶은 것은 사고였다. 포클레인에 몸통이 꽉 끼어서 어깨가 부서지고 갈비뼈 네 대가 부러졌다. 막장에서 굴진掘進을 하다 일어난 사고였다.

"이게 장애자 패스예요. 이거는 외국인에게 잘 안주는 패스라. 기차고 버스고 전부 공짜예요."

사고 후 그는 상해로 인한 장애를 인정받았다. 더 이상 광부 일을 하지 않았지만 55세 이전까지는 월급과 연금을 모두 받았고, 그 이후부터는 연금만 받고 있다고 했다. 그는 연금으로 노년을 보내며 작은 태권도 도장을 운영하고 있었다.

"내가 작아도 독일 사람보다 힘은 더 셌어요."

악수를 나누던 손의 괴력이 떠올랐다. 광부 일을 그만둔 지 40년이 다 되어 가는 손이었다. 때로는 기억보다 신체의 일부분이 그가 살아온 인생의 단면을 더 깊이 간직하는 경우가 있다. 그의 손에는 70년의 인생 중 4년간의 광부의 기억이 가장 짙게 남아 있는 듯했다.

"저게 뭔 줄 알아요?"

그가 장애자 패스 너머로 가리킨 것은 거대한 검은 산이었다.

"아, 저게 탄광인가요?"

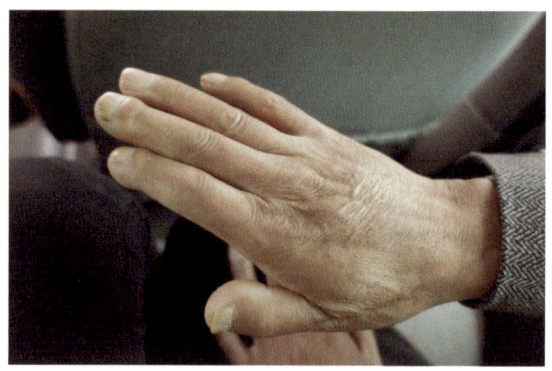

검은 산은 광산이 아니었다. 석탄을 캐고 남은 자갈 등의 불순물로 만들어진 산이라고 했다. 도대체 얼마나 많은 석탄을 캐냈으면 불순물들이 거대한 산을 이루었을까. 저 산의 구석구석 한국 광부들의 손때가 묻었을 것이고, 그 사이 그들의 손도 한용 씨의 것처럼 억세졌을 것이다.

"여기가 광산이었어."

너무나도 말끔한 한 건물 앞 주차장에 안드레아의 차가 멈췄다. 도심과 똑같은 평지에 말끔한 건물이 우뚝 서 있을 뿐이었다. 검은 탄이 줄줄 흘러내리는 광산도 없는데 여기가 광산이라고? 건물의 창을 통해 내부를 슬쩍 들여다보니 사무실로 보이는 공간에서 독일 사람들이 일을 하고 있었다.

'정말 여기가 탄광이라고?'

내가 예상했던 독일의 탄광은 온통 까만색이었다. 언젠가 지나가다 잠시 들렀던 태백의 탄광처럼 시커멓고 거대한 광산이 중심에 자리하고, 그

에밀 마이리쉬 광산 위에 세워진 건물. 그 어디서도 광산의 흔적을 찾아볼 수 없었다

사이를 관통하는 길들도 까맣고, 옹기종기 집들도 까맣고……. 탄광이 하얗게 되는 날은 오직 함박눈이 오는 날뿐이었다. 그러나 독일의 탄광은 까만 탄가루 하나 찾아볼 수 없었다. 물론, 이미 문을 닫은 탄광일지라도 말이다.

"여기 탄광은 우리랑 달라. 탄광 위에 집을 지어도 몰라."

독일 루르Ruhr 지역의 탄광은 산악 지형이 아닌 평원에 자리하고 있었다. 우리처럼 산을 뚫어 만든 게 아니고, 지하 깊숙이 박혀 있는 탄을 캐기 위해 지층을 뚫어 만든 것이었다. 그래서 탄광이 도시의 중심에 위치하는 경우가 많았고 탄광이 문을 닫은 뒤에도 폐광 시설을 도시의 한 부분으로 끌어안아 적절히 활용하고 있었다.

에밀 마이리쉬Emil Mayrisch 광산은 1933년부터 1992년까지 탄을 캐던 곳이었으나 지금은 폐광을 하고 사무실로 사용하고 있었다. 이곳을 거쳐 간 한국 광부들은 이야기로 전해지고 있었다.

1970년 9월, 한국 광부 73명이 1천 미터 막장에 투입되었다. 지열 40도가 넘는 가장 혹독한 작업환경이었다. 당시 독일은 유고슬라비아, 이탈리아, 터키, 칠레에서까지 노동력을 수입해오고 있는 실정이었다. 외국에서 온 광부들 중 한국 광부들은 상대적으로 소수였기 때문에 위험한 작업장에 배치되는 경우가 많았다. 그들이 배치된 곳은 1천 미터 지하의 막장. 열심히 일했지만 월급은 독일 사람보다 적었다. 열악한 작업환경으로 건강이 악화된 한국 광부 몇몇이 다른 작업장에 배치해 달라고 요구했지만,

돌아온 것은 작업반장의 심한 욕설과 폭행뿐이었다. 이 사건을 계기로 한국 광부 73명 전체가 입광入鑛을 거부하며 집단행동에 들어갔다. 주독한국대사관에 호소했지만, 대사관 측은 광부들이 불법파업을 했다며 오히려 광산 편을 들어줬다. 광부들 중 일부는 해고를 당했지만, 그럴수록 한국 광부들은 더욱 단결했다. 그들은 오랜 투쟁 끝에 해고된 광부들을 복직시키고 체불된 임금도 받아냈다. 그리고 그 사건을 계기로 탄광에서는 한국인을 모욕하는 언행이 점차 사라졌다고 한다.

이제는 문을 닫은 광산. 지금 저 사무실에서 일을 하는 독일인들 중에 한국 광부들의 이야기를 기억하고 있는 사람이 있을까. 루르 지역의 경제 부흥이 1천 미터 지하 탄광에서 일했던 수많은 외국인 노동자들에 의해 가능했다는 것을 얼마나 많은 독일인들이 기억하고 있을까. 그리고 1960~70년대 독일로 떠났던 청춘들을 기억하는 한국인들은 얼마나 될까. 불순물로 거대한 산을 이룰 정도로 많은 탄을 캐낸 수많은 광부들은 어디로 사라졌을까.

"이제 기숙사 가야지. 근데 길이 좀 헷갈려서."

한용 씨가 차 앞에 멈춰 서서 고개를 갸웃거릴 때 험상궂은 표정으로 우리의 모습을 줄곧 주시하던 한 남자가 있었다. 그는 집채만 한 덤프트럭 운전석에 앉아 있었다. 그의 거대한 트럭은 광산 위에 세워진 건물의 우측 공터에 주차돼 있었다. 그는 운전석에 앉아 우리를 바라보며, '나한테 말을 걸면 납작코를 만들어주겠어!' 라고 말하는 듯했다. 안드레아가 생글거리며 남자에게 다가갔다. 덤프트럭의 운전석에 앉은 남자를 향해 목을 길게 뻗고 뭐라고 속삭이기 시작했다. 안드레아와 몇 마디를 나눈 남자의 표정은 잘 삶은 감자처럼 포실포실해졌다. 하루에도 여러 번 겨울과 봄을 오가는 독일 날씨 같았다. 급기야 남자는 봄 햇살 같은 표정을 지으며 호탕하게 우리에게 손짓을 했다. 매일같이 만나는 친구에게 하는 친밀한 행동 같았다.

안드레아는 스승에게 와서 상황을 보고했다. 남자는 지금 휴식 중이라는 것. 독일에서는 일정 적재용량 이상의 트럭을 모는 화물 운전자들은 정해진 시간 동안 운전한 후 한 시간씩 휴식을 취하도록 되어 있다고 했다. 휴식을 취하던 남자는 안드레아에게 이렇게 말했다고.

"친구! 10분만 더 쉬면 되니까 기다려주겠어? 마침 내가 가는 길이니까 나를 따라와."

누군가 지켜보며 시간을 확인하는 것도 아닌데, 10분까지 정확히 휴식 시간을 지키려는 남자.

"안드레아! 안드레아!"

그러나 우리는 10분도 기다릴 수 없는 성격 급한 한국 사람들이었으니……. 안드레아는 스승의 지시에 바로 운전석에 착석했고 시동을 걸었다. 남자는 느긋한 표정으로 급하게 출발하는 우리 차의 꽁무니에 대고 손을 흔들어주었다.

뭉개는 법이 없닥 카니까요!

　잔디밭 위로 빨래가 춤을 추며 몸을 말리고 있었다. 이 펄럭이는 빨래들은 한때는 한국 광부들의 옷이었을 것이다. 광산이 문을 닫고 광부가 떠난 도시에서 더 이상 광부들의 기숙사는 필요하지 않았다.

　그러나 과거 광부들의 기숙사였던 건물은 그대로 유지되어 지금은 일반인들에게 임대를 주고 있었다. 건물은 그대로인데 그 안에 사는 사람들만 바뀐 셈이었다. 조용한 연립주택 단지 같았다.

　"이 나라는 뭉개는 법이 없닥 카니까요! 여기는 건물을 한 번 지으면 보통이 150년이라……."

　광부 기숙사에는 한 호에 두 명씩 지냈다. 빨간 지붕의 건물은 가족이

50여 년 전부터 사용하던 광산 기숙사. 광부들이 떠나고 없는 이 건물에 지금은 일반인들이 살고 있다.

살 수 있는 가족용 기숙사였다고 한다. 한용 씨의 가족들도 이곳에서 생활했었다.

광산 기숙사에서 생활하는 광부들에게는 혜택이 많았다. 저렴한 집세와 더불어 1년에 3톤의 석탄이 무상으로 지급되었다. 광산과도 적당히 떨어져 있어서, 병원 안에 있는 간호사들의 기숙사에 비해 출입도 편하고 생활도 더 독립적이었다. 15분에 한 대씩 시내로 나가는 버스가 있어 불편함도 없었지만, 사실 시내로 나갈 일이 많지도 않았다.

주말과 휴일엔 근무 수당에 프리미엄을 받았다. 토요일엔 25%, 일요일엔 50%, 공휴일엔 100%. 휴일은 한국 광부들에게 돈을 벌기에 더없이 좋은 날이었다. 휴일근무는 늘 한국 광부들의 몫이었다. 휴일근무를 위해 타 지역의 광부들이 아헨까지 원정을 오기도 했다. 휴일 새벽 5시면 아헨 광산으로 오는 버스에 광부들이 가득했는데 그들은 전부 한국 사람들이었다.

"광산 일을 하면서도 남의 과수원에 사과 따러 가고, 남의 집 궂은일 해주며 이중으로 돈을 벌었다고. 여기 온 한국 광부들, 그렇게 살면서 모은 돈을 한국에 보낸 거예요. 우리는 가족을 위해 돈 벌러 왔지만, 결과적으로 정부에서는 광부, 간호사 담보로 차관을 받았잖아요."

부지런한 한국 광부들이 오갔을 길들을 더듬고 있을 때 빌라의 1층 열려진 창문으로 매서운 시선이 느껴졌다. 한 할머니가 우리들의 행동반경을 뚫어지게 주시하고 있었던 것이다. 덤프트럭 남자보다 표정은 덜 험악

했지만, 눈빛은 더 집요했고 더 따가웠다. 할머니와 여러 차례 눈이 마주쳐서 가벼운 목례를 건넸지만 돌아오는 인사는 없었다. 독일 사람은 무뚝뚝하다니까 뭐, 난 쿨하게 받아들였다. 이번에도 안드레아가 아무 말 없이 할머니에게 다가가 이야기를 시작했다. 의심 가득한 눈초리로 우리를 경계하던 할머니가 한순간에 호호할머니가 되어 웃었다. 미소를 지으며 살갑게 우리를 바라본다.

"수상해 보이니까 신고하려고 한 거야."

독일 사람들은 신고 정신이 투철하고, 경찰들 또한 책임감이 강해서 신고가 접수되면 어디든 5분 안에 출동한다고 했다(독일에서 사고를 치려면 5분 안에 치고 도망가야 한다고). 나는 독일 사람들의 신고 정신보다 보면 볼수록 신비로운 안드레아에게 관심이 갔다. 그가 다가가 이야기를 건네면 누구든 금세 경계가 허물어졌다. 게다가 어찌나 인내심이 강한지. 한용 씨가 끊임없이 명령조로 안드레아의 운전에 대해 타박을 늘어놓았으나(그 타박의 수준이 면허시험에 몇 차례 떨어진 마누라의 운전을 감독하는 영감 정도라면 이해가 될까?) 안드레아는 해피 스마일로 응수했다.

"안드레아! 안드레아!"

그는 또 안드레아를 불러댔다. 안드레아는 웃으며 달려왔다. '저쯤 되면 화를 낼 텐데, 어쩌나, 어쩌나.' 지켜보는 나만 가슴이 콩닥콩닥했다.

Coming Soon, 안나아인스박물관

내 키보다 높은 검은 철제문은 굳게 닫혀 있었다. 철제문 안쪽에서 사냥개 한 마리가 컹컹 짖어대며 우리를 경계했다. 순식간에 뒤로 흠칫, 물러나게 만드는 사나운 녀석이었다. 신비한 처세술을 갖고 있는 안드레아도 그 사냥개는 어쩌지 못했다. 눈앞에는 서울 남산타워처럼 높게 솟은 구조물 하나가 우뚝 솟아 있었다. 한용 씨는 그것이 '샤크트Schacht'라고 일러줬다. 독일의 광산은 지하 깊은 곳에 있어서 지상에서는 눈치 챌 수 없지만, 샤크트가 세워진 걸 보면 알 수 있단다. 샤크트는 광산의 상징과도 같은 구조물이었다.

"샤크트를 타고 지하로 내려가는 거예요. 수직으로 1천 미터까지 내려가면 작은 기차가 있어요. 그거 타고 이제는 수평으로 4~6킬로미터를 가야 되요. 그래야지 탄 캐는 막장이 나와요."

땅속으로 수직으로 내려간다는 그 거리 1천 미터. 숫자에 대한 감각이 더딘 나는 쉽게 가늠이 되지 않았다. 그때 떠오른 기억 하나. 바로 여고 시절 체력장의 오래달리기. 숨이 넘어갈 듯 헐떡이며 어기적거리던 나를 친구가 등 떠밀고 함께 뛰어줘서 겨우 완주할 수 있었던 기억. 그 끝이 보이지 않을 정도로 멀고도 멀었던 거리가 800미터였다. 그보다 더 먼 거리를 지하로, 수직으로, 들어갔다는 것이었다.

잠시 후 사냥개의 포스를 단숨에 잠재우는 위엄 있는 한 남자가 나타났

광산의 상징인 샤크트. 그 시절 광부들은 이 샤크트를 타고 지하1천 미터 막장까지 내려갔다.

다. 검은 제복을 입은 터키 출신인 듯한 남자 관리인이었다. 한용 씨는 남자에게 다가가 안을 좀 볼 수 없냐고 물었다. 남자는 완강하게 거절했다. 남자와 우리 사이에 굳게 닫힌 철문처럼 남자의 표정은 굳어 있었다. 이때 엉금썰썰 안드레아가 생글생글 남자에게 다가갔다. 안드레아는 작은 목소리로 남자의 귓가에 대고 소곤거렸다. 은밀한 거래를 하는 듯 목소리는 낮추고 대신 작은 몸짓을 적절히 활용했다. 눈을 찡끗 감으며 윙크를 한다든지, 손가락을 까딱인다든지. 움직임은 작지만 엄청난 기밀을 내포하고 있는 거래상과 같은 몸짓. 남자는 안드레아의 몸짓과 작은 속삭임에 최면이 걸린 듯 취해갔다. 마침내 굳게 닫힌 철문이 열렸다. 안드레아의 처세술의 끝은 어디일까.

이곳은 알스도르프Alsdorf에 위치한 안나아인스박물관Anna-1 Museum이었다. 과거 탄광이었으나 200명이 넘는 광부들이 한꺼번에 죽는 사고가 발생한 뒤 문을 닫았다. 그 후, 2008년까지 탄광박물관으로 활용하다가 현재는 잠시 문을 닫고 리모델링 중이었다. 2017년 새롭게 문을 열 예정이라고 했다. 이곳에서도 수많은 한국 광부들이 탄을 캤다.

우리가 건물의 외형을 둘러보는 사이, 안드레아는 끊임없이 남자의 옆에 바싹 붙어 귓속말을 건넸다. 남자는 막장을 그대로 재연再演한 지하까지만 보여주겠노라며 열쇠 꾸러미를 매만졌다. 조금씩 조금씩 남자 관리인의 마음이 열리는 만큼 박물관도 우리에게 그 모습을 드러냈고, 꾸러미에 걸린 열쇠들에게도 기회가 찾아왔다.

"기가 맥히게 해놨네."

막장을 재연한 장소에 불과했지만, 지하에 도착한 한용 씨는 감탄했다. 그리고는 구석에 세워져 있던 쇠기둥 하나를 내게 들어보라고 부추겼다.

"이게 쇠동발인데 굴진을 할 때 지반이 무너지지 말라고 세우는 거야."

쇠동발은 내가 아무리 용을 써도 꿈쩍도 하지 않았다. 그 모습을 본 한용 씨는 신이 났다.

"이게 무게가 보통 50킬로가 넘는다고. 처음에는 어찌나 무거운지 움직이지도 못하다가, 한 1년은 질질 끌고 다녀. 2년은 돼야 번쩍번쩍 들고 다니지. 광산 기계들이 덩치 큰 독일 사람들에 맞춰져 있으니까 덩치가 작은 우리한테는 안 맞아. 고생을 몇 배로 하는 거야."

한국의 청년들은 광부선발 신체검사 때 몸무게를 늘리기 위해 팬티 속에 납을 달거나, 날달걀 스무 개를 한꺼번에 마시거나, 냉면 열 그릇을 먹는 등 갖은 방법을 다 썼다. 당시 커트라인 몸무게는 고작 60킬로그램. 그들은 지열 40도가 넘는 지하 막장에서 50킬로그램이 넘는 쇠동발을 하루에 80개씩 세우며 굴진해야 했다. '쇠동발 붙들고 울어보지 않은 한국 광부가 없다'는 말이 있을 정도로 그것은 지옥을 오가는 고통스러운 작업이었다.

"처음에 한 3~4개월은요, 못 견딜 정도로 고국에 가고 싶었어요. 내가 그 좋은 자리를 왜 사표를 내고 여기에 왔나, 후회도 하고. 한 달 지나면 돈이 나온다, 3년만 있으면 한국 간다, 이걸로 참은 거예요. 다른 거 없고 가족 위해가지고 참았는 거예요."

만약, 정주定住를 목적으로 한 이주였다면 버틸 수 없었을
것이라고 했다. 3년만 참으면 한국에 돌아가니까, 다시 고향
에 돌아갈 수 있으니까, 그들은 극한의 노동을 견딜 수 있었
던 것이다. 어둡고 귀축축한 계단을 오르며 막장을 나설 때,
관리인은 내게 물었다.

"당신은 무엇을 하는 사람인가요? 이곳에는 왜 왔나요(대
충 알아들은 영어를 해석하자면)?"

"나는 글을 쓰는 사람인데, 독일에서 일했던 한국 광부, 간
호사들의 이야기로 책을 쓰기 위해 왔어요(문맥도 맞지 않는 영
어로 띄엄띄엄)."

내 대답을 들은 관리인은 격양된 표정으로 놀랍다는 듯이
나를 바라봤다. 독일은, 아니 그 국적을 알 수 없는 관리인은
건축, 역사, 문화 등을 글로써 기록하여 남기는 작업을 한다
는 것에 대해 매우 큰 의미를 두고 있었다. 급기야, 당신이 원
한다면 어디든 보여주겠다며 열쇠 꾸러미를 흔들었다.

그리고 광산이 문을 닫은 뒤 한 번도 외부에 공개한 적이
없다는 공간들까지 보여주기 시작했다. 재연한 곳이 아닌, 예
전 광부들이 실제로 사용했던, 그들의 흔적이 고스란히 남겨
진 공간들이었다. 그중에서도 탈의실은 무척이나 그로테스

크했다. 천장에 걸려 있는 주인 없는 작업복들이 마치 목을 매단 시체처럼
공중에 늘어져 있었다. 작업복들에는 번호표가 붙어 있었다. 광산에서 광
부들의 이름은 번호가 대신했고, 불의의 사고로 시체를 찾을 때도 번호가
그의 존재를 대변하는 유일한 기호였다. 날마다 시체처럼 축 처진 채 매달
려 있는 작업복을 끌어내리며 광부들은 어떤 생각을 했을까. 탈의실 옆으
로는 샤워장이 붙어 있었는데 운동장만 한 대형 샤워장의 천장에는 샤워

기가 붙박이로 박혀 있었다. 과거 샤워장 바닥은 날마다 검은 물결로 출렁였을 것이다.

관리인은 2017년 오픈을 위해 리모델링 중인 공간에도 데려가주었다. 광산의 내부가 새롭게 공연장으로 변신 중이었다. 조명과 음향까지 완벽하게 준비된 공연장은 이곳이 과거 광산이었다는 것을 잊게 만들어주었다. 광산의 외형은 그대로인데, 내부만이 새로운 생명의 온기를 찾고 있었다. 관리인은 보여주고 싶은 것이 많았고, 한용 씨는 또 다른 곳을 더 보여주고 싶었다.

"안드레아, 안드레아!"

한용 씨는 아직도 갈 길이 멀었다는 듯, 안드레아를 다그쳤다. 안드레아는 여전히 웃으며 달려왔다.

안드레아, 다음은 어디지?

안나아인스박물관의 관리인과 한용 씨의 태권도 제자 안드레아.

'짤롬한' 클라인가르텐에서
스납스를

그저 그런 주말농장일 거라고 생각했다. 술을 좋아하는 그가 재미로 시작했다는 농장. 사실 전혀 기대하지 않았었다. 그러나 그는 한사코 농장으로 와달라고 부탁했다. 택시를 타고 그가 불러준 주소지에 내렸다. 도심의 주택가 한가운데에 몸집이 큰 그가 서 있었다. 그와 인사를 나누면서도 도대체 어디에 농장이 있다는 걸까, 두리번거렸다. 그는 등을 돌리더니 날렵하게 주택가 골목의 담장 너머로 총총걸음을 쳤다. 그의 뒷모습을 총총히 쫓으니 기가 막힌 전경이 눈앞에 펼쳐졌다.

이상한 나라 엘리스가 회중시계 보는 토끼를 쫓아 공간이동을 했을 때 이런 기분이었을까. 그곳엔 광활한 녹색 대지가 펼쳐져 있었다. 회색 도심 한가운데 이렇게 거대한 농장이라니. 한 걸음 더 들어서니 나무 울타리들이 상냥하게 개개인의 농장들을 구분해주고 있었고, 각각의 농장 안에는 작은 오두막도 하나씩 엎드려 있었다. 그의 큰 몸집이 미로처럼 울타리 쳐진 농장들을 지나 어느 한 농장으로 쏙 들어갔다. 나도 따라 들어갔다. 그곳에 들어서니 다시 한 번 놀라운 풍경이 펼쳐졌다. 15평 남짓한 그의 농장에는 삐죽삐죽 새싹들이 노래하고, 길쭉길쭉 줄기들이 살찌고 있었다. 언뜻 보기에도 식물들의 가짓수가 가늠이 되지 않을 정도로 많았다. 개똥쑥, 고들빼기, 배추, 완두콩, 쪽파, 대파, 양배추, 무, 쑥갓, 상추, 들깨, 부추, 우엉, 호박(사실 무언가가 더 있었던 것 같다)까지. 그는 한 구절의 시를 읊듯 작물의 이름들을 불러주었다.

"뭘 이렇게 많이 심으셨어요?" 하니,

"쩰롬하니까 그렇게 안 어려워." 했다.

덩치가 크고, 몸통은 두껍고, 눈매가 매서운 그는 여리여리한 식물들을 보며 아기같이 환한 웃음을 지었다. 농장에서 자라는 식물들의 종자는 전부 한국에서 가져온 것이라고 했다. 이 먼 독일, 아헨 지역의 어느 주택가 근처 15평 남짓한 주말농장에서 한국 씨앗이 싹을 틔우고 자라고 있다는 게 신기하기만 했다. 게다가 아이처럼 어깨를 활짝 펴며 자랑하길, 그의 농장이 아헨 시의 주말농장 중 1등 상을 받았다는 것이다. 매년 6월이면 시에서 주말농장운영 실태조사가 나오는데, 관리를 전혀 안 하는 농장, 잔디만 깔아놓고 놀이터로 사용하는 농장 등 운영 상태가 허술한 농장들은 내쫓는다고. 그리고 모범적으로 잘 운영되고 있는 농장은 상을 주는데, 그게 바로 이곳, 그의 농장이라는 것이었다.

"딴 사람들 더 많이 준다고."

애지중지 길러서 딴 사람들 더 많이 주는 게 1등 농장의 기쁨이었다. 아, 그가 나를 왜 이리로 이끌고 싶었는지, 알 것만 같았다.

도시로 몰려든 가난한 노동자들에게 내어주던 땅

주말농장을 독일에서는 '클라인가르텐Kleingarten' 이라고 불렀다. 우리말로 '작은 농장'이라는 뜻으로 텃밭이 딸린 별장형 농장을 의미한다. 클라인가르텐은 도시의 아파트 생활자, 정년퇴직한 연금생활자들을 우선으로 주거지가 농장에서 가까운 순서로 배당된다. 19세기 초 산업화로 인해 도시로 몰려든 가난한 노동자들을 위해 시와 기업, 복지단체, 지방의 귀족들이 뜻을 모은 게 클라인가르텐의 시작이었다. 1806년 헤센Hessen 지방의 장관이 그 지역의 가난하고 굶주린 사람들을 위하여 작은 땅에 농사를 할 수 있도록 선처한 것이 19개의 도시로 확대되었다.

이제 독일의 주말농장은 전국적으로 확산되어 도시민들에게는 이미 생활화가 되었다. 전국적으로 클라인가르텐 단지마다 조직된 협회가 1만 5천 개소이고 회원 수는 약 120만 명에 달한다고 한다. 독일에서 기차를 타고 이동할 때마다 차창 밖으로 빌딩 숲 가운데, 주택단지 사이의 대규모 농장과 자주 마주치는 것만 봐도 그 현황이 어느 정도 짐작이 갔다. 주말농장 제도는, 산업혁명 이후 도시로 떠나와 가난하고 삭막한 생활을 하던 노동자들에게 베풀던 그 순수한 목적을 여전히 이어가고 있단다.

운영에도 나름의 규칙이 있었다. 약 15평 정도의 농장에는 식물과 채소, 과일나무 등을 심도록 되어 있다. 과일나무는 최고 높이 6미터, 폭 4미터로 정해져 있고 그 이상 자라면 가지를 쳐야 한다. 옆 농장에 방해가 되기 때문이다. 환경보호를 위해 유기농 퇴비를 사용하고 물을 아끼는 차원에서 오전 10시부터 오후 4시까지는 수도로 물을 주는 게 금지돼 있다. 대부분 빗물을 받아 사용하고 있다고 한다. 연회비 약 250유로에 운영비가

클라인가르텐 안. 한국 사람의 농장과 터키 사람의 농장. 한눈에 농장 주인의 국적을 알아볼 수 있었다.

별도로 더 들어가지만, 비싼 독일 물가에 비해 저렴한 편이다. 독일인들은 먹고 입는 것엔 하나하나 따지고 절약하지만, 이러한 환경을 만드는 데는 돈을 아끼지 않는다. 주 5일제를 시작으로 이제 막 텃밭 가꾸기나 주말농장을 시작하고 있는 우리에게 충분히 귀감이 될 만하지 않을까.

그는 먼저 농장 구경을 시켜주겠다고 나섰다. 이 농장에는 한국 사람 셋이 있는데, 모두 광부로 파독한 사람들이었다. 몇몇 농장들을 살펴보니 한국 사람의 농장은 확연히 구분이 됐다. 한국 사람의 농장은 심겨진 식물의 종류도 다양하고 농장 전체 면적을 알뜰하게 활용해 풍성하게 가꾸어져 있었다(좁은 땅덩어리에 대식구가 매달려 농사짓고 먹고 살던 근성이 고스란히 남아 있는 탓일 것이다). 이에 비해 터키 사람의 농장은 주로 콩만 심겨져 있었고 줄기가 타고 올라갈 지지대만 꽂아놓아 썰렁했고, 독일이나 프랑스

등 유럽인들의 농장은 잔디, 과수, 화초, 꽃 등
의 주로 멋스러운 조경에 신경을 썼다.

뱅글뱅글 돌아 화장실에 가는 길(독일의 주
말농장은 공동 화장실을 사용한다), 레일에 서 있
는 탄차와 만났다. 이미 문을 닫은 지 오래된
광산들. 그러나 도시는 아직도 광산의 기억을
기념하고 흔적을 보존하고 있었다. 주말농장,
화장실 앞에서까지도 말이다.

한국 광부, 독일에서 살아남기

흡사 오밀조밀한 만화경 속에 들어온 것만 같았다. 작은 오두막 안은
서 있는 위치와 각도에 따라 다른 공간처럼 느껴졌다. 가운데 놓인 동그란
테이블에 덩치가 큰 그와 나는 소인국을 찾아온 걸리버처럼 어정쩡한 포
즈로 마주 앉았다. 벽에 걸려 있는 '고스톱 정관', 시에서 받은 우수 농장
상장, 축구동호회 사진 등이 우리를 감쌌다. 그는 내게 스납스Snaps를 한
잔 따라 건넸다.

"아주까리 향이 나서 고향 생각날 때 마셔."

독일 술 중에 한국의 소주와 가장 맛이 비슷하다고 했다. 한낮의 독주

를 넙죽 받아 한입에 털어 넣었다. 아주까리 향이 나는 건 모르겠고, 소주
보다 훨씬 더 독했다. 오만상을 찌푸리자 그는 흡족하게 웃으며 오이피클
과 땅콩을 안주로 내주었다. 쓰지만 독주답게 끝 맛은 개운했다. 이 맛에
독주를 마시는 거지, 아삭아삭 피클을 씹으며 입맛을 다셨다. 독일생활에
대해 묻자 조금 전까지만 해도 아이처럼 신이 나 있던 그는 금세 숙지근해
졌다.

"농장 하고 맥주 한 잔 하는 재미지 뭐. 다른 건 없어."

1970년, 그는 서른여섯의 나이로 한국을 떠났다. 지금 나와 마주 앉아
스납스를 마시는 그는 일흔여덟. 일흔여덟의 그는 독일에 오던 날을 또렷
이 기억했다. 그날은 마침 경부고속도로 개통식을 하는 날이어서 김포공

그의 작은 오두막 안 풍경. 벽에 붙은 '고스톱 정관'이 정겹다.

항으로 오는 길 곳곳에서 폭죽이 터졌다고.

태어날 때부터 그의 집은 가난했다. 부모는 그를 아버지의 친형에게 양자로 보냈다. 양자로 자란 그는 어릴 때부터 안 해본 일 없이 다 하며 살았지만 가난했다. 결혼을 해도 가난했다. 아이가 생기니 더 가난해졌다. 가족을 위해 돈을 벌기 위해서 30대 중반에 파독을 결심했다.

"불란서 전세기로 왔어. 세상에, 한 번도 먹어보지 못한 과자를 비행기 안에서 주는 거야. 어찌나 맛있던지 말이야. 거기 있는 건 다 가방에 쑤셔 넣었어. 냅킨도 수건인 줄 알고 다 갖고 내렸어. 변소칸에서 까만 신문지 같은 거나 썼을 땐데 그렇게 예쁜 걸 어떻게 버려."

3년을 광부로 일했지만 기대만큼 돈을 모으지 못했기 때문에 한국의 가족들에게 돌아갈 수 없었다. 산업연수생이라는 신분으로 독일에 발을 딛은 한국 광부들은 광산과의 3년 계약이 끝나면 다시 한국으로 돌아가도록 되어 있었다. 체류기한 연장을 위한 재계약이나 이직은 현실적으로 불가능했다. 아무도 모르게 보따리를 싸서 폴란드나 북유럽 쪽으로 무리를 지어 야반도주를 하거나 일찌감치 다 버리고 한국으로 귀국하는 사람도 많았다.

독일에 남은 대부분의 광부들은 체류기한을 연장하기 위해 고군분투했다. 그중 가장 안정적인 방법은 한국에서 온 간호사와 결혼하는 것이었다. 한국 간호사들은 산업연수생이 아닌 이주노동자 신분이었기 때문에 체류 연장이 손쉬웠다. 때문에 그녀들과 결혼을 하면 동거인 자격으로 체류 연장이 가능했다. 일부는 독일 여자와 결혼하기도 했다. 그것마저도 쉽지 않았던 광부들은 독일에서 살아남기 위해 갖은 방법을 다 동원했다. 평소 자녀가 없는 독일 노인과 친분을 쌓아두고 선물 공세를 퍼부으면서 양자로 이름을 올려달라고 부탁하기도 했고, 2차 세계대전으로 전쟁미망인이 된 40~50대 독일 여성들이 모이는 클럽을 찾아다니며 여자를 찾기도 했다. 그중엔 그처럼 한국에 가정이 있는 광부들도 더러 있었다.

간호사들은 한국에서의 교육 수준이나 경력도 비슷했고, 체류 연장도 손쉬워 독일에서의 정착이 비교적 쉬웠다. 그러나 광부들은 대학을 졸업한 사람부터 공무원, 농사꾼, 광부, 삼류 건달까지 다양한 부류였다. 이렇게 다양한 사람들이 낯선 독일 땅의 지하에 틀어박혀 거친 광부 일을 했으니, 얼마나 많은 사건사고가 있었겠는가. 게다가 그들은 객기가 충만하고 모든 가능성이 열린 청년들이었다.

"하는 수 없이 독일 여자하고 결혼했지. 독일 여자하고는 이혼하고 한국 가면 되는 거거든. 한국에서 온 간호사들이 수북했지만, 한국 여자를 여기다 버릴 수는 없으니까."

그는 가짜 이혼서류를 만들어 독일 여자와 혼인신고를 했다. 독일에 체류하며 돈을 벌기 위한, 어쩔 수 없는 선택이었다. 당시엔 가짜 서류만 전문으로 만들어주는 사람이 있을 정도로 가짜 서류가 난무했다. 손재주 좋은 한국 사람들은 누군가 대사관에서 비자를 받아오면 그것을 보고 고무도장에 직인을 바로 새겨 가짜 서류를 만들어냈다. 이 가짜 서류로 유부남이 총각이 되어 다시 결혼을 했고, 총각이 애 딸린 유부남이 되어 가족수당을 타기도 했다. 독일에서는 결혼한 사람이, 그리고 자녀가 많은 사람이 더 많은 수당을 받았을 뿐만 아니라 세금조차 적었기 때문이다. 가짜 서류로 남자 간호사로 취업하거나 미국, 캐나다로 진출하기도 했다. 가짜라고는 없었던 정직한 독일사회는 그들의 가짜를 믿어주었고, 한국 광부들 사이에서 가짜는 날이 갈수록 전염병처럼 번졌다.

어느 날 한 광산에서는 유부남인 한국 광부들이 단체로 부인과 자식이 죽었다는 가짜 사망서류를 제출했다고 한다. 가족수당을 타기 위해 유부남 행세를 하던 총각들이 결혼을 하려다 보니 생긴 일이었다. 대사관에서는 '어떻게 한날 똑같이 죽었냐?'고 물었고 광부들은 '남편들이 독일로 간

부인과 아이들이 단체로 뱃놀이를 갔다가 배가 뒤집어져서 전부 죽었다'고 변명했다. 가짜 서류는 한국 광부가 독일사회에서 살아남기 위한 부끄러운 과거였다.

미안해서 정이 들어버린 독일

어느 날 독일 법원으로부터 그에게 연락이 왔다. 한국 가족들에게 확인을 해보니 이혼한 적 없다는 것이 밝혀졌다는 것이었다. 쾰른Köln 대법원에 출석한 그는, 한국의 부인이 위자료를 안 줘서 화가 나서 그런 거라고 둘러댔다. 법원 측은 증거를 제출할 수 없다면 한국으로 돌아가라고 했다. 그때 독일인 아내가 법원에 가서 이 남자가 없으면 나는 살 수 없다며 사정을 했다. 결국 그는 아내의 순애보로 독일에 남게 되었다.

아내는 그보다 여덟 살이 많았고, 전남편과 사별했다. 전남편도 광부였고 진폐증을 앓다 죽었다. 둘은 친구들과의 모임에서 만났는데, 그녀가 먼저 그에게 손을 내밀었다. 한 달 후면 강제추방 당하는 상황에 내몰려 있던 그는 그 손을 꽉 쥘 수밖에 없었다. 그녀에게는 전남편과의 관계에서 얻은 두 명의 자식이 있었는데, 그와 결혼을 위해 자식과의 인연까지 끊었다.

그는 마흔을 훌쩍 넘기고서야 한국에 돌아와 그립던 가족들을 만날 수 있었다. 다시는 독일로 돌아가고 싶지 않았지만 적지 않은 나이에 새로운 직장을 얻기가 쉽지 않았다. 게다가 한국에서는 독일에서의 광부 경력을 인정하지 않았다. 독일의 선진 기술을 유입하기 위한 명목으로 광부들을 보냈지만, 독일에서 배워온 기술이 한국에 적용되지 않았던 것이다. 한국과 독일의 광산은 애초에 구조부터 사용되는 기계까지 너무도 달랐기 때문이었다. 그런 상황조차 제대로 파악하지 않고 광부들을 '산업연수생'으로 파독시켰다는 자체가 난센스였다. 극심한 취업난 때문에 독일로 떠났던 광부들이 고생 끝에 돌아와봤자, 한국엔 그들을 받아줄 곳이 없었다.

"딱 3년만 더 벌어서 빨리 나올 테니까 걱정 말고 기다려."

한국에 남겨진 가족들에게 할 말은 그것뿐이었다. 그러나 그는 그 약속을 지키지 못했다.

"여기 아헨에 제일 큰 카지노가 있어요. 일확천금 만져보겠다고 카지노를 한 거야. 그게 안 됩디다, 안 돼! 잃으면 본전 찾으려고 자꾸 하고 따면 더 따려고 자꾸 하고. 그래가지고 돈을 많이 탕진했죠."

그는 하루 빨리 큰돈을 벌어 한국으로 돌아가기 위해 카지노 출입을 시작했다. 독일의 일부 지역에서만 성행하던 카지노는 한국 광부들이 온 뒤로는 한국인들이 몰려 사는 광산촌으로 확장되었다. 월급날 이후 5일 동안 가장 성행했는데, 광부들은 무리 지어 원정 도박을 다니기까지 했다. 피땀 흘려 번 돈뿐만 아니라 동료들의 생활비까지 빌려 하룻밤 사이에 날리는 일이 허다했다. 그도 그중 하나였던 것이다.

눈 깜짝할 사이에 벌어놓은 돈을 다 잃고 빚더미에 앉게 되었다. 그때

한국을 떠나야만 했던 사람들

그의 독일인 아내가 소유하고 있던 집을 팔고 죽은 남편의 연금까지 보태서 노름빚을 갚아주었다. 주변에서는 '그런 여자 없다', '한국으로 도망가면 천벌 받는다'는 말들을 한마디씩 보탰다. 마음이 약한 그는 '저 여자 살아 있는 동안까지만 독일에 살아야겠구나' 다짐했다.

"미안해서 정이 들었어."

시간이 흘러 지금 아내는 여든다섯이 되었고, 이제는 아내의 두 자식들과도 아무렇지 않게 만나는 사이가 되었다.

"카지노를 다닐 적에는 말입니다, 100유로가 주머니에 들어 있으면 카지노 가서 한판 하고 싶지 친구들하고 술 한 잔할 생각조차 없었어. 3년간 그렇게 지내다 카지노를 끊고 나니 친구들과 술 마실 기회도 생기고 뭐 참 좋더라고요. 농장도 하고 말이죠. 이제 빚 다 갚고 나니까 고마 딴 세상 같아."

그와 나는 스납스 한 병을 비우고서야 자리에서 일어났다. 그는 한사코 중국식당에서 점심을 같이 먹자고 잡았다. 이렇게 보낼 수 없다고. 그에게 농장 근처 중국식당에서 근사한 점심을 선물 받았다.

뒤셀도르프Düsseldorf나 쾰른처럼 한국인이 많이 사는 도시에야 한국식당이 있지만 아헨은 그렇지 않았다. 독일에 사는 한인들 사이에서 중국식당의 점심 메뉴는 인기가 좋았다. 평일 점심에는 8유로면 중국, 일본, 한국 등 아시아 음식이 골고루 차려진 뷔페를 제공하기 때문이다. 아헨 지역 맥주와 함께 먹는 아시아 음식은 입에 잘 맞았다. 독일의 펍Pub들은 도시마다 그 지역의 맥주를 마실 수 있었다. 한국의 지역별 막걸리 맛이 다르듯 독일도 그렇다. 다른 지역에 갈 때 자기네 지역 맥주를 팔지 않는 술집은 가지 않기도 한단다. 그는 가득 차려진 음식보다는 그의 테이블 앞에 놓인 맥주만 마셔댔다. 덩달아 나까지 맥주를 많이 마셨다.

"인제 안 오지. 다신 안 오지. 거슥한 게 없잖아. 한국에서 이만치 노력했으면 몇 배 더 잘 살지. 이제 물어보지 마라. 자꾸 눈물 나게."

그는 독일에서 지금의 아내와 함께 산 지 37년이 되었다. 한국 부인과 함께 산 날은 길어봤자 10년 남짓. 그럼에도 불구하고 그는 여전히 한국에

가서 본처와 함께 살다 여생을 마무리하고 싶다고 했다. 하루도 한국을 생각하지 않은 날이 없다고 했다. 늙을수록 고향에 대한 향수가 더 커지는 것 같다고. 그는 2년에 한 번씩은 한국에 나가, 한국 부인이 사는 집에 두 달 정도 머물다 다시 독일로 돌아오는 생활을 반복하고 있었다. 이제 한국 부인은 독일 아내와 같이 쓰라며 이불까지 맞춰서 들려 보낸다고 했다. 그만큼 시간이 참 많이도 흘렀다.

"피가 통하는 게 달라."

나는 더 이상 한국 가족과 독일 가족의 차이를 묻지 않았다. 그와 헤어지고 돌아가는 길에 독일의 벚꽃이 흩날렸다. 벚꽃도 우리의 것과 '피가 통하는 게 다른 듯' 훨씬 더 붉은빛이었다. 그 붉은 꽃잎이 흩날리는 도로 위를 달리는 내 품에는 그가 아헨 시 1등 농장에서 뽑아준 쑥갓 두 봉지가 안겨 있었다.

그리고,

한국으로 돌아갈 날이 며칠 남지 않은 어느 날 저녁, 그가 나를 찾아
왔다.

그는 술에 잔뜩 취해 큰 몸을 기우뚱거리며 서 있었다. 저런 상태라면
회중시계를 든 토끼처럼 날렵하게 공간이동을 할 수 없을 것 같았다. 그는
큰 손으로 내 손을 잡고 늘어지며 미안하다는 말만 반복했다.

"독일에 〈가요무대〉가 와 구경 가도 앞자리에 안 앉아. 한국에서 볼까
봐. 한국 가족들한테 미안해서."

그는 내가 다녀간 뒤 나와 만나 이야기 나눈 것을 한국에 있는 딸에게
말했다. 딸은 그의 이야기가 실린 책을 한국에 있는 엄마가 보게 된다면
그 자리에서 죽어버릴 거라며 길길이 뛰었다. 여러 날 고민을 하다가, 결
국 나를 찾아왔던 것이었다. 사실 간호사보다 광부 인터뷰가 더 쉽지 않
았다.

"여기 광부로 왔다고 하는 게 좀 거슥하잖아. 옛날에는 안 그랬는데 지
금은 사실 인터뷰 하는 걸 별로 좋아하는 사람이 없어요. 사실 까놓고 얘
기하자면."

독일에 잘 정착해서 살고 있는 광부들도 인터뷰를 꺼리는데, 그는 오죽
했을까. 그래서 나는 '그'의 실명을 밝히지 않기로 했다.

세 개의 국경이 만나는,
드리란덴푼트 트레킹

그는 내게 트레킹을 제안했다.

독일에서의 트레킹이라니, 사실 나는 '오직 산에 오르기 위한 노력'을 그다지 좋아하지 않았다. 국내에서 유일하게 자발적으로 올라본 산은 '북한산'이 전부였고, 나머지 산들은 글을 쓰기 위한 취재로 '노동'처럼 올라봤을 뿐이었다. 그러나 나의 발을 가볍게 만들고 나를 흥분하게 만든 두 마디가 보태졌다.

"300미터 조금 넘어요. 한국에 비하면 산도 아니지. 정상에 세 나라의 국경이 모여 있어요."

높이 800미터가 넘는 북한산에 비하면 언덕 수준이라는 것, 정상에만 오르면 세 나라의 땅을 동시에 밟아볼 수 있다는 것. 게다가 그는 28년째 왕복 세 시간 트레킹을 하루도 빠지지 않고 하고 있다고 했다. 28년째 그의 발자국에 의해 단단하게 다져진 그 길의 이야기가 궁금했다.

집 뒤편에서부터 이어지는 지름길로 오르기 시작했다. 약간의 경사가 있는 오솔길 옆으로 긴 숲이 이어졌다. 그와 그녀는 능숙하게 잘 걸었다. 나도 그들과 발걸음을 맞춰 걸었다. 숲에 들어서니 공기가 확실히 달라졌다. 우리나라로 비유하자면 서울 사무실에서 일하다가 충동적으로 강원도 태백으로 놀러온 느낌이랄까. 차갑고 청량하고 촉촉했다. 흙길은 폭신폭신했다.

"이 산이 나를 살렸어요."

그는 웃고 있었지만 그 웃음엔 인생의 한 고비를 넘긴 사람의 쓴맛이 감돌았다. 그가 이 산을 오르기 시작했던 1985년, 그는 임파선암 말기 판정을 받았다. 마침 지금 그의 가족들이 살고 있는 집의 설계 허가가 떨어졌던 시점이었다. 국적이 독일이더라도 한국인인 그들에게 독일은 무엇이든 쉽게 허가를 내주지 않았다. 설계 허가 역시 오랜 싸움 끝에 얻어냈던 성과였다. 그는 모든 게 자신 없어졌다. 그러나 자기가 죽게 되면 독일에 남겨질 가족들에게 손수 지은 집 한 채는 남겨줘야겠다는 강한 집념이 생겼다.

"죽는 날까지 한 번 해보자고 시작했죠."

그는 집에 대한 애착이 많을 수밖에 없었다. 그의 친구 한용 씨에게 들은 이야기가 떠올랐다. 그와 그녀가 결혼하고서 '독일 농가'에 세 들어 살았는데, 쥐가 돌아다니는, 허름하기 그지없던 집이었다는 이야기.

그녀가 대학병원에서 일하고 있을 때, 그녀의 환자 중 당뇨병에 걸린 한 할머니가 그녀를 무척 신뢰했다고 한다. 어느 날 그 할머니가 자신의 집에서 살면서 인슐린 주사를 좀 놔달라고 제안했고, 그렇게 부부는 그 독일 할머니 집에 얹혀살면서 악착같이 돈을 모았던 것이다. 그 후에 몇 군데 셋방살이를 전전하다, 드디어 자신들 소유의 집을 짓게 된 것이었다. 그는 하루 세 시간씩 이 길을 걷고, 나머지 시간은 집을 짓는 데 온 에너지를 쏟았다.

가족들은 그때 그가 혼신을 다해 지은 집에 아직까지 살고 있으며, 그는 건강을 되찾았다. 코끝으로 스며드는 숲 향기에서 그의 숨결이 느껴지는 듯했다. 그의 생에 대한 간절함을 떠올리며 뒤꿈치를 더 꾹꾹 눌러가며 걸었다.

숲길 오르기

그는 나영필, 1942년생이며 1971년에 광부로 파독했다. 고향은 경상북도 영주. 그 어렵던 시절, 아버지는 집안의 장남인 그를 서울로 대학까지 보냈다. 시골 땅을 팔고 소를 팔아서 보낸 서울 유학이었다. 당시에는 '한양 집은 소 뼈다귀로 지은 집'이라는 말이 있을 정도로 소를 팔아 자식을 서울 유학 보내는 농가가 많았다. 대학을 졸업하고 취업을 했다. 아버지가

서울 유학까지 보냈으니 이제는 그
가 아버지 빚도 갚고 동생들 공부도
시켜야 했다. 그러나 월급이 형편없
었다. 그나마 취업도 하지 못한 동
기들이 줄을 서 있었다. 결국 그는
아무도 모르게 화순에 있는 광산으
로 가서 1년 동안 일을 배웠고, 또
아무도 모르게 독일행을 비행기를

탔다. 그처럼 독일에 온 광부 중엔 대학을 졸업한 고학력자들이 많았는데,
그들을 '학사 광부'라 불렀다.

"자네 아들 서울서 공부까지 하고 독일에 광부 갔다며?"

고향 마을의 자랑거리였던 그가 독일에 광부로 갔다는 소문은 삽시간
에 퍼졌다. 그때 그의 고향 마을에선 독일에 광부로 가면 모두 탄 더미에
깔려 죽어 돌아오는 줄만 알았다. 생전 술을 입에도 안 대던 아버지가 술
을 마시기 시작했다.

"내가 여기 온 지 10개월 만에 아버지가 돌아가셨어요. 술만 드시다가."

아버지에게 효도하자고 오른 독일행이, 아버지를 죽음으로 내몰았다
는 죄책감에 그는 괴로웠다. 그 괴로움은 다섯 동생들만큼은 어떻게든
대학 공부시키고 결혼까지 책임지겠다는 다짐으로 이어졌다. 그러나 한
국 광부가 독일에 남으려면 결혼을 해야 했다. 시커먼 경상도 남자였던

그는 마침 피부가 뽀얗고 예쁜 한국 간호사에게 반해 결혼했다. 광산에서의 3년을 마치고 아헨에 있는 필립스Philips에 취직해서 11년 동안 근무했다. 세 명의 자식을 낳았고 모두 의사로 키웠다. 얼마 전엔 의사 며느리도 보았다.

"불효자식이었는데 이제는 아버지한테 좀 자신만만해도 될 것 같아."

그는 '흐흐' 사람 좋은 웃음을 흘리며 숲길을 오르고 있었다.

그녀는 이영순, 1948년생이고 1971년에 간호사로 파독했다. 고향은 전라도 광주. 늘 갓을 쓰고 다니던 그녀의 할아버지는 유교사상이 철저한 분이었고, 아버지 역시 그 할아버지를 똑 닮았었다. 더더구나 종갓집이었던 그녀의 집은 더욱 엄격할 수밖에 없었다. 그녀는 갑갑했다. 미니스커트가 한창 유행했지만 '미니'는커녕 '스커트'조차도 입기 힘들었다. 그러던 어느 날, 그녀는 〈주부생활〉이나 〈여성동아〉 같은 잡지에서 유럽을 소개한 기사를 읽고 큰 문화적 충격을 받았다. 그 후로 그녀는 어떻게 하면 미니스커트를 입고 유럽을 가볼 수 있을까, 그 궁리만 했다.

"간호사 일을 배워서 가보자, 한 거지."

그녀는 간호학원을 등록해 다니기 시작했고 파독 간호사에 지원했고 마침내 붙었다. 아버지가 술 마시고 취해서 들어온 날, 몰래 도장을 훔쳐 찍었다. 파독하기까지 집안의 반대가 심했지만 삼촌의 도움으로 올 수 있었다.

"딸을 시집을 보내야지 서독을 보내서야 되겠느냐, 어머니가 매일 우셨어요."

어머니는 매일 울었지만 그녀는 아버지로부터 해방되어 미니스커트를 입고 유럽 여행할 생각에 설레고 들떴다. 철은 없었지만 호기심이 강하고 진취적인 종갓집 아가씨였다.

독일에 온 그녀는 대학병원에서 간호사로 근무했다. 독일에 온 지

10개월 만에 파리도 가보고 유럽여행도 다녔다. 미니스커트도 실컷 입었다. 그녀는 여자라 할지라도 실력대로 능력을 인정해주는 독일사회가 좋았다. 1972년 그와 만났고 1973년 결혼했다. 그를 따라 아헨에 있는 병원으로 옮겼다. 그와 결혼해서 정말 부지런히 돈만 열심히 모았다. 지금은 집이 세 채가 있고 젊은 날 열심히 일한 덕분에 연금도 많다.

"그 꿈 많던 소녀가 이렇게 늙었습니다. 하하."

그녀도 그의 손을 꼭 잡고 숲길을 오르고 있었다.

드리란덴푼트 정상 도착

독일 아이들의 재잘거림이 숲이 끝나가고 있음을 알렸다. 정상에는 너

른 공원이 펼쳐져 있었다. 정상의 이름은 드리란덴푼트Drielandenpunt! 독일, 네덜란드, 벨기에 세 나라의 국경이 만나는 곳이었다. 이곳은 해발 323미터밖에 되지 않지만, 대부분 평지로 이루어진 네덜란드에서는 가장 높은 산에 속했다. 평지가 많은 독일에서도 흔하지 않은 '산'임은 분명했다. 말뚝처럼 생긴 회색 기둥이 세 개의 국경이 겹치는 포인트에 우뚝 서 있었다. 회색 기둥을 중심으로 독일, 네덜란드, 벨기에가 나뉘어 있었다. 세 나라의 국경에는 철책선도 없고 검문소도 없었다. 자유롭게 오갈 수 있는 국경, 세계를 통틀어 마지막 분단국가에 살고 있는 나는 그것이 뜨겁게 부러웠다. 신기하게도 불과 한 발자국 사이에 있는 네덜란드로 이동하자 내 스마트폰에 '로밍 구간을 이탈했다', '네덜란드에 진입했다'는 메시지가 떴다. '스마트'한 기기의 육감은 참으로 대단했다. 세 나라의 국경이 이렇게 붙어 있다 보니 국경 지역에 사는 사람들은 서로 다른 나라에 있는 직장을 다니기도 하고, 세일 시즌이 되면 세 나라를 오가며 가장 싼 가격에 합리적인 쇼핑을 한다고 했다.

공원을 둘러보니 자동차 가득 짐을 싣고 자유롭게 국경을 넘나들던 그 시절의 한국 청년들의 모습이 보이는 것 같았다. 1960년대 네덜란

드리란덴푼트의 회색 말뚝. 이 말뚝은 독일과 네덜란드, 벨기에의 국경이다.

드는 독일보다 훨씬 일찍부터 이주노동자를 받아들여 다국적의 대규모 아시아 마트가 있었다. 그곳에 가면 한국음식, 혹은 그와 비슷한 식재료들을 살 수가 있었다. 일부 광부들은 차로 국경을 넘어 네덜란드에 가서 식재료를 사다 독일에 와서 팔았는데, 그 식재료 공수 루트는 극비였단다. 광산 일을 본업으로 하고 식재료를 떼다 파는 일을 부업으로 했던 광부도 있었다. 그들은 멸치, 된장, 고추장, 두부, 당면 등의 식재료를 떼다가 자가용에 싣고 독일 내 한국 간호사와 광부들의 집결지를 누비고 다니며 팔았다. 그녀들의 말에 의하면, 이렇게 네덜란드에서 떼어온 식재료를 한 번도 사 먹지 않은 사람이 없을 정도였다. 값은 비쌌지만, 돈을 주고 한국의 음식을 살 수 있다는 것만으로도 그들에게는 눈물이 나는 일이었다.

1964년에 광부로 파독하여 한독 가정을 꾸리고 살았다던 한 사람이 떠올랐다. 그는 칠십이 넘은 나이에 위암 말기 판정을 받고선, 가장 가까운 지인을 찾아가서 '김형, 권총 하나 살 데 없소?' 부탁을 했다. 병문안 온 지인에게는 천장에 끈을 매달아 달라고 부탁하기도 했다. 결국 그는 지난해 발코니에서 뛰어내려 자살을 했다. 그의 지인들은 그의 유언에 따라 화장火葬을 했고 유골을 네덜란드 앞바다에 가져다 뿌렸다. 독일은 유골을 뿌리는 것이 법으로 금지되어 있지만, 네덜란드는 허용이 됐던 것이다. 그뿐만 아니라 네덜란드에 뿌려진 이름 모를 유골들이 많았다. 조국을 떠나 국경을 넘나들던 청춘의 정령들이 드리란덴푼트 정상을 떠도는 것만 같았다.

한국의 좋은 점과 독일의 좋은 점, 반반 교육

공원 산책을 간단히 끝낸 우리는 세 개의 국경을 마주보고 앉았다. 그는 독일 땅에, 그녀는 네덜란드 땅에, 나는 벨기에 땅에 엉덩이를 걸치고 있었다. 이곳은 그들이 아이들을 데리고 자주 놀러왔던 곳이기도 했다.

'어떻게 독일에서 자식 셋을 모두 의사로 키워냈을까?'

요즘 부쩍 교육에 관심을 갖고 있는 나는 궁금했다. 그는 임파선암 말기 판정을 받은 뒤로는 직장을 그만두고 연금생활을 하며 집에서 아이들만 돌봤다. 텔레비전은 보지 않았고 늘 책상에 바른 자세로 앉아서 책을 읽었다. 아이들은 학교 수업이 끝나면 그가 기다리고 있는 집으로 바로 돌아왔고 그와 똑같이 책상에 앉아 책을 봤다. 그녀는 병원의 야간근무를 도맡아 하며 낮 시간에는 아이들 양육에 최선을 다했다. 그들은 자식을 '잘 키웠다'가 아니라 '잘 지켰다'라고 표현했다.

그중 가장 공부를 잘했던 둘째딸, 그는 그 딸을 생각하면 죽을 때까지 가슴이 아프다고 했다. 아이들이 어릴 때, 그들은 주간근무와 야간근무를 번갈아 하며 아이들을 돌봤다. 그러다보면 어쩔 수 없이 야간근무가 겹치는 날이 생기곤 했는데, 그런 날 밤은 아이들만 두고 둘 다 근무를 나가야 했다. 이는 당시 간호사, 광부로 일하던 한인 부부들이라면 모두 겪은 어려움이었다. 고무줄에 우유통을 매달아서 아이 입에 물려 놓고 일하러 갔다, 책상 다리에 아이를 묶어놓고 일하러 갔다는 얘기들은 이미 들은 터였다.

"아이들을 재워놓고 일을 가야 하는데 잠을 안 자. 겨울에는 빨리 어두워져서 문제가 없는데 여름에는 늦게 어두워지니까 담요로 창을 가리고 억지로 때려서 재운다고. 밤에 일이 안 돼. 시계만 보는 거야. 일 끝나고 집에 가는 길에는 신호등 신호가 너무 길고. 그런데 집에 오니 작은애가 없는 거야. 아무리 뒤져도 없어. 경찰에 신고하려다 보니까 옛날에 텔레비전 넣어놓던 장 있잖아요. 그 바닥에 들어가서 자고 있는 거야. 그 좁은 데 어떻게 들어갔는지도 몰라. 눈물로 얼룩지고 거품 같은 거 물고 죽은 듯 잠들었어. 많이 울었어요. 그게 살면서 가장 가슴 아픈 일이야."

그는 자신이 말기 암으로 아플 때보다 그때가 더 가슴이 아팠다고 했다. 아픈 이야기를 하고 있자 그녀는 쾌활하게 분위기를 전환했다.

"그 애가 뱃속에 있을 때, 독일말 못한다고 설움을 많이 받았어. 그때 내가 열심히 공부한 걸 뱃속에서 걔가 이어받아서 공부를 잘했어. 하하."

아이들은 한국의 좋은 점과 독일의 좋은 점을 반반씩 섞어서 가르쳤다. 가족문화는 한국식으로 가르쳤다. 독일에서도 제사를 지내고, 새해가 되면 세배를 받고 세뱃돈을 줬다. 제사를 지내는 것에 동참시키는 것만으로도 부모를 공경하고 효도해야 한다는 메시지가 전해졌다. 새해마다 신년계획도 세웠다. 교육은 독일의 교육제도를 최대한 활용했다. 독일은 의지만 있다면 뭐든지 배울 수 있었다. 학비는 공짜고 사교육비도 저렴했다. 여름방학도 놓치지 않고 활용했다.

"초등학교 3학년 때부터 여름방학 8주 동안 항상 애들을 데리고 옥스퍼드Oxford에 갔어요. 학교에서 문법을 배우지만 대화가 안 되잖아. 옥스퍼드에 유명한 어학원이 있어요. 영국은 캠핑장이 잘되어 있어요. 거기 큰 텐트를 치고 지내면서 애들 어학원을 보냈어요."

한국의 문화와 독일의 문화를 반반 섞기도 했다. 결혼한 장남 부부를 2층에 살도록 했는데, 집세를 받지 않고 있다. 곁에 두고 일주일에 한 번이라도 아들 내외와 함께 밥을 먹을 수 있는 것만으로도 행복하기 때문이다. 이건 한국의 가족문화다. 독일 가족이라면 자식이라도 집세는 물론이고 밥값까지 계산해서 받아야 했다. 그러나 2층으로 통하는 현관문을 반대쪽에 하나 더 내서 평소에는 서로가 마주치는 일이 없도록 했다. 서로의 프라이버시는 지켜주기 위해서였다. 불쑥 찾아가는 일도 없을뿐더러, 함께 식사를 할 때도 반드시 사전에 약속했다. 이것은 독일식이었다.

그들의 자녀들뿐만 아니라 독일에서 자란 한인 2세들이 현재 의사나 변호사로 일하고 있는 사례는 흔했다. 한인 2세들 95% 이상이 고등교육을 받았다고 하니, 교육열이 얼마나 높은지 알 만하다. 다른 나라에서 온 이주민 자녀들은 결코 한인 2세들의 교육 수준을 따라올 수 없다고 한다. 그들은 입을 모아 이렇게 말했다.

"한인 2세들이 10년, 20년 후엔 독일의 주류사회에 진입할 거예요. 그들끼리 네트워크를 형성하면 독일사회에서 파워가 굉장할 듯해요."

괜히 자랑삼아 그들끼리 나누는 사탕 발린 말이 아니었다. 그녀는 암투병 중인 남편을 건사하면서 세 아이를 의대까지 보낸다는 것은, 병원비와 학비가 많이 드는 한국에서는 상상조차 할 수 없는 일이라고 했다. 독일이기 때문에 가능했던 것이다.

"어떤 분들은 독일에서 일하기가 어렵다고 하는데 나는 그런 게 이해가 안 돼. 이렇게 좋은 나라에서, 열심히 하면 그 사람의 능력을 인정해주는 나라에서 불평이 있다는 건 스스로를 돌아봐야 하지 않나요?"

다시, 내려오기

치즈색 줄무늬, 검은색 점박이, 새침한 하양이, 음침한 검정이, 드리란덴푼트에는 고양이들이 많았다. 3개국에서 살고 있는 고양이들이 틈만 나

면 서로 모여서 어느 나라가 요즘 더 살기 좋은지 정상회담을 벌이고 있는 것만 같았다. 사람뿐만이 아니라 동물과 자연들도 경계가 없이 자유롭게 넘나드는 국경이었다. 한국은 언제쯤 이렇게 될 수 있을까.

내려갈 때는 도로 쪽으로 가기로 했다. 해가 저물고 있었다. 길 하나를 사이에 두고 독일과 네덜란드가 나뉘었다. 네덜란드의 상가들이 불을 밝히기 시작했다. 네덜란드 국경 사이에 있는 카페나 술집에서는 마약을 팔기로 유명했다. 매일 수백 명의 외국인 관광객들이 마약을 사기 위해 몰려든다는 얘기도 있었다. 지금 이곳에 함께 걷는 누군가는 마약을 사기 위해 이곳을 찾았을지도 모른다고 생각하니 묘한 긴장감이 돌았다. 왠지 어디선가 총격전이라도 벌어질 것만 같은, 동양의 갱스터 무비에 오염된 사람의 구시대적인 긴장감. 내가 혼자 머릿속으로 갱스터 무비를 찍든 말든,

그와 그녀는 손을 잡고 앞서 걸어가고 있었다. 그들은 올라올 때도 내려갈 때도 잡은 손을 놓지 않았다.

부부는 늘 붙어 다닌다고 했다. 시장을 가도, 모임에 참석해도, 집 밖에 나갈 때나 집 안에 있을 때나 언제나 붙어 있다고 했다. 쌍쌍바처럼, 1+1 행사상품처럼. 내가 묵고 있던 호텔로 나를 데리러 왔을 때도, 그들은 둘이었다. 나를 픽업해주기 위해 왔던 그 혹은 그녀들이 대부분 혼자였던 것을 떠올려보니 유독 그 둘만 좀 남달라 보이긴 했다. 난 사랑의 유통기한 따위를 계산하는 현실적이며 이성적인 여자는 아니었지만, 그렇다고 '왕자님과 평생 행복하게 살았습니다'를 믿기엔 나이가 많은 평범한 여자였다.

'아니, 40년을 넘게 살았는데, 저렇게 좋을까?'

신혼 때의 그는 거칠었다. 광산에 가서 배워오는 독일어는 욕뿐이었다. 막장 안에서 검정 칠을 한 오색 인종들은 서로의 나랏말로 욕을 과시했고, 그렇게 날마다 '세계욕박람회'가 열렸다. 거친 몸싸움도 잦았다. 그러다 보니 지하에서 몸을 쓰는 일을 하던 광부들은, 지상에서 환자들과의 스킨십을 나누며 일을 하는 간호사들에 비해 독일어 실력이 빨리 늘지 못했다. 독일 사람들과 교감할 수 있는 시간 자체가 적었기 때문에 독일사회에 적응하기가 더 힘들었다. 그는 광산을 떠나 독일의 남쪽 아헨으로 직장을 옮기면서부터 조금씩 달라지기 시작했다.

"남쪽 지방하고 중화가 된 것 같아요. 친절해졌어요."

그는 달라진 거 없다고 흐물흐물 웃었다. 군이 말하지 않아도 그 웃음만으로도 눈치를 챘지만, 그녀는 꼭 꼬집어 그가 원래 마음이 넓고 이해심이 많은 사람이라고 말했다. 가끔 그녀가 생선이 먹고 싶어 고등어를 구우면, 그는 아무 말 없이 거실에 나가서 혼자 맨밥을 먹었다.

"난 산속에 살았고 이 사람은 바닷가 살았거든."

산속에서 생선 냄새 한 번 맡아보지 못하고 살았던 그에게 고등어 비린내는 견디기 힘든 것이었다. 그녀는 지금까지도 그에게 가장 고마운 것이 있다고 했다.

"독일 빵을 잘 잡사. 밥을 안 해도 돼. 하하."

그녀는 한국에서 단 한 번도 음식을 만들어본 적이 없었다. 종갓집 살림을 도맡아주던 아주머니가 있었고, 엄마 역시 막내딸인 그녀에게 집안일을 시키지 않았다. 독일에 온 후 김치가 너무 먹고 싶어서 있는 거 없는 거 다 넣고 처음으로 김치를 담갔는데, 그 맛이 나지 않아 후회하며 울기도 했었다고 한다. 제대로 된 밥을 한 번도 해주지 못했지만, 그는 불평 한 번 하지 않았다. 아직도 그녀가 한 밥은 '생밥'이다.

"밥, 청소, 커피는 이 사람 담당이야. 며느리 집 청소까지 해줘."

그는 부끄러운 듯, 그러나 여전히 흐물흐물 웃으며 말했다.

"내가 안 하면 아들이 해야 되거든."

그는 빵을 좋아하고 아들 걱정에 며느리 집까지 청소해주는 남자였다. 둘은 향수병을 느낄 겨를도 없이 앞만 보고 열심히 살았다. 그녀는 일하

며 아이들 다 키워놓은 후, 연금생활에 들어가고 보니 그가 보이기 시작했다고 한다. 그도 열심히 일하다가 암 투병을 하고 나니 그녀가 보이기 시작했다고 한다. 그가 이런 걸 좋아하는 사람이었구나, 그녀가 이런 생각을 하는 사람이었구나…… 그들은 노년에 접어들면서 비로소 서로를 알아가고 있었다. 그 기분은 마치 새로 연애를 시작하는 것과 같다고 했다. 독일에는 마음 터놓고 얘기할 수 있는 '속옷친구'가 없었다. 오직 부부끼리 가장 많은 이야기를 나누고, 서로가 가장 친한 벗이 되어주는 수밖에 없다고.

"이 사람이 와와와와, 잘하거든. 그러면 그냥 들어줘." 그.

"잔소리가 아니야. 젊은 시절 다 나누지 못한 대화를 이제야 하는 거지." 그녀.

내 나이 칠십이 넘었을 때도 40년도 넘게 산 남편과 새롭게 연애를 시작할 수 있을까? 어느덧 우리 셋은 부부의 집 근처까지 내려왔다. 헤어지기 전, 그녀는 아헨이라는 도시에는 초콜릿이 유명하다며 초콜릿 한 박스를 안겨주었다. 나는 1등 농장에서 선물 받은 쑥갓 두 봉지를 그녀에게 안겨주었다. 그는 암을 이겨내며 손수 지었다는 집 앞에서 말했다.

"그때 여기 온 사람들은 20킬로짜리 가방 하나씩 들고 왔어. 20킬로 넘으면 비행기 못 타니까 더 가져온 사람은 없었어. 올 때는 똑같이 20킬로짜리 가방 하나였는데 지금은 천지 차이야. 벌써 죽은 사람도 많고, 생활이 어려운 사람도 많고, 성공한 사람도 많고, 열심히 해보려고 발버둥을 쳐도 안 되는 사람도 있고, 잘 사는 사람도 있고. 그래도 우리는 뭐 열심히 살다 보니 지금 걱정은 없이 살아요."

1960~70년대 독일로 왔던 7,936명의 광부와 10,032명의 간호사. 지금까지도 독일에 남아 있는 그들의 20킬로그램짜리 가방 하나는 어떻게 되었을까. 그 가방을 찾기 위해 나는 다음 도시로 마음이 먼저 움직이기 시작했다.

Frankfurt

• • • • •

프랑크푸르트

양배추김치샐러드와
캄파리오렌지가 있는 저녁

"천장에 달 수가 없어서."

그녀의 작은 서재에는 형광등이 달려 있지 않았다. 키가 큰 스탠드를 천장을 향해 켜두는 것만으로, 이 작은 공간을 밝히고 있었다. 그녀의 욕실 문고리도 잠금 버튼이 고장 난 채로 방치되어 있었다. 잠금 기능을 상실한 문고리는 이곳이 경계할 누군가도, 주의를 기울여야 할 누군가도 없는 공간임을 말해주고 있었다. 이곳은 67세의 독신인 그녀가 혼자 살고 있는 17평짜리 원룸이다.

남자가 혼자 사는 집도 티가 나지만, 여자가 혼자 사는 집도 티가 난다. 여자 혼자 사는 집은 남자 혼자 사는 집에 비해 생활용품들이 적재적소에 놓여 있지만, 그 자리에서 작동해야 할 생활기기들이 고장 난 채 방치되는

경우가 더러 있다. 어디까지나 사
람의 특성에 따라서 말이다. 나의
주방에도 10분 정도 반짝하다가
자동으로 꺼지는 형광등이 있고
(형광등집 전체를 뜯어야 한다고 해서
그냥 방치한), 비스듬히 내려앉아
있는 핫플레이트도 있다(실리콘으
로 고정을 해야 한다고 해서 그냥 방치
한). 시간과 세대, 공간을 넘어서
나는 그녀의 키가 큰 스탠드와 잠
금 기능을 상실한 문고리에 애착
이 갔다. 독일에서 살고 있는 그
녀와 한국에서 살고 있는 나의 원

룸 평수가 같다는 것, 그리고 그녀와 나 둘 다 혼자 살고 있다는 것 때문일
지도 모르겠다.

　그녀의 원룸을 돌아보며 독일 유랑을 떠나오기 며칠 전에 발생했던 사
건이 떠올랐다. 사건이란 이런 것이었다. 나는 서울의 홍대 근처 17평짜
리 오피스텔에 산다. 150호수가 살고 있는 그 오피스텔에 4년째 살고 있
지만 나와 안면이 익은 거주자는 한 명도 없었다. 경비 아저씨, 청소 아줌
마와도 데면데면 목례 정도만 나누는 정도. 오직 동거 중인 회색 고양이와

만 안부를 나눌 뿐이었다. 그런데 그날 새벽 2시, 갑자기 안내방송이 울리기 시작했다. 방금 4층에서 화재가 발생했다, 금방 진화가 되긴 했지만 유해가스에 민감한 분들은 대피해라, 이런 내용이었다. 나와 동거묘가 유해가스에 민감한지 어떤지는 알 수 없었지만, 새벽 2시에 고양이를 안고 대피할 곳이 내게는 없었다. 화재 현장은 내가 사는 호수의 바로 아래층. 상황을 보기 위해 현관문을 열어보니 복도에 검은 연기가 자욱했다. 그리고 나처럼 안내방송을 듣고 문을 열고 쏟아져 나온 사람들, 그들은 전부 나와 같은 피부색에 같은 언어를 사용하는 한국 사람들이었다. 다른 피부색을 가진 사람들, 다른 언어를 사용하는 사람들과 같은 오피스텔에 살고 있는 60대의 그녀에게는 얼마나 더 큰 사건들이 많았을까. 그녀는 어떻게 그 시간들을 홀로 견뎌왔을까.

두렵지 않냐고 물었던가. 외롭지 않냐고 물었던가. 그녀에게 이런 대답이 돌아왔다.

"여기 사람들은 외로워도 문을 열고 나오지 않아요. 외로움을 많이 탔다면 자살하거나 정신병자가 됐을 거예요."

우리가 외국에 왔으니 당해야지

"3년 동안 너무너무 많이 울었어요. 돌이켜보면 제 평생에 흘릴 눈물을 그때 다 흘렸다고 생각해요. 이제는 눈물이 말랐다고. 여기 온 간호사들 다 그랬어."

그녀는 최순화, 1969년 스물네 살의 나이로 독일 공항에 도착했다. 1965년부터 1980년까지 한국 여성 10,032명이 독일의 병원에 '간호사'로 파견되었다. 그녀들의 나이는 고작 10대 후반에서 20대 중반이었다. 대부분 해외개발공사에 자원해서 선발되어 왔지만 그녀의 경우는 달랐다. 독일보건청에서 특별히 선발한 열 명의 특채 간호사 중 한 명이 바로 그녀였다. 서울성모병원 원장수녀님의 추천을 받아 시험을 봤고 12대 1의 경쟁률을 뚫고 당당히 합격했다. 간호대학을 졸업했고 2년의 경력도 있었다. 그러나 독일에 도착해 뒤셀도르프 인근의 뤼데스하임Rüdesheim에 있는 병원에서 근무를 시작했을 때는 한국에서의 학력, 간호 경력, 특채 선발도 전혀 필요가 없었다. 무조건 밑바닥에서부터 시작이었다.

"독일 온 지 5일 됐는데 병실에 배치만 시켜놓고 아무것도 안 가르쳐주고선, 일을 하라는 거예요. 일은 다 내게 맡겨놓고 지네들은 구석에서 담배 피우면서 노닥거리고. 스물네 명의 환자를 혼자 보니까 세 시간만 지나도 녹초가 되는 거예요. 말도 통하지 않는데다 가난한 나라에서 돈 벌러 왔다는 인식 때문에 청소부까지도 저를 무시했어요."

청소부들이 하는 걸레 빨기, 바닥 닦기 등의 허드렛일과 실습 나온 간호학교 학생들이 하는 환자 목욕시키기 같은 힘든 일도 전부 한국 간호사들의 몫이었다. 당시 독일 간호사들의 학력은 중학교 졸업이나 그 이하였고, 전문지식이 없어도 취업이 가능한 직업이었다. 그러나 사회보장제도가 잘되어 있던 탓에, 독일의 여성들은 힘든 간호 일을 기피했다. 자국의 여성들도 기피하는 힘든 일을, 성실하고 근성 있는 한국의 엘리트 여성들이 담당해주었으니 독일사회야말로 큰 수혜자였다. 그러나 아무리 한국에서 엘리트 교육을 받았다 하더라도 그녀들은 전쟁이 끝난 지 얼마 안 된 가난한 나라에서 온 이주노동자로 인식될 뿐이었다. 한국 여성들이 가장 먼저 해야 하는 일은 자존심을 버리는 일이었다.

"하루는 후배가 대성통곡을 해요. 병신이 병신 취급당하면 억울하지나 않지 멀쩡한데 병신 취급을 받으니 미쳐버리겠다고. 내가 그랬어요. 우리들이 외국에 왔으니 우리가 당해야지."

처음 말이 통하지 않았을 때는 당하는 게 당연하다는 심정으로 눈물의 나날을 견뎠다. 어느 순간, 부당한 현실을 극복할 수 있는 방법은 언어를 익히는 것밖에 없다는 사실을 깨달았다. 그녀는 3마르크 하던 생활 잡지들을 사서 읽기 시작했다. 사전을 뒤져 단어를 찾은 뒤, 문장들을 통째로 외워버렸다. 그날 외운 문장은 다음날 병원에서 반드시 활용해보았다. 독일어에 재미가 붙었고 실력이 껑충껑충 높이뛰기를 했다. 그때부터 '언어'는 그녀의 독일생활에 절대적 무기가 되어주었다.

그녀가 처음 배정받았던 병실은 중환자실. 14일 동안 무려 열세 명의 환자가 죽어나간 극한의 곳이었다. 한국에서는 환자가 사망진단을 받으면 보호자들과 장의사가 알아서 사후 처리를 했다. 간호사가 할 일은 환자에게 시트를 덮어씌우는 것이 전부였다. 그런데 독일은 달랐다. 죽은 환자의 사체 처리 과정 전부를 간호사가 맡아야 했다. 무조건 참으며 2년을 버텼으나, '언어'라는 무기를 잘 단련하고 나니 이 상황을 벗어나고자 하는 저항의지가 생겼다.

"완전 돌게 생겼어요. 도저히 근무를 못하겠더라고요. 간호원장에게 편지를 쓴 거예요. 나 여기서 계속 근무하면 정신병원에 가게 생겼으니까 병실을 바꿔주든가, 한국으로 보내주든가, 둘 중 하나를 선택하라고. 간호원장실에 편지를 딱 던져놓고는 일주일 동안 도망가버렸어요."

일주일 뒤 분명 해고를 당할 거라고 체념한 채 기숙사로 돌아왔다. 그

당시 독일의 간호 인력들은 이미 다국적이었다.

녀의 방문에 간호원장의 편지가 붙어 있었다. 오는 대로 즉시 전화해라, 너와 이야기를 하고 싶다는 내용이었다. 바짝 긴장한 채 간호원장을 찾아 갔다.

"근무하다 허가도 받지 않고 뺑소니를 치면 독일에서는 해고다. 그러나 너는 한국에서 왔으니까, 몰라서 그랬을 테니까, 이해하겠다. 어디서 일을 하기를 원하느냐?"

간호원장의 배려로 그녀는 1년 8개월 만에 병실을 바꿔 안과수술방에서 근무하게 되었다. 그곳으로 근무지를 옮기고 운이 좋게 좋은 동료들을 만났다. 간호과장은 2차 세계대전 후 의대를 졸업한 뒤, 뉴욕에서 인턴 레지던트 과정을 밟은 사람이었다. 외국생활을 해본 탓에 그녀의 어려움을 누구보다 잘 이해해줬다. 동독에서 탈출해온 수간호사는 외로움과 더불어 분단의 아픔까지도 헤아려줬다. 그녀는 좋은 동료들과 25년 동안 안과수술방에서 근무를 했다. 소극적인 '울음'이 아닌 적극적인 '행동'으로 얻어낸 결과였다.

이주의 동기는 개개인마다 달랐지만, 한국 여성으로서 1960~70년대 비행기를 타고 국경을 넘어 다른 세계로의 진입을 시도했다는 것만으로도 그녀들은 충분히 진취적이었다. 게다가 당시 한국에서 엘리트 교육까지 받은 여성들이었다. 하지만 그녀들은 자존심을 버리고 밑바닥에서부터 독일생활을 시작했고, 악착같이 이겨냈다. 그래서 '동양에서 온 천사'로 불릴 만큼 한국인 간호사에 대한 평가도 좋았다. 그녀처럼 파독 간호사들은 당당하게 독일정부와 병원에 권리를 요구했다. 1977년 독일에 경제 위기가 닥치면서 외국에서 온 이주노동자들을 송환하려는 움직임이 일었을 때 한국 간호사들은 서명운동을 벌여 나가기도 했다.

"우리는 필요할 때 가져왔다가 필요 없으면 버리는 상품이 아니다. 우리는 인간이다."

그녀들의 호소는 독일 전역에 퍼졌다. 병원 환자들과 독일 시민 등 만 천 명이 넘는 독일인들이 한국 간호사들의 체류연장에 동의하는 서명을 해주었다. 다음 해, 독일정부는 특별법으로 한국의 간호사들에게만 무기한 노동권을 주었다. 이례적인 일이었고, 그 후에도 없는 일이었다. 이 사건으로 한국 광부들도 간호사와 결혼할 경우 체류가 연장될 수 있었고, 독일에 한인사회가 정착할 수 있게 되었다.

그녀는 독일 병원에 어느 정도 적응을 하고 보니 한국에서의 간호사 생활보다는 더 낫다는 생각이 들었다고 했다. 간호사로서 환자에게 해줄 수 있는 게 많아서 보람을 많이 느꼈다고.

"성모병원에 있을 때요, 너무너무 비참한 광경을 많이 봤어요. 입원 환자가 돈을 못 내니까 식사를 끊어버리더라고요. 엄마가 밥을 못 먹으니까 젖이 안 나오잖아……. 세 살 먹은 애가 그 빈 젖을 빨면서 막 우는 거예요. 그걸 보면서 진짜 많이 울었습니다. 한국에서는 너무너무 마음을 많이 앓았거든요."

독일은 달랐다. 환자에 대해서 아끼는 것이 없었다. 아무리 비싼 약품,

기계라고 해도 환자를 위해서라면 마음껏 쓸 수 있었다. 약물 위주의 치료가 아닌, 회복이 오래 걸리더라도 환자에게 무리가 덜 가는 치료법을 쓰기 때문에 진통제나 항생제를 쓰는 일도 드물었다. 무엇보다 환자의 병원비를 모두 나라에서 해결해줬다. 그런 모습들을 보면서 그녀는 나중에 한국에 가서 살더라도 죽을 때는 독일 와서 죽어야겠다는 생각을 하기도 했다.

나는 광부랑 결혼하러 독일에 온 것이 아니다

"순화야, 세상에서 너는 쓸모없는 여식일지 모르지만 나에게는 천하보다 귀한 자식이다. 내가 죽거든 동생들을 네가 책임져야 한다."

아버지는 어린 그녀를 앉혀놓고 늘 얘기했다. 위로 언니가 둘, 밑으로 동생이 셋이었지만 그녀는 맏이의 삶을 살았다. 큰언니는 태어난 후 얼마 안 돼 죽었고, 둘째언니도 중학교 때 배추 뿌리를 잘못 먹고 채독증菜毒症에 걸려 죽었기 때문이다. 그녀는 어릴 때부터 아버지의 말처럼 동생들을

책임져야 한다고 생각하며 자랐다.

　그래도 형편은 윤택했다. 아버지는 왕성하게 사업을 했고, 그 덕에 늘 윤기가 흐르는 흰 쌀밥 도시락만 싸갖고 다녔다. 어린 시절부터 그녀의 꿈은 외교관이었다. 그런데 갑작스런 아버지의 사업 실패와 그로인한 빚 더미로 그녀는 꿈을 접어야 했다. 결국 그녀는 가족과 동생들을 책임지기 위해 독일로 떠났다. 독일에서 번 돈은 편지에 붙일 우표 값과 식비만 빼고 전부 한국으로 송금했다. 몇 년 지나지 않아 아버지가 돌아가셨고 남은 빚과 어머니 생활비, 동생들 학비와 결혼 비용까지도 그녀가 고스란히 감당해야 했다. 12년 동안 휴일도 없이 일만 했고 그렇게 번 돈으로 집안의 빚을 겨우 다 갚고 동생들을 분가시킬 수 있었다.

　한국 광부들은 주말이면 떼를 지어 간호사 기숙사에 찾아와, 기숙사에 붙어 있는 한국 간호사의 명패를 치며 돌아다녔다(그들은 이 행동을 '피아노 치기'라고 표현했다). 머나먼 타국, 같은 한국 사람이라는 것만으로도 외로운 청춘들은 금방 정이 들었다. 만난 지 며칠 되지 않아 로마 여행을 떠나 약혼을 하고 돌아오기도 했다. 사귄 지 몇 개월도 안 돼서 결혼식을 올리

는 광부, 간호사 커플도 많았다. 그녀의 간호사 동기들도 광부들과 연애를 많이 했다. 그러나 그녀는 달랐다.

"나는 광부랑 결혼하러 독일에 온 게 아니다! 딱 잘라버렸어요."

그녀가 서재 책장에 꽂혀 있던 앨범을 꺼내들었다. 그녀의 20대 초반 모습을 보니 참 많은 남자들의 마음을 들었다 놨다 했을 것 같았다. 젊음만으로도 예쁘던 때, 훤칠한 키와 남다른 패션 감각과 도도한 콧대까지 갖췄으니 말이다. 남자들의 접근조차 허락하지 않던 그녀를 무려 4년 동안 따라다니며 울고불고 매달렸던 남자도 있었다. 그는 독일 남자였다.

"그때 한국에서는 국제결혼 한 여자를 6 · 25 때 온 미군들과 결혼한 양공주 정도로 인식했어요. 내가 만약 여기서 국제결혼을 하게 되면 내 동생들 결혼 문이 막혀버린다는 생각이 들었죠. 독일 남자가 죽어라 쫓아다니더니 찾아와서 울더라고요. 내가 독일 사람으로 태어난 걸 어떡하냐고. 그래도 절대 안 된다고 내쫓았죠."

광부와의 결혼은 자존심이 허락하지 않았고, 독일 남자와의 결혼은 한국 가족들에게 피해가 갈까 싶어 할 수 없었다. 그녀는 결국 결혼을 포기했다. 집안의 빚을 갚고 난 뒤 그녀가 모아두었던 돈은 남동생이 사업자금으로 가져다 썼다. 그녀는 아낌없이 남동생의 사업을 밀어주었다. 어머니마저 돌아가시자 독신인 그녀가 의지할 사람은 오직 한국에 있는 남동생뿐이었던 것이다.

"철물점을 차려달라고 해서 떼어 먹고, 광고 회사를 차려달래서 떼어 먹고, 아파트 전세 얻어줬더니 몰래 그 돈 빼서 딴짓하고. 너무너무 애를 먹인 동생이었지만 밉진 않았어요."

그런데 그녀의 유일한 버팀목이던 남동생이 갑자기 뇌출혈로 죽었다. 한국에 남아 있던 가족의 뿌리가 송두리째 뽑힌 것만 같았다. 그녀는 너무 큰 정신적 충격을 받았다. 충격이 가시기도 전에, 이번엔 조카들이 집을 장만해야 한다며 돈을 좀 보태달라고 했다. 그녀는 조카들에게 마지막 남은 생명보험을 해약해서 전부 건네주었다. 40년 동안 독일에서 간호사로 밤낮없이 일했지만, 이제 그녀에게 남은 것은 하나도 없었다.

"이미 장성한 조카들인데 생명보험까지 해약해서 줄 필요까지 있나요?"

나는 화수분 같은 그녀가 답답하면서도 속이 상했다. 이미 한국에 직장도 있고 결혼까지 한 조카들보다는 앞으로 혼자 독일에서 노년을 살아가야 할 그녀에게 생명보험은 더 절실하지 않을까.

"이때까지도 다 주고 살았는데. 나는 혼자이고, 어디 가 있어도 연금이 나오니 굶지는 않잖아요."

그녀는 지난해 한국에 가서 살아볼 작정으로 6개월 동안 머물렀다. 어머니와 남동생이 없는 한국에서 그녀의 존재는 피부색만 같을 뿐 외국인이나 다름없었다.

"너무 많이 변해서 누가 도와주지 않고는 혼자 움직이지 못하겠더라고요. 그래서 싫어도 독일에서 살 수밖에 없다, 그걸 확인하고 돌아왔어요."

그녀는 남은 생을 독일에서 살기로 결심했다. 한국은 독신으로 혼자 사는 여자에 대한 시선이 곱지 않고, 무엇보다 독일에서 살아온 날들이 더 많았기 때문에 독일생활이 더 편했다. 다시 돌아온 그녀는 매달 1,800유로(한화 255만 원 정도)의 연금으로 홀로 살아간다. 부족한 비용을 충당하기 위해 수술실 당직 간호 아르바이트를 하면서.

미스 최의 음식에는 2% 부족한 무엇이 있다

"아! 정말 너무나 기가 막힌 세월을 보냈습니다."

그녀의 음식 이야기는 한탄으로부터 시작됐다. 독일에 와서 10년 동안은 김치를 해먹을 수 없었다. 뻣뻣하고 억세고 잎이 큰 독일 상추에다, 맵기는커녕 달짝지근한 헝가리 고추를 넣고 대충 얼버무려 먹는 것이 고작이었다. 또 양배추에다 고춧가루를 뿌려 김치 시늉만 해놓고 먹기도 했다. '뻘건'색만 나도 환장하던 시절이었다.

그녀는 그 시절부터 김치 대용으로 만들어 먹던 '양배추김치샐러드'를 선보였다. 맛을 보니 아삭아삭 새콤달콤했다. 푹 발효된 김치를 잘 못 먹는 나의 입맛에는, 김치라기보다는 '신선한 샐러드'의 느낌이 더 강해서 부담 없고 좋았다. 내가 맛있게 먹자, 그녀는 혼자 사는 나를 위해 초간단 레시피를 일러주었다.

미스 최의 양배추김치샐러드

1. 양배추와 오이를 썬다.
2. 각각 소금을 뿌려 15~20분 간 절인다.
3. 물에 헹구고 물기를 싹 뺀다.
4. 설탕, 소금, 참기름, 식초를 넣고 버무린다.
   이때, 마늘은 넣지 않는다!

어느새 그녀가 차려낸 음식들로 식탁 위는 풍성해졌다. 저녁 시간이 깊어지고 있었다. 먹음직스럽게 요리된 낙지불고기, 나물무침, 버섯볶음 등이 나의 젓가락을 숨죽여 기다렸다. 음식은 모두 맛있었지만 뭔가 한국의 깊은 맛을 느끼기에는 2% 정도 부족했다. 그녀의 음식에는 '마늘'이 전부 빠져 있기 때문이었다. 아직도 병원에서 일을 하고 있는 탓에 그녀는 여전

순화 씨와 함께한 식탁. 아직 일을 하고 있는 탓에 그녀의 음식에는 마늘이 들어가지 않았다.

히 마늘이 들어간 음식을 먹지 못했다. 우리가 함께한 저녁은 '마늘이 빠진 식탁'이었다.

　"내가 일을 하니까 마늘을 못 넣었어요. 작년에 한국 가서 6개월 동안 마늘을 마음대로 먹으니깐 살 것 같아."

　독일 사람들은 마늘 냄새에 유독 민감하게 거부 반응을 보였다. 게다가 몸을 부딪치며 환자와 소통해야 하는 간호사에게 마늘은 절대 먹어서는 안 될 '금기음식'이었다. 마늘이 들어간 음식(생마늘을 썰어 먹는 것도 아니고, 통마늘 구이도 아니고, 마늘이 양념으로 가미되었을 뿐인)을 먹게 되면 그 냄새가 몸에서 사라지는 시간이 보통 사흘 정도 소요된다고 한다. 그러니 간호사들은 주말근무를 하지 않는 금요일 저녁에만 마늘을 먹을 수 있었다고. 그녀도 철저하게, 지금까지 지키고 있지만, 딱 한 번의 실수가 있었다. 어느 날 한국 광부와 결혼한 간호사 동기에게 저녁 초대를 받았다. 저녁 식사로 떡만둣국을 푸짐하게 한 그릇 담아주었다. 너무 맛있어서 말끔하게 먹어치웠는데, 만두소에 마늘이 들어 있다는 사실을 미처 의식하지 못한 것이다. 다음날 근무를 나갔더니 난리가 났다.

"영하 7도가 넘는 날이었는데 수간호사가 창문이란 창문은 다 열고 화를 있는 대로 내는 거예요. 마늘을 먹으려면 쉴 때나 먹지, 주중에 먹고 와서 다른 사람한테 피해 준다고. 너무너무 예의 없고 나쁜 사람이라고 야단을 쳤는데 내가 약을 싹 올려버린 거라. 그런데 얼마나 맛있게 먹었는지 몰라, 너도 같이 있었으면 맛있게 먹었을 걸?"

독일에 온 광부와 간호사들이라면 '마늘'과 관련된 에피소드 하나쯤은 누구든 갖고 있었다. 한 광부는 독일에 온 지 얼마 되지 않았을 때, 평소처럼 막장에 들어갔는데 각국의 동료들이 코를 막고 줄행랑을 치기 시작했더란다. 마이더스조차 영문도 모르는 그에게 함께 일할 수 없으니 집으로 돌아가라고 손짓발짓을 했다. 결국 그는 쫓겨나듯 기숙사로 돌아왔는데, 알고보니 하루 전날 몸보신을 위해 마늘을 잔뜩 넣고 끓여먹은 삼계탕이 문제였던 것이다. 이쯤 되니 간호사들 사이에서는 우유로 목욕을 하면 마늘 냄새가 없어진다는 등 여러 가지 대처 방안까지 떠돌았다.

그것이 얼마나 한이 되었으면 간호사를 퇴직한 후 가장 좋은 점이 뭐냐고 물으니, '마늘을 원 없이 먹는 거'라고 이야기할까. 마늘뿐만이 아니었다. 한국에서 어머니가 보내준 마른멸치를 탈의실에 넣어놨더니, 어디서 썩는 냄새가 난다고 독일 간호사들이 난리를 쳤다. 너는 왜 썩은 음식을 버리지 않고 옷장에 넣어놨냐고, 하도 무리 지어 난리를 치는 통에 그 아까운 마른멸치를 버려야만 했던 일화도 있었다. 음식에 관해서라면 정말 그녀의 말대로 '너무나 기가 막힌 세월을' 참고 보내야 했던 것이다.

그녀는 맛있는 칵테일을 만들어주겠다며 오렌지 주스와 붉은색 캄파리 Campari를 들고 나왔다. 오렌지 주스와 캄파리를 4:1 비율로 섞으면 유럽인들이 즐겨 마시는 맛있는 칵테일이 된다고 했다. 독일의 파티에 처음 초대받은 날, 그녀는 이 캄파리오렌지Campari & Orange가 음료수인 줄 알고 홀짝홀짝 한 잔을 다 마셨다고 한다. 그런데 눈을 떠보니 어느새 집. 어떻게 집에 왔는지 기억조차 나지 않았고 양쪽 무릎은 깨져 있었다. 그녀는 술을 조금도 마시지 못했던 것이다. 이 일로 두고두고 독일 동료들에게 놀림을 당하기도 했었다고 한다. 마늘과 캄파리오렌지. 낯선 타국에서 뭐 하나 쉬운 음식이 있었을까? 지금은 그때보다 좀 나아져서 젊은 사람들은 어느 정도 이해를 한다고 했다.

"나 어제 친구한테 초대를 받아서 마늘을 먹었는데 미안해." 하면,

"마늘 냄새 때문에 죽는 거 아니니까 괜찮아." 정도.

독일에서 만난 그들 대부분 한국에서부터 날아온 나에게 식사 초대를 했다. 그들 대부분 퇴직 후 연금생활 중이라, 이제는 마음껏 마늘을 넣은

한국음식들을 먹을 수 있었다. 묵은지, 갓김치, 열무김치 등 김치 종류도 다양했고, 마늘을 갈아 넣은 소스로 양념한 돼지고기, 다진 마늘을 넣고 무친 갖가지 나물들을 얹은 비빔밥, 심지어 마늘보다 더 진한 냄새가 나는 청국장까지. 나 역시 너무나 맛있게 먹었지만, 돌아오기 전 서너 번 양치질을 하고, 껌을 몇 개씩 씹어야 했다. 그러고도 기차나 버스 안에서 숨을 제대로 내쉬지 못했다. 내 옆자리에 앉은 인상 좋은 독일 청년이 '죽지 않을 정도'의 마늘 냄새를 참고만 있는 것 같았다. 짧은 여행 중에도, 다른 문화를 어느 정도 이해하는 젊은이들과 섞여 있어도, 고작 '마늘'이란 것이 이토록 불편하게 만들다니. 사람들이 노골적으로 코를 막고 뒷걸음치며 달아났을 때, 그들의 마음은 어땠을까. 대체 마늘이란 게 무엇이길래. 외국에서 산다는 것은 고작 이 작은 마늘 하나 때문에 손가락질을 받아야 하고, 그런 것들을 참아야만 하는 것이었다.

　양배추김치샐러드와 캄파리오렌지의 밤은 깊어갔다. 내일도 아침 일찍 근무를 나가야 하는 그녀를 위해 이제는 일어서야 할 때였다.

두 시간 늦게 시작된,
프랑크푸르트 시립병원 놀이

그녀의 말대로 '드라마'가 되려니 그랬나보다.

우리는 약속 시간이 두 시간이나 지나서야 만날 수 있었다. 시간을 넉넉하게 두고 출발했던 나는 프랑크푸르트 반호프Frankfrut Bahnhof 근처 한국식당에서 점심까지 먹으며 여유를 부렸다. 식당 주인아저씨(물론 한국 사람)는 김밥 한 줄을 서비스로 주며 어디를 가냐고 물었고, 나는 그녀가 일러준 대로 '프랑크푸르트 시립병원'에 간다고 했다. 아저씨는 택시를 불러주고 독일어를 못하는 나를 배려해 기사에게 목적지를 대신 말해주는 친절까지 베풀어주었다. 나는 택시에 태워졌고, 기사와 나 사이에는 한마디 말도 오가지 않았고, 30여 분이 지나 나는 택시에서 내려졌다.

생각했던 것보다 병원 건물은 너무 컸고, 병원 안에 의과대학이 있는지

학생들도 아주 많았다. 길을 걷고 있는 학생 수만큼 많은 담배꽁초가 짓이겨져 있는 잔디 위에 나는 멀뚱히 서 있었다. 그녀에게 전화했지만 낯선 독일 여자의 안내음성만 들려올 뿐 연결이 되지 않았다. 나는 옹알이를 시작하는 아이처럼 영어로 길을 물으며, 겨우 병원의 메인으로 보이는 건물 로비에 도달할 수 있었다. 로비에는 두 여자가 앉아 있었다. 한 여자는 날씬했고 한 여자는 퉁퉁했는데, 두 여자의 머리카락은 모두 백발이었다. 멋내기용 백발이 아닌, 세월의 흔적을 기록하고 있는 하얀 머리카락.

독일에서는 일을 하는 백발의 노인들이 참 많았다. 식당이나 마트, 백화점의 점원도 하얀 머리카락의 여성이었고, 인기 있는 카페와 펍의 웨이트리스도 그랬다. 하물며 독일에 갈 때 탔던 독일 전세기 루프트한자 Lufthansa 기내에서 일하던 스튜어디스도 얼굴에 주름이 선명한 백발의 여성이었고, 일정을 마치고 잠시 들렀던 헤르만헤세박물관의 큐레이터도 백발의 노인이었다. 도대체 젊은 사람들은 어디에서 일을 할까, 의구심이 들 정도였다.

한국에서는 예쁘고 젊은 여자들만이 독점할 수 있는 일들을 독일에서는 백발의 여성들도 하고 있었다. 게다가 그들의 얼굴은 대부분 민낯이었고 비슷비슷한 무채색의 옷을 입고 있었다. 나이, 민낯, 차림새 등 보여지는 것이 일을 하는 사람을 결정하는 중요한 요소가 아니었다. 전혀 인위적인 치장 없이도 백발의 여자들은 충분히 싱싱해 보였고 활기차고 당당해 보였다. 그리고 그들과 대면하는 손님들도 그 모든 것이 불편하지 않은 자연스러운 일상이었다.

"무엇을 찾고 있나요(순전히 느낌으로 번역한 독일어)?"

그곳을 서성거린 지 30분 정도 지났을 때 날씬한 여자가 내게 물었다. 나는 친구를 기다리고 있다고 영어로 서툴게 말했다. 그 사이 띄엄띄엄 그녀에게 전화를 걸었지만 전화기 너머로는 여전히 독일 여자의 안내 멘트만 쏟아져 나왔다. 기다리다 못해 하얀 머리카락의 여자와 서로 알아들을 수 없는 말들을 허공으로 던지고 나서야 '이 병원이 아닌 것 같다'는 공포가 엄습해왔다. 둔하기도 하지, 한 시간 동안 헤매고 나서야 눈치를 채다니. 순간 나는 우주에 혼자 남겨진 듯했고, 아이처럼 울고 싶어졌다. 40여 년 전 독일에 왔던 그들은 얼마나 자주 이런 공포에 홀로 놓여졌을까. 고작 이 정도의 공포는 에피소드로도 기억되지 못할 것이다.

'그녀를 만나는 것을 포기하고 숙소로 돌아가야 하나?'

마지막이라고 생각하고 다시 전화를 걸었을 때, 그녀가 전화를 받았다. 장소를 확인할 방법이 없었던 나는 핸드폰을 '하얀 머리카락'에게 건넸고 둘은 잠시 통화를 했다. 하얀 머리카락은 메모지에 주소를 적기 시작했다. 사그락사그락 볼펜 움직이는 소리가 '쯧쯧쯧' 혀 차는 소리로 들렸다. 그 주소를 받아들고 다시 택시를 탔고 30분 정도를 더 이동했다. 독일은 정확한 주소만 있으면 어디든 찾아갈 수 있었다. 아무개 씨네 주소를 택시 기사에게 건네면 정확히 그 집 앞에서 차를 세웠다. 오히려 우리처럼 '어느 사거리 무슨 은행 앞에서 내려달라'는 잘 통하지 않았다. 그만큼 건물마다 번지 체계와 주소 정돈이 잘되어 있었다. 그러니 주소를 정확히 모르고 병원 이름만 안다면 헤매게 되는 것이다. 나는 택시 안에서 계속 발뒤꿈치를 콩콩콩 찍고 있었다. 이번엔 맞게 가고 있는 거겠지? 의심의 끈을 놓을 수 없었지만, 무엇보다 걱정이 되는 건 '약속 시간'이었다.

독일에 오기 전에 '변덕스러운 날씨'만큼이나 많이 들었던 얘기가 '철저한 시간 약속'에 대한 것이었다. 정말 친한 사이라고 하더라도 미리 시간 약속을 하지 않고 마실 나온 길에 잠깐 들리는 행위는 큰 결례였다. 심지어 엄마가 딸네 집에 갈 때도 반드시 약속을 정하거나, 딸이 초대를 해줘야만 갈 수 있다는. 그녀는 내게 40년이 넘도록 근무했던 병원의 곳곳을 구경시켜주기로 약속했었다. 분명 각 병실의 간호사들과도 약속이 되어 있을 텐데, 이미 약속 시간을 한 시간 이상 훌쩍 넘겨버렸던 것이다. 병원 구경을 못하게 되더라도 그녀만 만나게 된다면 더 바랄 것이 없겠다, 택시가 더 멀리 이동할수록 나의 욕심은 점점 줄어들고 있었다.

50년의 시간이 흐르는 병원 산책

이전의 병원보다는 규모가 아담하고 더 오래된 정취가 풍기는 건물 앞에서 택시가 섰다. 로비에 들어서니 한눈에 그녀를 알아볼 수 있었다. 큰 사람들 사이에 검은 옷을 입고 있는 작고 동그란 동양 여자. 그녀가 단연

두 시간만에 만난 성자 씨와 병원 산책이 시작되었다.

돋보인 것은 작은 키도, 동양 여자여서도 아니었다. 바로 그녀의 환한 웃음 때문이었다.

"아이고, 참말로."

몇 년 만에 한국말을 들은 사람처럼 나는 그녀의 '참말로'가 참말로 반가웠다. 키가 작은 그녀가 나의 허리께를 와락 안았고, 키가 큰 나는 그녀의 어깨를 다독였다.

"드라마가 되려니까 이래. 핸드폰도 딱 끊어져 가꼬. 얼마나 뛰댕겼는지 몰라."

그녀의 거친 숨과 붉게 상기된 양 볼이 '뛰댕긴 거리'를 말해주고 있었다. 나는 눈물이 왈칵 날 것만 같았다. 타국에서 한국 사람을 만난다는 건 이런 기분이겠구나, 싶었다.

프랑크푸르트 시립병원Frankfrut-Hoechst Städtisch Krankenhäuser은 1963년에 지어진 근대식 병원으로, 50년 전의 모습을 그대로 간직하고 있었다. 병원 안 붉은색 벽돌로 지어진 유아병동을 제외하고는 모두 그녀가 처음 발을 딛었던 그날 그때의 모습을 잃지 않고 있었다. 그러나 병원의 외관과 내부의 시설들은 오래된 병원이라는 느낌을 주지 않았다. 여전히 현대적이며 깔끔했다. 40여 년 전, 병원 시설이 한없이 낙후되어 있던 한국을 떠나 이곳에 온 어린 간호사들은, 당시 독일 병원의 규모와 시설에 얼마나 놀라고 가슴이 쪼그라들었을까. 1966년에 온 110명의 한국 간호사들 중 현재는 열두 명만 이곳에 남아 있었고, 그녀는 그중 한 사람이었다.

"나는 항상 웃어요. 독일 사람들이 너무 좋아해."

그녀는 시종일관 웃으며 나풀나풀 춤을 추듯 병원을 누볐다. 독일인들로 가득한 병원에서 그 모습은 비현실적으로 보였고, 나는 그 모습이 신기루처럼 사라지기라도 할 새라 부지런히 그녀를 쫓았다.

그녀는 백성자, 1943년생이고 올해 나이 일흔이다. 경주가 고향인 그녀는 6남매 중 막내로 태어났다. 집은 부유한 편이었고 집안일을 해주던 아주머니가 있어서 손에 물 한 번 안 적시고 곱게 자랐다. 경주여고와 경북대학교 간호학과를 졸업하고 대학병원에 취직하기까지, 남부럽지 않은 엘리트 코스를 밟았다. 1년 넘게 근무하던 병원의 과장이 유독 그녀를 예뻐했고 파독을 추천했다. 단 한 번이라도 외국에 나가보고 싶은 마음이 굴뚝같았던 스물셋의 그녀는 망설일 것 없이 독일행을 결심했다.

1966년 4월이었다. 그녀가 처음 배정받은 병원은 이곳, 프랑크푸르트 시립병원이었다. 처음 병원에 도착했을 때 미리 와서 정착하고 있던 한국 간호사들이 6개월 동안 독일어를 가르쳐줬다. 다행히 그녀는 산부인과 병동에 배정받았고 유아들을 돌보는 일부터 시작했기 때문에 독일어를 할 필요가 거의 없었다. 게다가 각 파트별 업무분담이 정확하게 되어 있어서 일하기도 편했다. 한국뿐만 아니라 유고슬라비아, 인도네시아에서 온 간호사들도 있었지만 특별한 인종차별은 없었다.

"첨에 영아실에서 일할 땐 독일말을 못하니까 전화가 오면 겁이 쩔렁쩔렁 났지. 독일어는 끝을 몬봅디다. 건물도 근대식에다가 간호사들은 간호사 일만 했어. 봉급도 좋고, 휴가 가면 휴가비도 나와요. 우리 병원은 계약 끝나고 더 있고 싶으면 안 돌려보내. 난 어려운 거 몰랐어."

스물셋의 나이에 국경을 넘어 독일 땅에 와서 일한다는 것이 어떻게 힘들지 않았겠는가. 다만, 함께 온 다른 간호사들에 비해 그녀는 운이 좋았던 것뿐이었다. 한국에서 온 간호사들은 일할 병원을 배정받으면 계약이 끝날 때까지 옮길 수가 없었다. 그만큼 처음 배정받는 병원이 독일에서의 정착에 중요한 운명을 결정지었다. 그러나 그녀들을 병원에 배치하는 방법에는 아무런 체계도 규칙도 없었고, 순전히 '운'만 있었다.

그녀들의 이야기를 들어보면 이렇다. 독일에 도착해 비행기에서 내린 후, 버스로 옮겨 타면 그 버스가 각 도시마다 이동하며 두서넛씩 하차시켰는데, 바로 그곳이 3년 동안 일할 병원이 되는 식이었다. 비행기도 버스

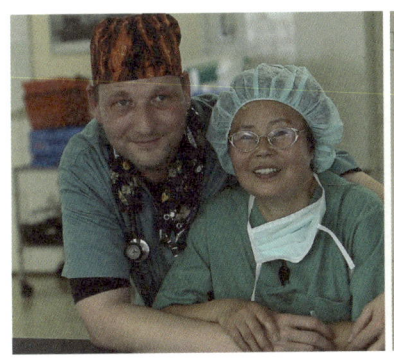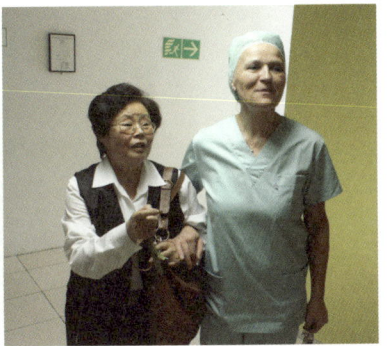

도 울음바다였고, 그 속에서 어린 한국 여자들은 자신이 어디로 가고 있는지 모른 채 막막한 공포를 느꼈다고 했다. 운이 나쁘게 교외의 결핵병원이나 시골 숲속의 양로원, 정신병원에 배정받은 간호사들은 그곳에만 박혀 있다 몇 년 만에 한국 사람을 만나 통곡을 하기도 했단다. 일부는 정신질환을 앓다가 자살을 하기도 했다. 그리고 말이 통하지 않으니 병원의 궂은일들을 한국 간호사들이 도맡아 하는 경우가 많았고, 인종차별을 겪는 것도 당연했다. 파독 간호사들은 병원의 배치 문제뿐만 아니라 고용계약서, 노동 여건 등에 대해 전혀 숙지하지 못한 채 바로 일터에 놓여졌다. 이는 광부도 마찬가지였다. 그들을 보낸 한국에서는 그런 상황을 정리도 하지 않은 채 '파독'에 급급했던 것이다.

그녀는 이 병원 마취과에서 2007년 정년퇴직할 때까지 42년 동안 근무했다. 마취과 간호사가 되기 위해서는 일반 간호사보다 2년 동안의 과정을 더 배워야 했다. 그러나 그녀는 과장의 특별 훈련만 거치고 바로 마취

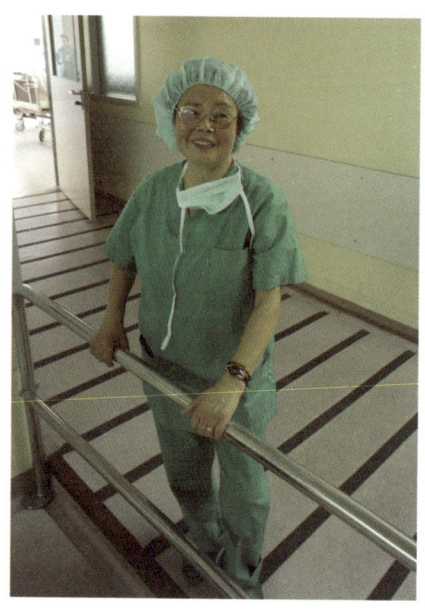

과 일을 할 수 있었다. 그 정도로 병원에서는 그녀에 대한 신임이 컸고, 그
녀 역시 누구보다도 열심히 일했다. 마취과에서 일하는 간호사는 일반 간
호사보다 월급도 많았고 퇴직 후 연금도 당연히 많았다.

지금 그녀는 퇴직 후 연금생활 중이지만 파트타임으로 마취과 간호사
일을 아직도 하고 있었다. 간호사가 휴가를 가거나, 병가를 낸 경우 그 빈
자리를 보충하는 인력이 필요했고, 그녀는 그런 자리를 찾아서 집에서 20
킬로미터 정도 떨어져 있는 이곳까지 바쁘게 쫓아다니고 있다고 했다. 아
직까지도 마취과 간호사로 일하고 있다는 것에 대해 강한 자부심을 드러
냈다.

"한국에서 관광 오신 분들이 굉장히 부러워해, 독일에서는 나이 많아도 일을 하는 거. 한국은 한창 일할 나이에 집에 있어야 되니까. 난 칠순에도 일하는데. 하하."

그녀는 탈의실에서 옷을 갈아입고 나왔다. 초록의 간호사 복은 작고 동그란 동양 여자를 더 작아 보이게 만들었다. 간호사 복을 입고 웃는 그 모습이 어찌나 예뻐 보이던지, 처음 이곳에 왔던 스물셋의 그녀가 얼마나 사랑스러웠을지 눈에 보이는 듯했다. 그녀는 회복실을 구경시켜주겠다며 앞장섰다. 그곳에는 왼쪽과 오른쪽으로 침대가 늘어서 있었고 환자들은 머리를 벽 쪽으로, 다리를 중앙통로 쪽으로 두고 나란히 누워 있었다. 담당 간호사가 그녀와 반갑게 인사를 나누었다. 나에게 병원 구경을 시켜주겠다고 하니, 유고슬라비아에서 온 담당 간호사는 약간 당황한 듯했지만

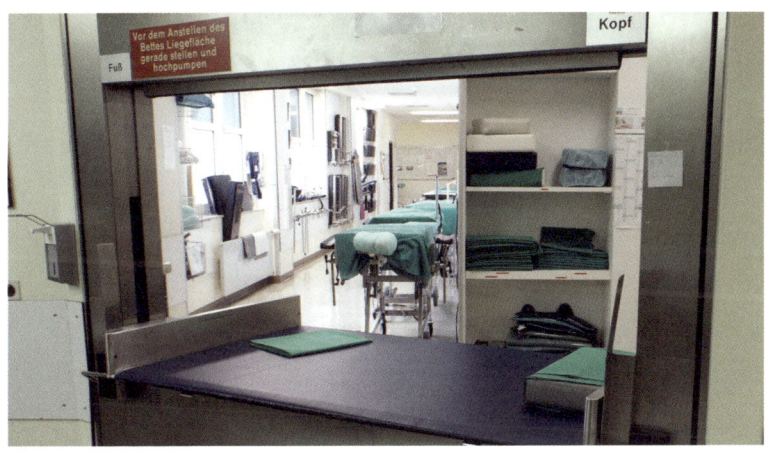

금세 웃어주었다. 퇴직한 한국 간호사가 낯선 한국인을 데려와, 유고슬라비아에서 온 간호사에게 독일 병원을 구경시켜줘도 되겠냐고 허락을 구하는 장면. 나는 또 한 번 이 장면이 비현실적이라고 느껴졌다.

갑자기 누워 있던 환자 중 한 명이 큰 소리를 질러댔다. 알아듣지는 못해도 좋지 않은 소리라는 게 피부로 느껴졌다. '한국 사람은 눈치가 탁 빨라가지고 말이 안 통해도 다 알아들었어.' 그녀의 말처럼 내 눈치도 경쾌한 '탁'은 아니어도 둔탁한 '턱' 정도까지는 빨라진 듯했다. 나는 그녀의 팔을 끌고 회복실을 나섰다.

그녀는 이제 수술실을 구경시켜주겠다고 했다. 난생처음 보는 수술실의 기계에 대해 그녀는 길게 이야기를 늘어놓았다. 그 다음에는 수술대 체험까지 직접 시연해주었다. 그녀가 수술대 위로 펄쩍 뛰어올랐는데, 그만 철퍼덕 엎어지고 말았다. 작은 그녀가 단 번에 뛰어 오르기엔 수술대의 높이가 너무 높았다. 그녀는 그래도 뭐가 그렇게 신나고 재미있는지 웃고 또 웃었다. 그때마다 어김없이 튀어나왔다.

"아이고! 참말로."

이렇게 시설 좋은 독일 병원에서 한국 간호사인 자신이 오랫동안 일을 했다는 것을 내게 자랑하고 싶은 듯했다. 그러나 나는 약속 시간에 두 시간이나 늦었고, 그녀는 보여주고 싶은 것이 너무 많았고, 정확한 것을 좋아하는 독일 사람들은 불편해했고, 결국 그녀는 꽤 직급이 높아 보이는 사람에게 좋지 않은 소리를 듣고야 말았다. 그러나 그녀는 전혀 문제없다며,

나풀나풀 춤을 추는 듯 탈의실로 들어갔다. 그 모습마저도 나는 비현실적으로 느껴졌다. 왠지 그녀가 탈의실에서 '퐁' 사라져버릴 것만 같아서 서둘러 뒤쫓아 들어갔다.

결혼하고 애기 하나 있을 때까지 살았던 기숙사

병원 복도에는 잘생긴 세 남자의 사진이 붙어 있었다. 연예인들의 프로필 사진 같았다. 옷을 갈아입고 나온 그녀에게 누구냐고 물었다. 우수한 의사나 간호사를 선정해서 사진을 걸어놓는 거라고 했다.

우리는 병동 문을 열고 밖으로 나왔다. 날씨가 좋았다. 이제 기숙사를

결혼한 뒤에도 가족과 함께 살 수 있던 병원 기숙사

소개시켜 주겠다며 병원의 가장 깊은 곳으로 걸어갔다. 그곳에는 아파트처럼 생긴 두 동의 건물이 서 있었다. 옆 공터에는 부서진 건물 잔해가 남아 있었다.

"여기가 기숙사 1, 2, 3동이었어요. 3동은 지금 허물고 있는 중이에요. 결혼하고 나서 남편이랑 애기 하나 있을 때까지 기숙사에 살 수 있게 해줬어요. 나도 여기서 결혼해가꼬 임신까지 했으니께."

한국에서는 '여자가 남자에게 시집을 간다'라는 표현을 사용하지만, 독일에서는 '광부가 간호사에게 장가를 간다'라고 표현한단다. 한국에서 온 광부들이 간호사를 만나 결혼한 후, 직업적으로 좀 더 안정적인 간호사 기숙사에 신혼살림을 차리는 경우가 많았기 때문이었다. 광산 기숙사에서 쫓겨난 광부가 짐을 싸서 간호사 기숙사를 찾아가 1년만 책임져주면 평생을 책임져주겠다는 프러포즈로 결혼한 사례도 있었다. 그들은 낯선 타국에서 신혼살림 집을 마련할 여건이 되지 못했고 그녀 또한 그랬던 것이다. 병원은 그런 상황을 배려해 가족 단위로 기숙할 수 있도록 도와주었다.

기숙사는 한국 간호사들의 정착에 도움이 된 것은 사실이지만, 사실 병원 측의 수혜적 차원의 배려만은 아니었다. 병원은 늘 간호 일손이 부족했다. 그래서 일터와 휴식 공간이 붙어 있던 한국 간호사들은 시도 때도 없이 병원 일에 동원되었고, 주말이나 휴일, 야간근무도 그녀들의 차지가 되었다. 그 때문에 그녀들은 더 많은 돈을 벌 수 있었고, 병원 측은 최저인건비로 부족한 노동력을 최대한 활용할 수 있었다.

사실 성자 씨는 체류기한 3년을 마치고 한국으로 돌아갈 생각이었다. 계약 만료일을 두어 달 앞두고 그동안 가보지 못했던 로마 여행도 다녀왔다. 한국으로 돌아갈 준비를 마친 어느 날, 한 남자를 소개받았다. 그는 한국에서 온 광부였고 서른셋의 노총각이었다. 두 번째 만나던 날, 그는 그녀를 붙들고 느닷없이 선전포고를 했다.

　"미스 백! 난 두 달 안에 결혼을 하지 못하면 한국에 돌아가야 하니까 당신이 알아서 하시오!"

　그는 체류기한이 두 달 남은, 곧 한국으로 쫓겨나게 생긴 광부였던 것이다. 광부들은 간호사들과 달리 '이주노동자'가 아닌 '산업연수생' 신분으로 독일에 왔다. 그들은 3년의 연수 기간이 끝나면 한국으로 돌아갈 수밖에 없었다. 광산과 재계약을 하거나 다른 직업으로 이전하여 체류기한을 연장하기란 사실상 불가능에 가까웠다. 그러나 한국 간호사들은 체류기한 연장이 손쉬웠다. 때문에 광부들이 간호사와 결혼해서 부부가 되면, 부부 중심 사회인 독일에서는 둘 다 체류기한이 연장되었던 것이다.

　그를 매몰차게 한국으로 돌려보내기엔 그녀는 마음이 약했고, 무엇보다 그들은 낯선 땅에 뚝 떨어진 몇 안 되는 한국 사람들이었다. 간호사 기숙사에 찾아온 광부에게 단순한 호의로 밥을 차려줬던 것이 결혼까지 이어지기도 했다. 그 광부가 찾던 간호사가 마침 기숙사에 없었는데, 이를 본 한 간호사가 그가 배가 고플까봐 걱정돼 밥을 차려줬던 것이다. 그 이유는 단지 그가 미스터 '김'이었기 때문. 그녀들은 미스터 '김'을 밥도 주지 않고 되돌려 보낼 수 없었던 것이다. 성자 씨도 그러했다.

1968년 스물다섯 성자 씨는 서른셋의 노총각 광부와 결혼했다. 8월에 만나 10월에. 빨리 정들고 빨리 결혼을 했다.

"결혼해서 여기 눌러앉아 있게 됐네요. 오래 연애했으면 안 했을지도 모르지. 에구, 참말로."

부유한 집안의 6남매 중 막내로 태어나 귀여움을 독차지하며 자란 그녀는 월급을 한국으로 송금할 일도 없었다. 그런데 결혼을 하자 남편은 잔뜩 저축해놓은 그녀의 돈을 모두 자기네 집으로 보내고 처음부터 새로 시작하자고 했다. 그렇게 그녀의 돈은 시댁으로 보내졌다. 서른세 살 노총각인 그는 경기도 양평의 가난한 집 8남매 중 장남이었던 것이다.

"결혼할 때 선물로 로렉스 시계를 하나 사주려니까 남편이 그런 허황된 거 싫대. 양복만 하나 해달래. 그래서 지금까지도 시계 하나 옳은 것 없어. 그때는 실컷 돈도 많았을 땐데."

결혼 후 그녀의 기숙사에 살림을 합한 그는 270킬로미터 떨어져 있는 광산까지 다시 다닐 수 없었다. 대신 그녀 덕분에 프랑크푸르트 시립병원과 연계를 맺고 있는 헥스트Hoechst 제약회사로 이직할 수 있었다. 둘은 그때부터 더 열심히 돈을 모았다.

"나는 음식 한 번 안 해보다 독일 왔잖아요. 여기 와서 김치 담그면 그 것도 신기하고 잡채를 하면 그것도 신기하고. 그래서 우리 아버지, 엄마한테 편지 쓰면 늘 나 오늘 뭐 만들었다는 이야기만 가득 썼어요. 편지에 어려운 거는 한 번도 안 쓴 것 같아."

인종차별도 없었고 힘든 일도 별로 없었다던 성자 씨의 눈시울이 어느새 푹 젖어 있었다.

양엄마가 살았던 집

"나는 이렇게 나돌아 댕기는 게 좋아요."

병원을 나서니 그녀의 표정이 다시 밝아졌다. 그녀는 우편물을 보내기 위해 시장으로 가는 중이었다. 그녀가 간호사 기숙사 생활을 할 때부터 다니던 시장이라는 말에 나도 따라나섰다. 독일의 시장, 그녀들이 70년대에 다녔던 그 시장의 모습을 보고 싶었다. 걸어서 20분 정도 거리에 있다고 했다.

"이 길은 그대로예요, 옛날 그대로. 이게 약국, 요것도 옛날 그대로고. 독일은 별로 변화가 없어. 한국에는 뭐 그냥 좋은 건물이 막 생기던데."

변한 게 거의 없다는 길, 그러나 이 길은 지금 내가 봐도 분명 이국적 느낌이 물씬 풍기는 거리였다. 40여 년 전, 그녀들에겐 이 길이 어떻게 보였을까. 젊고 예쁘던 시절, 그녀는 얼마나 열심히 일했을까.

워낙 바깥 활동을 좋아하는 그녀는 재독간호협회 회장직을 맡기도 했고, 회장직을 맡은 사람들 중 유일하게 공로상까지 받았단다. 굳이 말하지

2층 발코니가 양엄마가 살았던 집이다.

않아도 표창을 받은 이유를 알 것만 같았다.

"양엄마가 살았던 집이에요."

그녀는 아담한 3층 건물의 2층 발코니를 가리키고 있었다. 그녀가 독일에 와서 3개월쯤 지났을 때, 그날도 오늘처럼 시장에 가는 길이었다. 한 집 발코니에 유난히 색색의 등이 많이 걸려 있었다. 마침 4월 초파일이었다. 한국의 절이랑 비슷한 느낌이 들어서 그녀는 그 집 앞을 기웃거렸다. 그러자 한 할머니가 나오더니 그녀에게 웃는 게 참 예쁘다며, 자주 놀러오라고 했다. 마음 붙일 데가 없었던 그녀는 할머니에게 자주 놀러갔다. 할머니는 그녀에게 식사도 차려주고 자고 가도록 잠자리도 내어주었다. 그녀를 딸처럼 대해주었고 그녀는 자연스럽게 할머니를 '양엄마'라고 부르게 되었다. 결혼 후에도 양엄마는 친정어머니처럼 잘해주었다.

어느 날엔가 집 근처 탁아소에 아이들을 맡기고 일을 나갔다 돌아오니 아이들이 탁아소에 없었다. 양엄마가 아이들을 찾아다 집에서 직접 돌봐주고 있었던 것이다.

"애기는 바람도 쐬고, 햇빛도 보고, 음식도 직접 만든 걸 먹여 키워야 된단다. 그런 곳에 맡겨 키우면 안 돼."

양엄마는 아이들에게 이유식도 손수 만들어 먹였고, 잠시도 아이들만 두고 자리를 비우지 않았고, 저녁 8시면 잠을 재웠다. 너무 고마운 마음에 수고비를 건넸더니, 전부 아이들 용품을 사갖고 와서 자랑을 했다. 그렇게 그녀는 독일인 양엄마 덕분에 맞벌이를 하는 다른 한인 부부들의 가장 큰 걱정거리였던 육아도 어느 정도 해결할 수 있었다.

한인 가정 중 성자 씨처럼 독일인들의 도움을 받은 사례도 많았다. 뒤셀도르프 신귀숙 씨도 부부가 맞벌이를 간 사이 윗집에 사는 독일인 노부부가 아이들을 돌봐줬다고 했다.

"그분들 나이가 되어 보니까 너무 감사를 못했던 것 같아. 그래서 항상 가슴이 아파요. 예를 들어 우리가 윗집에 외국 사람이 살면 그 애들을 그렇게 봐줄 수 있을까? 우리는 그렇게 안 했을 것 같아. 그런데 그 사람들은 정말 진심으로 그렇게 아이들을 봐줬어요. 지금도 노부부를 생각하면 눈물이 나."

보쿰Bochum의 김영숙 씨는 독일 수간호사의 배려로 어린 아들을 안고 병원으로 출근하기도 했다.

"둘째를 봐줄 사람이 없다고 하니 수간호사가 데려오라고 했어요. 발코니에서 놀게 하거나 아들을 안고 회진을 다녔어요. 아들이 환자에게 약을 나눠주었는데 모두 귀여워했어요."

또, 한국 간호사들만을 위해 병원 내에 탁아소를 설치하고 베이비시터까지 고용한 병원장도 있었다고 한다.

성자 씨 부부의 세 아이는 양엄마의 도움으로 무럭무럭 자랐고, 양엄마는 막내가 열 살이 되던 해인 1995년에 돌아가셨다. 지금 첫째는 경제학 박사, 둘째는 디자이너, 셋째는 스튜어디스가 되었다. 그녀는 운 좋게 좋은 병원에 배치되었고, 좋은 이웃을 만나 다른 사람들에 비해 독일 정착이 조금은 평탄했다. 그러나 성자 씨보다 남편이 외부 활동을 더 좋아하는 바람에 1년에 평균 300명이 넘는 손님이 왔다고 했다.

"거의 매일 손님이 왔어요. 세월이 어떻게 간 줄 모르겠어요."

집안일 한 번 안 해보고 독일에 온 그녀가, 매일 오는 손님 치레를 어떻게 해냈을까. 게다가 남편은 맹장암 수술에다, 위암 수술로 위를 절단했고, 대장암 수술로 대장도 삼분의 일밖에 남아 있지 않은 상태였다. 요렇게 작은 칠순의 그녀가, 매일 웃는 그녀가, 대견하기만 했다.

그럼에도 불구하고 부부는 독일에 3층짜리 건물과 아파트를 소유하고 있었다. 그녀의 한 달 연금은 2,300유로, 남편 연금은 1,200유로였다. 부부의 연금과 건물세를 합하면 한 달에 5,000유로(한화 7백만 원 정도)가 들어왔다. 퇴직하기 전까지 얼마나 성실히 일했는지 짐작할 수 있었다. 독일 국적을 갖고 있는 부부는 따로 저축은 하지 않고 연금을 마음껏 쓰며 산다고 했다.

"나는 눈물 같은 거 안 흘렸어. 우리 올 땐 인력 수출 그런 말도 안 했다고. 오고 싶어서 왔고 한국에 돈도 안 보냈는데."

독일로 떠나오기 전, 보았던 자료들은 그들에 대해 이렇게 말하고 있었다. '한국의 경제발전을 위해 희생된 사람들', '상업차관을 받기 위해 팔려갔던 수출인력'. 그들은 나라의 경제발전을 위해 노예계약에 팔려간 일꾼들로 표현되어 있었다. 그러나 독일에서 만나본 그들은 저마다 다른 동기로 떠나왔고, 성자 씨처럼 시간이 흐른 뒤에서야 자신들이 국가경제에 일정 부분 기여했다는 사실을 알게 된 사람이 대부분이었다. 어떤 역사적인 사명감을 갖고 나라의 발전을 위해 희생을 감내한 사람은 없었던 것이다.

그 사이 우리는 시장에 도착했다. 시장이라고 해서 좌판에 물건들을 쭉 늘어놓고 파는 모습을 상상했던 나는 적잖이 실망했다. 상가가 아닌 평범한 건물들 1층에서 물건들을 팔고 있는 정도였다. 호객행위를 하는 상인도 없었고, 요란한 간판도 없었고, 주택가처럼 고요했다. 원하는 물건은 재주껏 찾고 그것을 사든지 말든지는 알아서 하렴, 이런 분위기였다. 우체국도 비슷비슷한 건물들 중 한 건물의 1층에 자리하고 있었다.

"에구, 참말로!"

우체국에 들어섰을 때 갑자기 그녀가 외쳤다. 우편물을 병원에 두고 왔다는 것이었다. 그녀는 내게 미안해하며 요즘 자꾸만 깜빡깜빡한다고 했다. 나는 그녀들이 깜빡깜빡 잊기 전에, 이 유랑을 더 바삐 서둘러야겠다는 생각을 했다. 그녀와 나는 다시 병원을 향해 걷기 시작했다. 그녀의 붉게 상기된 양 볼은 온종일 식을 새가 없었다.

Köln

. . . . .

쾰른

그린페퍼민트향 도심 드라이브

　　5월의 어느 날, 그녀는 패딩코트를 입고 어그부츠를 신고 있었다. 손에
는 우산을 들고 쾰른 반호프에서 나를 기다리고 있었다. 밤새 내리던 비가
그치지 않고 있었다. 겨울처럼 추웠다. 독일의 5월은 해가 반짝이고 바람
이 산들거리는 봄날과 거센 빗방울과 거친 바람이 가득한 겨울날이 공존
하고 있었다. 나는 5월의 독일 유랑을 위해 간절기용 빨간 바바리코트와
한겨울용 기모후드점퍼, 카디건을 챙겨갔다. 그러나 빨간 바바리코트 하
나로는 버티기 힘든 날들이 대부분이었다. 바바리코트뿐만 아니라 점퍼
와 카디건을 전부 껴입고도 냉동인간처럼 보라색 입술과 꽁꽁 언 손발로
다닌 날이 많았다. 반팔은 숙소에서 잘 때조차 입을 일이 없었다. 이 정도
면 독일의 5월 날씨가 어떤지는 대략 짐작이 가지 않을까.

게다가 독일의 실내 난방은 벽에 붙은 작은 라디에이터가 전부였다. 내가 묵었던 호텔들은 그 작은 라디에이터조차 깊은 밤에만 잠깐 틀어줄 뿐이었다. 이불을 머리까지 뒤집어쓰고 덜덜 떨다 조금씩 번지는 따스한 기운을 느끼며 잠이 들었고, 아침에 일어나면 다시 추워지는 날들이 계속되었다. 간밤에 빨아서 라디에이터에 걸쳐 놓은 속옷이 마르지 않은 날도 있었다. 처음엔 호텔 서비스가 좋지 않다고 투덜거렸는데, 호텔뿐만이 아니었다. 그들의 집에 초대를 받아 가봐도 마찬가지였다. 그들은 두툼한 외투를 걸치고 양말과 실내화를 신고 있었다. 우리처럼 한겨울에도 반팔에 반바지 차림으로 거실을 누비는 모습은 그 어디에서도 찾아볼 수 없었다. 2차 세계대전 이후 극심한 가난에 허덕이던 독일인들은 세 명이 모여야만 담뱃불을 켤 정도로 절약하던 당시의 습관이 아직도 몸에 배어 있었다. 가난했던 한국에서의 체감온도가 여전히 지배적인 그들도 '절약'이라면 독일인들 못지않았다. 나 역시 어느새 투덜거림은 점점 줄어들었고, 최대한 짐에 있는 옷들을 활용해 몸을 데우는 일에 익숙해졌다.

"안녕하세요."

그녀는 패딩코트와 어그부츠가 머쓱할 만큼 따뜻한 웃음으로 내게 인사를 건넸다.

"한국말 잘하시네요."

나는 보라색 입술로 그녀의 웃음에 답했다.

안젤라와 그린 도시 드라이브

"우리 며느리가 마중 나갈 거예요. 같이 쾰른 시내 구경 좀 하다 와요."

만남을 약속한 부부를 대신해, 그들의 며느리인 그녀가 대신 마중을 나온 것이었다. 그녀의 차를 타고 쾰른 시내로 이동했다. 그녀의 이름은 안젤라. 아담한 체구에 오밀조밀한 예쁜 이목구비를 갖고 있었다. '동양미'가 이런 것이구나, 싶었다. 서른한 살이라는 나이와 두 딸의 엄마라는 것이 믿기지 않을 만큼 그녀는 앳되어 보였다. 그녀는 우즈베키스탄에서 태어나 자랐고 결혼을 계기로 독일에 살고 있지만, 한국 사람이라고 했다. 우즈베키스탄 한인 4세였던 것이다.

1937년, 스탈린은 연해주에 살던 한인들 전체를 중앙아시아로 강제 이주시켰다. 그때 안젤라의 증조할아버지는 여덟 살이었고 한인들을 싣고 달리던 기차에 실려 있었다. 수많은 날들을 굶주림에 허덕이던 어느 날, 갑작스레 기차의 문이 열렸고 여덟 살 아이는 달리는 기차에서 굴러 떨어졌다. 죽지 않은 것이 신기할 정도였다. 여덟 살 아이가 떨어진 곳, 그곳이 바로 우즈베키스탄이었다. 아이는 척박하고 낯선 땅에 눈물과 땀으로 뿌리를 내렸고, 그 뿌리를 타고 안젤라의 할아버지가 태어났고, 안젤라의 아버지가 태어났고, 그리고 안젤라가 태어났던 것이다. 그렇게 태어난 우즈베키스탄 한인 4세 안젤라가 또 다시 독일로 재이주를 한 것이었다.

그녀는 한국말을 잘 못한다고 부끄러워했지만, 많은 이야기를 전해주기 위해 최선을 다했다. 무엇보다 그녀의 '띄엄띄엄 한국어'는 어느 부분에서는 상당히 정통했다.

"쾰른에서 사는 건 어때요?"

그녀는 외국인들이 많이 살아서 좋다고 했다. 오히려 독일 사람들끼리만 모여 사는 곳이 따로 있을 정도로 쾰른에는 외국인들이 많기 때문에 이주민으로서 살기에 불편함이 없다는 것이었다.

"'그린'이라 좋아요. 아무 거나 못 들어와요."

서툰 그녀의 띄엄띄엄 한국어를 풀어보면 이렇다. 쾰른은 독일의 서쪽 관문이라 불릴 정도로 철도, 수로, 고속도로가 한데 만나는 교통의 요충지다. 많은 차량들이 교통의 허브인 쾰른을 거치게 되는데 쾰른은 특이한 교통정책들을 시행하고 있었다. 그중 하나는 'zone 30'이라는 제도로써 보행자를 위해 구역을 정해 차량 속도를 30킬로미터로 제한하는 것을 말했다. 쾰른에는 자그마치 341개의 구역이 zone 30으로 정해져 있다.

또 하나는, 쾰른 전체를 환경구역으로 지정한 것이었다. 독일은 주요 도시에서 환경구역 제도를 운영 중인데, 이 제도는 자동차의 매연, 질소화합물, 배기가스 배출량에 따라 빨강, 노랑, 초록의 스티커를 나눠주고 스티커의 색깔에 따라 환경구역에 진입을 금지하는 것이었다. 독일은 단계별로 이 제도를 시행하며 매연필터 장착 비용까지 지원하기도 했다. 쾰른은 초록색 스티커를 붙인 차량만이 들어올 수 있는 '그린'의 도시였다.

또 쾰른은 라인 강을 보다 생태적으로 가꾸기 위해 모래사장을 만들었

다. 물놀이를 하기 위해 다른 도시 사람들이 쾰른을 찾아오기도 하고 안젤라와 두 딸도 그곳으로 물놀이를 간다고 했다. 인구 백만이 넘는 대도시, 게다가 교통의 요지일수록 환경을, 자연을, 사람을 생각하는 도시 쾰른. 낙동강변의 모래를 전부 파버리고 인위적인 보를 세워 물길을 막는 우리와는 달라도 너무 달랐다.

한인 디아스포라들의 러브 스토리

비가 오는 쾰른대성당 앞에는 데모를 하는 시위대가 군집해 있었다. 세계에서 세 번째로 높은 세계문화유산 앞에서 그들은 요구사항이 적힌 피켓을 하늘 높이 쳐들며 구호를 외쳤다. 시위대 꽁무니에는 경찰차 몇 대가 정물처럼 대기하고 있었다. 대성당 앞 분수대에는 젊은 남녀가 키스를 하며 웨딩 촬영 중이고, 주변을 어슬렁거리며 나처럼 사진을 찍어대는 관광객도 많았다. 누군가가 꽂아놓은 듯한 장미꽃 한 송이 너머로 쾰른대성당이, 시위대가, 젊은 커플들이, 경찰차가, 관광객들

이, 빗방울들이 마구 뒤섞였으나 그 모습이 퍽이나 자연스러웠다. 주춧돌을 놓은 후 완공되기까지 632년이 걸렸다는 대성당이 품을 수 없는 세태는 없는 것 같았다.

"오른쪽이 좋고, 왼쪽이 안 좋아요."

성당을 기준으로 오른쪽은 안젤라의 말처럼 세련된 관광도시의 느낌이 났다. 그에 반해 왼쪽은 오래된 구도심의 분위기가 풍겼다. 나는 '안 좋은' 왼쪽을 산책하기로 했다. 촉촉이 젖은 좁은 골목에 들어서니 가늠할 수 없는 오랜 시간이 우리를 훅, 안았다. 쾰른대성당이 완공되는 동안 꿋꿋하게 그 자리를 지켰을 것만 같은, 수백 년의 역사를 지닌 펍들이 군데군데 문을 열고 있었다. 작은 펍 안에는 덩치 큰 독일 사람들이 버글버글 모여앉아 축구를 보고 있었다.

골목을 빠져나가니 라인 강과 만났다. 우리는 강가에 있는 펍에 들어가 창가에 자리를 잡고 앉았다. 잠시 둘러보니 펍 내부의 벽면은 도시의 역사를 알 수 있는 연도별 흑백사진들로 가득했다. 라인 강변의 작은 펍이 그 도시의 역사를 전시하는 공간도 될 수 있다는 것을 보여주고 있었다. 금빛 쾰시Kölsch가 담긴 맥주잔은 내 앞에, 페퍼민트 생잎을 넣고 뜨거운 물을 부은 찻잔은 안젤라 앞에 놓였다. 차를 마시며 들려준 안젤라의 러브 스토리는 그린의 페퍼민트와 너무 잘 어울렸다.

안젤라와 그녀의 남편이 처음 만난 곳은 놀랍게도 한국이었다. 재외 대학생들 대상으로 열린 한국투어 프로그램에, 안젤라는 우즈베키스탄에서,

그는 독일에서 참여했던 것이다. 프로그램은 2주간 진행되었다. 한국어, 문화, 음식, 관광 등 다양한 것들을 보고 배울 수 있는 좋은 기회였다.

"그때 집에 가고 싶어서 울었어요."

그렇게 가고 싶었던 한국이었는데, 막상 도착하니 우즈베키스탄의 집과 할머니가 너무 그리웠다. 스무 살을 갓 넘긴 안젤라에게 낯선 한국에서의 시간은 막막하고 외롭고 힘들었다. 그때, 독일에서 온 그가 안젤라의 곁에서 위안이 되어주었다. 그러나 그는 2주를 다 채우지 못하고 먼저 독일로 돌아가야만 했다. 결국 혼자 남은 안젤라는 2주간의 프로그램을 마무리하고 우즈베키스탄으로 돌아갔다. 그리고 한국투어 프로그램을 끝마친 기념으로 나누어줬던 책자를 독일에 있는 그에게 보내주었다. 얼마 지나지 않아 그에게 편지가 왔다. 그때부터 둘의 펜팔이 시작되었다.

우즈베키스탄에 사는 한인 4세와 독일에서 사는 한인 2세가, 한국에서 만나, 영어로 쓴 편지를 주고받으며 사랑을 나눴던 것이다.

　1년 뒤, 안젤라는 한국어를 배우기 위해 다시 한국에 와서 연세어학당에 입학했다. 그리고 그녀가 한국에 머물고 있던 어느 날, 그가 어머니를 모시고 한국에 왔다. 한국에 살고 있는 삼촌이 위독하다는 연락을 받고 어머니와 함께 문병을 온 것이었다. 그는 그녀를 불러 어머니와 함께 문병을 갔고, 마침 모여 있던 친척들 모두에게 그녀를 소개했다. 1년간의 펜팔, 두 번째 만남만으로 둘은 결혼을 약속했다. 다섯 번째 만나는 날, 그들은 한국에서 결혼식을 올렸다. 그리고 독일로 와서 살림집을 마련하고 두 딸을 낳고 살고 있었다.

　한인 디아스포라들의 러브 스토리에 쾰시 한 잔이 흘러들었다. 그녀는 남편과 자주 데이트를 하던, 전망 좋은 곳으로 데려가주겠다고 했다. 펍의 점원에게 계산서를 내밀기 전에 나는 안젤라에게 물었다. 팁에 익숙하지 않은 탓에 이런 펍에서는 어느 정도의 팁을 줘야 할지 고민이었던 것이다. 안젤라는 전혀 줄 필요가 없다고 딱 잘라 말했다. 이렇게 어느 정도 관광

지화 되어 있는 상점들은 이미 팁이 포함된 가격이기 때문에 비싼 거라고. 아, 그랬다. 관광지에서는 팁 고민을 하지 않아도 되겠다.

한국에 뿌리를 두고 있는 다국적 가족들

안젤라의 차를 타고 강 건너편으로 이동했다. 차에서 내리니 강 너머로 쾰른대성당의 모습이 한눈에 들어왔다. '한국'에 대한 갈증을 계기로 만나게 된 청춘들, 안젤라와 그녀의 남편이 자주 데이트를 하던 곳이라고 했다. 너무도 다르게 살아온 지난날들과 앞으로 함께 살아갈 많은 날들에 대한 이야기를 이곳에서 나누었을 것이다. 남편을 따라 독일에 와서 다시 새로운 언어와 문화, 환경에 적응해야 했던 안젤라. 한국에 잠깐 투어를 갔을 때도 매일 울었다는 그녀, 독일에서는 괜찮았을까.

"수지가 생겨서 못 울었어요. 하하."

그녀는 독일에 정착하며 바로 아이를 갖게 되었고 첫딸 수지를 키우느

라 울 시간도 없었다고 했다. 한국에서 간호사로 파독한 시어머니와 광부로 파독한 시아버지는 누구보다 그녀의 사정을 잘 헤아려주었다. 친딸이 시샘할 정도로 그녀를 친딸보다 더 아끼며 보살펴주셨다고 했다. 출산 이후에는 안젤라를 대학에 입학하도록 하고 두 딸을 맡아 키워주셨다. 그렇게 자란 그녀의 두 딸은 우즈베키스탄과 독일, 그리고 한국의 정서를 모두 갖고 독일에서 태어난 '한인 3세'였다.

우즈베키스탄 한인 4세인 안젤라는 러시아어가, 한인 2세인 남편은 독일어가, 한인 1세인 시부모님은 한국어가 가장 편했다. 그러다보니 어린 두 딸은 벌써 3개 국어를 제법 구사할 줄 알았다. 각자 다른 나라를 떠돌던 디아스포라들이 만나서 또 다른 나라에서 가정을 이루고 살고 있었다. 그들은 모두 한국에 뿌리를 두고 있었다.

안젤라의 차가 그들의 집을 향해 달리기 시작했다. 안젤라의 시댁에 젖은 짐을 풀기로 했다. 비가 오는 쾰른에서의 하룻밤을, 파독 간호사와 광부였던, 이제는 노부부가 된 그들이 단 둘이 살고 있는 집에서 보내기로 한 것이다.

'게뮈틀리히' 하우스에서의 하룻밤

안젤라의 차가 조용한 빌라 단지 안에 정차했다. 아무도 살고 있지 않은 곳처럼 고요하고, 모델하우스처럼 깨끗했다. 잠시 비가 그쳤다. 땅이 마르기 시작하면서 풀냄새가 햇살의 열기를 쫓아 하늘로 증발하고 있었다. 고령자들을 위해 지어진 맨션인 만큼 노부부들이 많이 살고 있고, 단지 내에 응급 시설까지 갖추고 있다고 했다. 그 말을 듣고 보니 마치 요양 시설처럼 느껴지기도 했다. 그중 한 맨션의 3층에 안젤라의 시부모님이 살고 있었다.

건물 안에 들어서기 전 알록달록한 끈이 감겨 있는 나무를 발견했다. 사실 아헨에서도 이런 나무를 수차례 보았었다. 안젤라와 드라이브를 하는 도중에도, 심지어는 쾰른대성당 앞에서도 나는 알록달록한 끈이 감겨

있는 나무들을 보았었다. 얼핏 우리의 당산나무가 떠올라 이 나무 또한 사연이 많을 것만 같았다. 도대체 이 나무들의 정체는 뭘까.

"수지는 아직 못 받았어요. 옆집 사는 수지 친구는 받았는데."

안젤라에게 나무들의 정체를 묻자 속상하다며 뾰루퉁하게 대꾸했다. 독일에서는 매년 5월 1일이 남자가 여자에게 사랑을 고백하는 날인데, 이 날 남자가 사랑하는 여자의 집 앞 나무에 오색 끈을 걸어두고 둘의 이름을 새기며 마음을 고백한다는 것이다. 만약 여자의 집 앞에 나무가 없다면 작은 나무에 끈을 묶어서 그 집 앞에 가져다 둔다. 4월의 마지막 날이나 5월의 첫날이면 오색 끈이 휘감긴 나무를 메고 다니는 남자들을 종종 볼 수 있단다. 난 5월의 독일 여행 내내 알록달록한 나무를 볼 수 있었다.

맨션의 엘리베이터는 집 거실로 이어졌다. 부부는 너무나 반갑게 나를

맞아주었다. 그녀는 서 있고, 그는 휠체어에 앉아 있었다. 거실은 깔끔하게 정리되어 있었는데, 흰 외벽은 가족사진으로 포인트를 주었고, 안락하고 멋스러운 소파가 중앙을 차지하고 있었다. 주방과 이어지는 부분에는 8인용 식탁이 자리 잡고 있었고, 주방으로부터 뿜어져 나온 진하고 고소한 냄새가 부드럽게 거실에 내려앉았다.

김진인, 최정복 부부가 살고 있는 집은 '게뮈틀리히Gemütlich'라는 독일어로 표현하기에 적합했다. 게뮈틀리히는 편안하고 아늑한 공간의 훈훈한 기분을 묘사하는 독일어라는데, 다른 나라 말로는 한 단어로 번역할 수가 없다고 한다. 독일 유랑을 준비하며 주워들은 단어인데, 이런 공간에 들어섰을 때 절로 나오는 형용사구나, 싶었다.

두 딸이 귀가할 시간이 된 안젤라는 부부에게 나를 넘겨주고 바로 집으

로 돌아갔다. 그녀는 캐리어와 짐 가방을 주렁주렁 달고 있는 나를 방으로
안내했다. 딸이 시집가기 전 쓰던 방, 이제는 사위와 함께 놀러와 머문다
는 방에 짐을 풀었다. 방에서는 기분이 좋아지는 향이 났다. 향수에 의한
강렬하고 자극적이며 일시적인 향이 아닌, 아주 오래전부터 이 공간에 고
여 있는 향이었다. 부부의, 그리고 딸의 삶이 스민 향. 그 향 또한 비에 젖
은 바지와 양말을 벗어놓기 미안할 정도로 '게뮈틀리히' 했다.

5월의 스페셜한 독일 디너 만들기

"5월에만 먹을 수 있는 독일식 디너를 준비했어요."

짐을 풀고 부엌으로 들어가니 그녀가 분주하게 움직이고 있었다. 한식
은 아무래도 많이 먹을 테니까, 독일에 왔으니 독일 가정식도 맛봐야지,
그녀는 움직임만큼 분주하게 말을 건넸다.

"제가 좀 도와드릴까요?" 내가 다가가며 묻자,

"그럴래요?" 그녀는 반색을 했다.

나의 정서로는 어딘지 조금은 어색한 상황이기도 했다. 나는 지난 3년
간 한국의 농촌 마을을 떠돌며 마을 할머니 집에서 하룻밤을 보내는 날들
이 많았다. 그럴 때마다 할머니들은 나를 부엌 근처에도 오지 못하게 했
다. 진심으로 돕고 싶어도, 손사래를 치며 먼 길 온 서울 아가씨는 쉬라고

했던 것이다. 그러나 독일은 달랐다. 그녀들은 무언가를 돕겠다고 물으면 기뻐하며 요구사항을 정확히 전했다. '사과 껍질 좀 까주시겠어요?', '빵을 테이블로 옮겨줄래요?' 이런 식이었다. 그녀에게 한국과는 좀 다른 정서에 대해 살짝 이야기를 건넸다.

"그 사람이 원하고 하고 싶은 거잖아요. 하지 말라고 하는 게 더 안 좋은 거예요."

그 사람이 원하는 것을 수용하는 것, 그녀가 독일에서 배운 좋은 것이라고 했다. 나는 이상하게 독일의 낯선 부엌에 들어와서 무언가를 돕는 상황이 편했다. 원하는 것을 분명히 말하지 못해 주저주저하다가 불편한 상황에 놓이는 것보다 훨씬 더 즐거웠다.

"한국에서는 이걸 뭐라고 해요? 여긴 스파겔Spargel이라고 하는데."

그녀가 손에 쥐고 있는 것은 아스파라거스였다. 내가 본 아스파라거스보다는 훨씬 두껍고 길었는데, 녹색이 아닌 하얀색이었다.

겨울이 긴 독일에서 봄을 알리는 채소가 아스파라거스란다. 독일의 봄나물과 같은 음식으로 독일 사람들은 겨우내 움츠렸던 신체 리듬을 아스파라거스를 먹으며 깨운다. 4월 말부터 수확을 시작하는 하얀 아스파라거스는 5월에 가장 많이 수확하지만, 수확 시기는 딱 6주뿐이란다. 다음 해에도 맛있는 아스파라거스를 먹기 위해 뿌리를 쉬게 하는 거란다. 그래서 5월의 식료품점에서는 그날 수확한 아스파라거스를 쉽게 볼 수 있었고, 레스토랑에서도 계절 메뉴로 아스파라거스 요리를 팔고 있었다.

　'아스파라거스 하나가 어떻게 특별한 저녁식사가 될 수 있을까?' 궁금했다. 우리식으로 하자면 '돈나물' 하나로 스페셜 한 디너를 준비한다는 거니까 말이다.

1. 껍질을 벗겨놓은 하얀 아스파라거스를 끓는 물에 넣는다. 설탕 반 티스푼, 소금 반 티스푼 넣고 10분간 삶는다.

"슬픈 기억이 없다는 게 천만다행이야."
　그녀는 한국에서의 기억을 그렇게 요약했다. 그녀는 최정복, 1941년생이며 1966년 간호사로 독일에 왔다. 고향은 이북이고 그녀의 가족들은 그녀가 일곱 살 때 거제도로 피난을 왔다. 그때 짐이라고는 아버지가 메고 있던 가방 안에 든 열두 개의 주먹밥이 전부였다. 피난 온 집안의 막내로 자랐지만 큰오빠가 예뻐해줘서 동네에서 겁나는 게 없었다. 아버지 역시 여자를 존중할 줄 알아서 학교에서도 늘 어깨를 펴고 지냈다. 어머니는 당신 몫의 끼니까지 자식들에게 나눠줘 배가 고파본 기억도 없었다. 가난했지만 구김살 없이 자란 그녀는 부산의 침례병원에서 근무하다 스물여섯의 나이로 독일에 왔다. 가족들에게는 '파리에 구경 간다'고 속이고 떠나왔다.

"그런데 정작 파리는 1983년도에 갔어. 17년 동안 못 가다가. 하하."

잘 삶겨진 아스파라거스를 꺼내서 물기를 뺀다.

2. 풀어놓은 계란 노른자에 버터를 듬뿍 넣고 뭉치지 않도록 불 위에서 저어준다. 진하고 고소한 맛이 나는 홀란데이즈 소스 Hollandaise Sauce를 만든다.

독일에 간호사로 온 순진한 한국 아가씨들은 밤하늘의 달만 봐도 눈물이 왈칵 쏟아졌다. 낯선 타국은 외로웠고 정든 고향이 그리웠다. 자연스레 한국말을 하는, 같은 나라에서 온, 처지가 비슷한 광부들과 잘 어울렸다. 그러나 그녀는 그렇지 않았다. 아버지로부터 온 편지 때문이었다.

"아버지가 생활 조심하라고 편지를 보내셨어. 빚지면 갚아야 된다, 안 그러면 고리 채운다, 그러셨거든."

그녀는 누구에게도 빚을 지지 않았다. 광부가 사주는 커피 한 잔도 얻어 마신 적이 없었다. 스스로도 남의 땅에서 함부로 남자를 사귄다는 게 용납되지 않았다. 그러던 어느 날 같은 방을 쓰던 간호사의 말에 귀가 솔깃했다. 한국에 계신 아버지가 돌아가시자, 한복을 차려입고 동쪽에 대고 절을 올렸다는 한 남자의 이야기였다.

"그런 남자 있으면 소개해줘. 우리 엄마가 부모한테 잘하면 여자한테도 잘한다고 했거든."

어느 날 동료 간호사 결혼식에 갔다가, 고향을 향해 절을 했다는 그 남자와 만나게 됐다. 그녀와 그는 그렇게 만났다.

1968년 봄부터 만나기 시작했는데, 만난 지 1년이 지나도록 그녀는 그와 결혼을 약속하지 않았다. 그녀는 병원과의 3년 계약을 마치고 한국에 돌아가고 싶었기 때문이었다. 애가 탔던 그가 술에 취해 기숙사를 찾아와 고래고래 소리를 지르기도 했지만, 그녀는 꿈쩍도 하지 않았다. 하루는 그가 비장한 표정으로 그녀를 찾아왔다. 그리곤 그녀에게 서류 하나를 건넸다.

"캐나다 이민 합격 서류를 줬어요. 당시에는 그거 따는 게 하늘에서 별 따는 거라고 했어요. 진짜 힘들었어요. 근데 그 서류를 좍좍 찢잖아요."

독일에서의 체류기한이 끝나면 캐나다, 미국 등으로 재이주를 하기도 했는데, 그것은 파독 청춘들에게는 꿈과 같은 일이었다. 그런데 인생에서 가장 중요한 결혼도 못하고서 캐나다에 가봤자 무슨 소용이겠냐며, 그가 그 귀중한 서류를 찢어버리고 돌아간 것이다. 홀로 남겨진 그녀는 찢어진 서류를 보며 나를 이렇게 좋아하는 사람에게 시집가면 나쁠 것은 없겠다는 생각을 했다. 때마침, 한국에 좋지 않은 소문이 돌기도 했다. 광부들 중 한국에서 결혼한 뒤 파독한 유부남들이 많았는데, 그들 중 일부가 총각 행세를 하며 간호사

들을 속여 결혼을 한다는 것이다. 이런저런 사건들이 한국까지 전해지며 한국 간호사들이 독일에 가면 '여자 망친다'는 소문이 떠돌았다.

"3년 하고 한국 돌아가면 내 나이가 스물아홉인데 좋은 데 시집을 갈 수 없었어."

그녀처럼 독일에서 결혼 적령기를 넘겨버린 간호사들은 한국으로 돌아가고 싶어도 그럴 수가 없었다. 결국 그녀는 '불도 안 들어오는 울진'이 고향이라며 반대하던 친정아버지의 말을 뒤로하고 그와 결혼했다. 그의 진

심을 믿었기 때문이었다. 그러나 결혼 후 그 서류가 가짜였다는 사실을 알
게 되었다.

"내가 그렇게 어리석었어요. 그러니 지금까지 이렇게 사는 거예요.
하하."

생선이나 야채 요리에 잘 어울리는 노오란 홀란데이즈 소스가 완성된다.

3. 삶은 아스파라거스는 반반 나눈다. 반은 삶은 그대로를 접시에
    담아내고, 반은 햄으로 김밥처럼 둘둘 말아 접시에 담는다.

결혼 후에도 그녀는 간호사 일을 계속했다. 그는 광부 일을 그만두고
새로운 직장에 엔지니어로 취업했다. 딸이 태어났다. 수녀들이 병원 안에
유치원을 만들어준 덕분에 딸을 맡기고 일할 수 있었다. 그리고 아들이 태
어났다. 그녀의 경우 운이 좋은 편이었다. 맞벌이를 하던 광부, 간호사 부
부들은 어린 자녀들을 맡길 곳이 마땅치 않아 무척 마음고생이 심했다. 독
일에 와서 가장 힘들었던 순간으로 그때를 꼽는 부부들이 많았다.

"아이들은 엄마가 항상 집에 있는 줄 알았대. 일을 가는 줄 몰랐어."

그녀는 아이들이 잠들면 일을 나갔고 잠에서 깨기 전에 집에 돌아왔다.
아이들이 커서 대화를 나눌 수 있을 때부터는 매일 야간근무(밤 10시부터
새벽 5시)만 했기 때문이었다.

그녀가 아이들을 키우며 가장 가슴이 아팠던 순간은 딸이 열일곱 살이

되던 해였다.

"딸이 하루는 그러는 거야. 갑자기 가슴에 나비가 날아온 것처럼 떨려, 엄마."

딸의 가슴에 찾아온 나비, 그건 바로 사춘기였다. 늦게 사춘기가 시작된 딸에게, 이제 여성이 된 딸에게, 그녀는 엄마만이 줄 수 있는 사랑을 충분히 나누어줄 수가 없었다. 가난했지만 부모의 사랑을 담뿍 받고 자란 그녀는 늘 그보다 더 큰 사랑을 자녀에게 주고 싶었다. 하지만 그렇게 할 수 없었다. 그 이유는 바로 대화였다.

"내가 여자가 될 때, 우리 엄마가 나한테 해준 사랑스러운 대화를 해주지 못했던 거예요. 살갗을 매만지는 부모자식 간의 대화, 그게 안 돼서 마음이 아팠어요. 여성이 될 때 설명을 해줘야 되는데 나는 독일어가 안 되

잖아요. 딸은 한국어가 안 되고."

독일에서 자란 딸은 독일어를 현지인처럼 잘했지만, 그녀는 독일어를 잘하지 못했다. 반대로 그녀는 독일어보다 한국어를 잘했지만, 딸은 한국어를 하지 못했다. 결국 그녀보다 독일어를 잘하는 그를 딸의 방으로 들여보냈다. 그녀는 열려진 문틈으로 둘의 대화를 엿들었다. 아버지인 그는 딸에게 '여성으로서의 조심성'에 대한 이야기를 늘어놓았다. 딸이 문밖에 있는 그녀에게 외쳤다.

"엄마! 지금 여기 목사님이 앉아서 설교하니까 데리고 나가."

딸의 사고는 이미 그 수준을 넘어서 있었다. 그들은 사고도, 언어도 딸을 따라가지 못했고 어떤 대화도 나눌 수가 없었다. 그녀는 그때를 생각하면 지금도 눈물이 난다며 눈시울을 훔쳤다.

아들은 딸과는 달랐다. 아들의 사춘기는 또래와 비슷하게 찾아왔다. 축구선수였던 아들은 스스럼없이 독일 여학생들과 사귀었다. 물론 인기도 많았다고. 그녀는 사춘기가 찾아온 아들에게 말했다.

"사랑은 마음속 주머니 안에 들어 있는 거야. 근데 한꺼번에 다 꺼내주면 나중에 결혼할 여자에게 줄 게 없어지겠지? 그러니까 아껴서 조금씩 조금씩 꺼내주렴."

아들은 그녀의 말을 이해하지 못했다. 그러나 이제는 아버지가 된 아들이 어린 딸들에게 '사랑'에 대해 설명할 때 '주머니 이야기'를 하더란다. 그녀는 그 생각에 다시 기분이 좋아졌다.

저녁식사의 메인 요리인 두 가지 아스파라거스가 테이블 위에 놓인다.

4 . 삶은 감자, 삶은 당근과 함께 상차림을 한다.

메인 요리로 테이블의 균형을 잡은 뒤 그녀는 상차림을 시작했다. 독일 인들은 음식은 매우 간단한 대신 테이블 세팅에는 각별히 신경을 쓴다고 했다. 푸짐하고 호화로운 음식을 먹기보다 검소한 식탁이지만 '기분 좋은 식사를 하자'는 의미였다. 그 때문에 밥과 국, 그리고 메인 요리에 더해지 는 수많은 반찬들이 놓이는 우리의 식탁과 달리 독일의 상차림은 메인 요 리 하나만 있어도 충분했다. 독일 어디를 가든 화병이 놓이지 않은, 촛불 이 켜지지 않은 식탁을 보지 못했다.

1966년 10월 5일, 함께 병원에 배치되었던 열 명의 간호사 중 그녀를

포함한 네 명만이 독일에 남아 있다. 한 명은 한국으로 돌아갔고, 네 명은 캐나다로 이민을, 한 명은 호주로 이주를 했다. 그들 중 기숙사 생활을 함께했던 동료들과 함께 그녀는 일명 '칠공주'를 조직했다. 칠공주의 조직력은 그녀의 결혼식 때 빛을 발했다. 독일 남자와 결혼한 칠공주 중 한 명이 멋진 오픈카를 가져와 그녀와 그를 결혼식 장소인 교회까지 태워주었다. 식구도, 친척도 없는 결혼식이 썰렁하지 않게, 피로연 때는 한 사람씩 나와 큰절을 하며 축하해주었다. 신혼여행은 병원의 수녀들이 호텔에서 하룻저녁 자고 오라며 보내준 것이 전부. 고작 하루뿐인 신혼여행을 끝내고 돌아오자, 칠공주들이 기숙사 방 안 가득 꽃다발을 장식해놓고 반겨주었다. 신혼집을 구할 형편이 되지 못해 간호사 기숙사 신세를 져야 했던 부부의 초라한 마음을 그렇게 위로해줬다. 아직까지도 그녀는 칠공주를 떠올리며 그날을 고마워하고 있었다.

이렇게 5월의 스페셜 디너가 완성되었다.

촛불이 켜진 식탁에서 아스파라거스를 먹는 시간

"독일에서는 귀한 손님이 오면 초를 켜."

그녀는 식사를 시작하기 전에 촛불부터 켰다. 그리고 식전에 '아스파라거스 수프'를 먼저 먹으라며 권했다. 아스파라거스 수프는 독일에는 없는 음식인데, 그녀가 한국식으로 개발한 것이란다. 독일인들에게도 식전 수프로 내주었는데, 모두 좋아했다고.

"감잣국 맛이 나요." 내가 맛의 소감을 전하자

"그래서 많이 해먹었어." 그녀는 '딩동'을 외치듯이 기뻐했다.

아스파라거스 수프의 레시피는 간단했다. 아스파라거스를 삶은 물에 삶은 아스파라거스를 잘라 넣고, 홀란데이즈 소스를 만들고 남은 계란 흰자를 풀어 넣으면 끝. 독일에 살고 있는 그녀들은 한국의 식재료를 구할 수 없을 때 나름대로 한국 맛을 흉내 내어 먹던 음식들이 있었다. 순화 씨

네 집에서 먹은 '양배추김치샐러드'는 그녀들에게 아주 일반적인 음식이 었다. 그녀는 좀 색다른 소울 푸드를 하나 더 소개해줬다.

한국에서 간호 일을 할 때, 그녀는 월급날이 되면 부모님을 모시고 남포 동 시장엘 갔다. 한 달에 한 번씩 꼭 냉면과 온면을 사드렸다. 이북이 고향 인 부모님은 냉면을 참 좋아하셨고 그녀도 마찬가지였다. 그녀가 독일에 와서 가장 먹고 싶은 음식은 월급날이면 부모님과 사먹던 바로 그 냉면이 었다.

"첫애 가졌을 때 냉면이 너무 먹고 싶어. 남편이 기가 막히게 똑같이 만들어놔서 딱 한 젓가락 먹었는데 간이 안 돼서 고역이었어."

그때부터 그녀는 스파게티 면을 활용해 국수 요리를 만들기 시작했다. 삶은 스파게티 면에 오이와 양배추를 듬뿍 썰어 넣고 매콤한 고추장 양념으로 버무렸다. 그녀의 '스파게티 비빔국수' 맛은 소문이 났다. 그거 먹겠다고 찾아오는 한국 사람들이 많았는데, 그중에는 가난한 유학생들도 많았다. 음식을 만들어서 나눠주는 걸 좋아하던 그녀는 누가 오든 큰 냄비 가득 면을 삶아서 한 그릇씩 퍼줬다. 당시에는 된장만 슬쩍 풀어도 그 냄새를 맡고 한국 사람이 모이던 시절이었다. 하루는 아들이 그녀에게 물었다.

"엄마는 부스러진 빵을 먹으면서 사람들한테 왜 그렇게 퍼줘?"

그녀가 말했다.

"나중에 네가 축복받을 거야."

독일에서 태어나 자란 아들은 아직도 한국 사람들 간의 관계, 그 사이의 '정'을 이해하지 못한다.

아스파라거스와 삶은 감자와 당근, 그리고 햄을 둘둘 말은 아스파라거스를 접시에 담았다.

"다이어트 한다고 조금 넣지 말고 듬뿍 뿌려야 맛있어요."

그녀는 내 접시에 노란 홀란데이즈 소스를 듬뿍 뿌려주었다. 잘 삶긴 아스파라거스의 식감은 부드러웠다. 씹을 때마다 약간 쌉쌀한 수분이 베어져 나왔고 고소하고 진한 소스 맛이 더해졌다. 햄을 돌돌 말은 아스파라거스도 짭짤한 햄 맛과 잘 어우러졌다. 봄의 아스파라거스가 이렇게 맛있는 채소인 줄 몰랐다.

그녀는 술 한 잔이 빠질 수 없다며 와인과 잔을 꺼내 왔다. 그녀는 백 년이 되었다는 와인잔에 대해 이야기하기 시작했다. 그것은 근무하던 병원에서 그녀의 담당 환자였던 할머니에게 선물 받은 것이었다.

"자기가 어머니한테 받은 지가 7~80년 된 거래. 원래 여섯 개인데 자기가 하나 깨먹어서 다섯 개뿐이래. 근데 나도 하나 깨먹어서 이제 네 개뿐이야."

개인병실에 있던 한 할아버지에게 받은 선물도 기억에 남았다. 어느 날 그녀는 한 할아버지 환자가 신기한 기계로 수염을 깎고 있는 걸 보았다. 난생 처음 전기면도기를 본 것이다. 그녀의 아버지도 그 할아버지만큼 수염이 많았다. 할아버지에게 한국에 계신 아버지가 생각난다고 하니, 어느 날 전기면도기를 선물해줬다, 한국에 있는 아버지에게 보내주라고. 당시 전기면도기는 130마르크 정도 하던 고가의 제품이었다.

"아버지한테 부쳐드렸거든. 그랬더니 글쎄 4년을 세워놓고 구경만 하다가 팔았대. 우습죠?"

우스운 얘기를 하나 더 해주겠다며 그녀는 아이처럼 히히거렸다. 같은 병원에서 근무하던 동독 백작의 딸이 그녀를 크리스마스 파티에 초청했다. 누군가에게 초대받아 그 집에 갈 때면 선물을 가져가야 하는데 그녀는 가져갈 만한 것이 없었다. 고민 끝에 너무나 아깝고 귀한, 한국에서 보내온 고추장을 작은 통에 덜어서 가져갔다. 백작의 집은 으리으리했고 식탁도 너무나 컸다. 작은 통에 담긴 고추장을 전했다. 동독 백작 가족들은 작은 통을 받아들고는 너무 기뻐했다. 밤늦도록 즐겁게 파티를 즐기고 새벽녘에 잠이 들었다. 다음날 아침식사를 하기 위해 다시 거대한 식탁에 둘러앉았다.

"그 아까운 걸 내 빵에만 범벅을 해놨어. 잼인 줄 알고. 암말도 못하고 그걸 먹었다니까."

그녀는 오랜만에 한국 친구를 만난 듯 신이 나서 종알거렸다. 그는 그녀가 마음껏 이야기를 할 수 있도록 아무 말 없이 그녀의 이야기를 귀담아듣다가 한국어로 잘못된 표현만 짚어주었다. 아스파라거스 디너와 그녀의 이야기가 비오는 밤을 풍성하게 해주었다. 창밖을 내다보면 꼭 보름달이 떠 있을 것만 같은 밤이었다.

정리하기 전,
마지막 기록이 될 아침

거실에서 들려오는 가스펠 소리를 들으며 잠에서 깨어났다. 향긋한 이불 속에서 벗어나 창밖을 보니 여전히 비가 내리고 있었다. 노부부는 사이 좋게 아침식사를 준비하고 있었다. 그녀는 토스트를 구워 잼을 바르고, 몸이 불편한 그는 휠체어에 앉아 커피를 내렸다. 독일의 주방은 늘 아내와 남편이 함께 동선을 만드는 곳이었다. 손님이 오더라도 음식 준비도 함께, 손님 접대도 함께, 부부가 대부분의 가사를 나누었다. 여자 혼자 주방에 들어가 식사를 준비하는 모습은 본 적이 없을 정도였다.

그녀가 나를 보더니 활짝 웃었다. 그는 잠자리가 불편하지 않았냐고 물었다. 둘은 요즘 한국 드라마 보는 재미에 푹 빠져 산다고 했다.

"요즘엔 영감이라고 불러달래. 한국 드라마 보니까 전부 영감으로 부른다고. 하하."

그는 한국 드라마 속 수줍고 귀여운 영감처럼 웃었다.

빵과 커피, 야채와 과일이 차려진 간소한 아침 식탁. 한인 가정의 경우 대부분 아침은 빵을, 점심만큼은 반드시 한식을, 저녁은 빵이든 밥이든 간단하게 먹는 경우가 많았다. 손님에게 식사를 대접할 때도 집으로 초대해 간단한 식재료로 직접 요리를 해서 식탁을 차렸다. 한국처럼 식당에 데려가서 식사를 대접하는 경우는 극히 드물다고 했다. 40여 년이 지났어도 밖에서 사먹는 독일 음식이 입맛에 맞지 않았고, 게다가 비싸기 때문이었다. 무엇보다 독일은 한국처럼 외식 문화가 발달하지 않았다. 독일 사람들은 비싼 외식보다는 집에서 가족과 함께 차려먹는 알뜰한 식사를 소중히 생각한다고 했다. 나 또한 독일의 고급 레스토랑에서 두 번 정도 식사를 하고 나니, 다시는 '외식' 생각이 나지 않았다. 떠나고 보니 알게 되는 것일까. 이번 독일 유랑에서 내가 정말로 한식을 좋아하는 사람이라는 것을 처음 알게 되었다.

아침식사 후 그와 나는 커피 한 잔을 손에 쥐고 마주 앉았다. 배시시 수줍게 웃기만 하는, 영감이라 불리고 싶은, 그의 이야기가 궁금했다.

그는 김진인, 1938년생이며 고향은 울진이다. 1965년에 광부로 파독했고, 1968년 6월까지 3년 3개월 동안 아헨의 에밀 마이리쉬 광산에서 일했다. 안드레아와 함께 갔던 그곳, 지금은 사무실로 사용하고 있는 그 건물의 지하에서 44년 전에 채탄採炭 작업을 했던 것이다. 정복 씨와 결혼한 뒤

엔지니어로 전업했다. 그처럼 광부로 파독한 사람이 다른 직업으로 전업하기란 쉽지 않은 일이었다. 그는 엔지니어로 첫 실습을 나갔던 날을 잊지 못했다.

"실습 나와서 하루 일했는데 천국이야. 광산 일을 했던 사람들은 뭐든 할 수 있었어."

그는 광부로 일했던 힘든 시간이 독일생활에 큰 자신감을 주었다고 믿었다. 지하에서 일했던 사람이라면 지상에서는 못할 일이 없었으니 말이다. 그 후 직장을 다니며 모은 돈을 투자해서 한국식당을 차렸다. 식당은 장사가 잘됐다. 그의 사업은 호텔(독일에서는 전국 체인을 갖고 있는 유명한 호텔)업으로까지 이어졌다. 한 번도 쉬지 않고 부지런히 일했지만, 지금은 관절염이 깊어져 호텔 일을 아들에게 물려주고 쉬고 있었다. 몸이 아프지만 늘 밝고 긍정적으로 생각한다고 했다.

"쥐색 같은 날씨에 생각까지 쥐색 같으면 못살지."

이제는 한국으로 돌려보내야 할 것들

그는 양반 집안의 맏아들로 자랐다. 그의 아버지는 그 옛날 공부할 서당이 없어, 책을 짊어지고 한 달씩 이 집 저 집 스승을 찾아다니며 한학을 깨우쳤다. 그리고 열여섯 살이 되던 해 할아버지 몰래 상투를 자르고 집을 나가 망태기를 지고 금강산을 떠돌았다. 한 달 만에 집으로 돌아온 아버지의 품에는 버드나무 가지 한 아름이 안겨 있었다. 할아버지는 한 아름의 버드나무 가지가 다 부러지도록 열여섯 아버지의 종아리를 때렸고, 아버지는 3개월을 앓았다. 어린 시절부터 산을 넘나들며 발품을 팔아 한학을 깨우친 아버지는 개화사상에 젖어 청년 시절을 보냈다.

결혼 후 약재상 면허가 있던 아버지는 약방을 열었지만, 6·25 때 폭격을 맞았다. 그 후, 울진 시내에 있는 일본식 적산가옥에 권리금을 주고 들어가 두 번째 약방을 열었다. 그런데 그가 중학교 1학년이 되던 해, 나라에서 적산가옥을 불하하였다. 일제 치하에 일본인에 의해 지어져 해방 후 주인을 잃은 적산가옥들을 경매에 붙인 것이다. 가장 많은 돈을 주고 사가는 사람에게 소유권을 주었는데, 다행히 그의 아버지의 약방은 아무도 사겠다는 사람이 없어서 소유권이 아버지에게로 돌아왔다. 그러나 아버지는 그 집을 소유할 수 없었다.

"내가 지금도 안 잊어버리는데 그 당시에 그 집이 47만 원이었어. 아버지 앞으로 되어 있는데, 그 돈을 갚을 수가 없는 거라. 기한 내에 그 돈을 다 못 갚았어. 그래서 우리가 그 집에서 떠났지."

당시 아버지가 가진 것은 할아버지에게 물려받은 집 한 채가 전부였다. 할아버지가 아버지를 위해 6·25 때도 팔지 않고 남겨둔 집이었다. 그렇게 가족들은 울진 시내로부터 12킬로미터 정도 떨어진 그 시골집으로 들어갔다. 그가 중학교 2학년 되던 해의 일이었다. 그리고 그 시골집에 세 번째 약방을 열었지만 산골짜기까지 약을 지으러 오는 사람은 드물었다. 아버지의 하루 일과는 아침에 벼루를 갈아서 하루 종일 한문을 쓰는 것이었다.

아버지는 장남인 그를 공부시키기 위해 서울로 올려 보냈다. 그의 집안에서 유일하게 그만 서울에서 공부를 했지만, 그 역시 마땅한 직업을 찾지 못했다. 결국 그는 동생들과 연로한 부모님을 책임지기 위해 광부의 길을 택했다. 아버지는 처음으로 눈물을 보이면서 가지 못하게 말렸다. 그는 3년 동안만 다녀오겠다고 아버지와 약속했다.

"2킬로미터를 배웅해줬어. 아버지 생전에 안 하던 짓이야."

그렇게 아버지의 배웅을 받고 독일에 온 지 1년 후, 아버지는 돌아가셨다. 한국에서부터 아버지의 비보를 알리는 편지가 도착했지만, 그는 한국에 갈 수 없었다.

"다섯 달 봉급을 먹지 않고 모아야 갈 수 있었어."

광부 월급이 300마르크였던 시절 한국으로 가는 비행기는 편도만 1,500마르크. 그나마 돈이 있더라도 비행기 스케줄이 맞아야 했다. 광산에서 그들에게 일을 지시하던 독일인 마이더스들은 이 같은 한국 광부들의 약점을 이용해서 툭하면 한국으로 돌려보내겠다고 협박했다. 그게 아니면 '베트남 가서 죽고 싶냐?'며 월남전 파병을 비아냥거렸다. 3년 계약에 의한 독일에서의 삶은 언제 쫓겨날지 모르는 집시들의 삶과도 같았다. 아버지가 돌아가셨지만 한국에 전화조차 걸 수 없었다. 전화를 걸려면 우체국에 가서 신청하고 한나절을 기다리던 시절이었다. 그는 작업복을 벗고, 함께 광부로 온 동기들과 한복으로 갈아입었다. 동기들을 등 뒤에 세워놓고 동쪽을 향해 절을 올렸다. 아버지가 돌아가신 지 7년 만에 그는 아버지의 산소를 가볼 수 있었다.

아버지의 역할을 장남인 그가 맡아서 해야만 했다. 홀로 남은 어머니의 생계와 남겨진 동생들의 학업까지 그가 책임졌다. 광산에서 3년 동안 일한 돈과 정복 씨의 간호사 봉급까지 합해서 전부 한국으로 송금했다. 그래도 제일 하고 싶었던 일을 하지 못한 게 평생의 한으로 남았다.

"서울에 가서 아버지께 서예 학원을 만들어주고 싶었어요. 아버지 필체를 지금도 보관하고 있어요."

그의 휠체어가 방으로 사라지더니 앨범 한 권을 들고 나왔다. 거기엔 아버지가 보내온 편지들이 보관되어 있었다. 아버지가 보내온 편지를 펼치자 한문이 세로쓰기로 적혀 있었다. 도저히 읽을 수 없는 나는, 그에게 읽어줄 수 있냐고 부탁했다.

"한문도 이제 다 잊어버렸는데."

그는 또 수줍은 영감처럼 웃었다. 그는 관절이 툭툭 불거진 손가락으로 편지를 들고 한문을 해석하기 시작했다. 1965년 4월 13일 날짜로 아버지가 보낸 첫 번째 편지였다. 그 편지는 아버지가 돌아가시기 한 해 전에 쓴 글이었다.

"무사히 도착했다는 편지는 받았다. 자연 샘솟는 눈물이…… 앞을 막는구나……."

그는 두 문장을 읽고는 더 이상 편지를 읽지 못했다. 잠시 침묵하더니 눈물을 우두둑 떨어뜨렸다. 나도 말문이 덜컥 막혔다. 단 몇 초 사이에 헤어 나올 수 없는 슬픔에 잠긴 그를 어떻게 위로해야 할지 몰랐다.

"고만합시다. 편지를 잘 안 꺼냅니다. 눈물이 져서. 이상하죠? 동생들

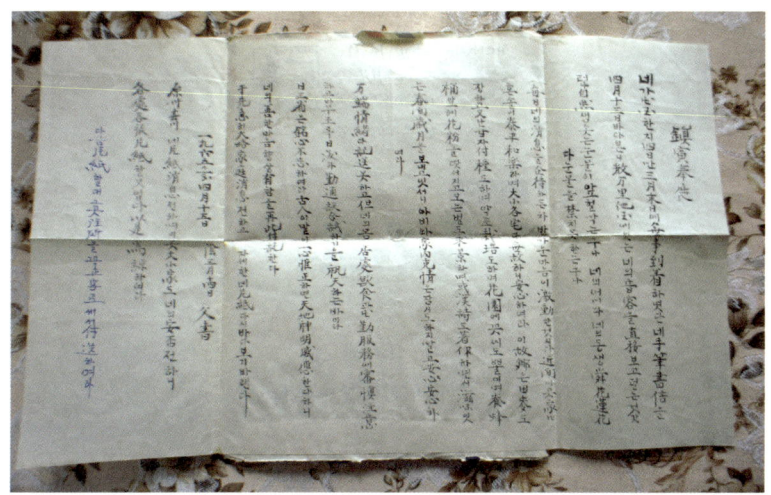

진인 씨의 아버지가 그에게 쓴 편지. 돌아가시기 1년 전에 쓴 것이다

은 아무렇지 않은데 아버지한테만."

아버지가 살아온 나이를 훌쩍 넘어서 74세가 된 그가 56세의 아버지를 떠올리며 울었다. 그의 휠체어는 다시 방으로 사라졌다. 편지를 다 읽어주지 못한 것이 마음에 남았던 그는 아버지의 유품을 꺼내왔다. 아버지가 약재의 무게를 달 때 사용했던 저울이었다. 저울에는 보이지 않는 시간의 더께와 아버지의 숨결이 내려앉아 있었다. 동생이 갖고 있던 유품이었으나 아버지 손때가 가장 많이 묻어 있는 거라 그가 가져왔던 것이다. 그러나 이제 그만 동생에게 저울을 다시 돌려주려고 한다고 했다.

"우리 애들이 이걸 알겠어요? 죽기 전에 돌려줘야지."

나이가 들수록 아버지에 대한 기억은, 불거져 나온 관절들처럼 울뚝불

진인 씨의 아버지가 쓰시던 유품. 약재의 무게를 달 때 쓰던 저울이다.

뚝 튀어나와 아프기만 했다.

"영감, 영감."

그녀가 장난스럽게 노래를 부르듯 다가와 그의 옆에 앉았다. 말없이 그의 어깨를 쓰다듬었다. 그녀는 너무도 잘 알고 있었다. 이주민으로 살아온 삶을, 그 삶 속의 슬픔을 위로하고 나누는 방법을.

정리하는 거 준비해요

그는 류머티즘이 발병한 지 3년이 지고 나서야 그녀에게 그 사실을 고백했다. 그때 부부는 한국식당을 하고 있었다. 한국에 있는 동생이 요리사 자격증을 따고선 부인과 아이들까지 데리고 독일에 와서 함께 살고 있었다. 마침 식당도 잘되고 있었다. 그의 평생소원은 한국에 있는 형제들 데려다 움실움실 같이 사는 거였다. 그는 이제야 좀 살 만해진 아내에게, 20년 만에 함께 살게 된 형제들에게 차마 자신의 병을 말할 수 없었다. 인생에서 찰나의 행복이 될지도 모르는 그 순간을 유지하고 싶었다. 그러는 사이 그의 병은 깊어져갔다. 온몸의 관절에 류머티즘 염증이 깊어졌고 수차례 수술을 받았다. 그러나 25년이 지난 지금까지도 발목 연골 수술이 더 남아 있었고 휠체어가 없으면 거동이 불편한 상태였다. 내가 광산 일도 영향이 있는 거냐고 조심스레 물었다.

"광산에서 사고로 다친 건 아니지만 거기서 병든 거나 마찬가지지."

옆에 있던 그녀가 먼저 대답을 했다

"광산 욕 하지 말어. 내가 약해서 그렇지."

수줍은 영감처럼 웃기만 하던 그가 처음으로 언성을 조금 높였다.

"우리는 지상에서 정 주고받으면서 일했는데 남자들은 지하에서 힘들었을 거야."

그녀는 나지막이 한숨을 내쉬며 말했다.

"이제 하나하나 정리해야죠. 왔으니까 갈 준비를 해야죠."

'갈 준비'를 얘기하는 그의 얼굴 표정은 다시 밝아졌다. 한국 나이로 74세인 그와 70세인 그녀는 서로 눈짓을 교환했다. 이미 '정리'에 대해 서로 많은 이야기를 나눈 것 같았다. 그들의 이야기가 갑자기 너무 멀리 가버리는 것 같아 나만 조금 아뜩해졌다. 그들은 얼마 전까지만 해도 이런 생각을 하지 않았는데, 문득 이제는 준비를 해야겠다는 생각이 들었다고 했다. 그와 그녀가 '갈 준비'를 위해 '정리'하고 있는 것은 이런 것들이었다.

"더러운 거 남겨놓지 않고 하나부터 열까지 검소하게 정리해요."

그가 먼저 말문을 열었다. 이미 갖고 있던 살림살이를 삼분의 일 이상 줄였지만 여전히 많다고 했다. 죽은 후에는 자식들에게 보여서 부끄러운 것들, 짐이 되는 것들은 미리 살아 있을 때 모두 정리할 거라고. 아버지 유품, 한국 가족들에게 온 편지, 그와 그녀가 주고받았던 연애편지, 40년의 이주사가 간직된 앨범 등도 되도록 다 정리해서 버릴 거라고 했다.

"자녀랑 부딪치지 않기."

그녀도 밝은 표정으로 말했다. 나이가 들수록 자녀에게 바라는 게 많아지고 관계를 불편하게 하기 마련인데, 그들은 그렇게 하지 않기 위해 늘 경계한단다. 먼 훗날 자식들이 그들을 추억할 때 '우리 어머니, 아버지는 참 정답고 기쁘게 살다 가셨다'는 이야기를 나누며 마음이 따뜻해지길 바란다고.

그들뿐만 아니라, 어느덧 한국을 떠나 낯선 독일 땅에 정착한 지 50년이 된, 이제는 퇴직 후 노년에 접어든 '그와 그녀들'은 노후에 대한 이야기를 많이 나눈다고 했다. 노후에 대한 이야기 중엔 죽음이라는 주제도 크게 자리하고 있었다. 오버하우젠Oberhausen에 살고 있는 김정구(1941년생, 1971년 광부로 파독) 씨는 금년만 해도 친구 일곱 명이 죽었다며, 독일에서는 '퇴직 후 5년을 사형선고'라고 부른다고 했다. 그와 친구들은 요즘 셋만 모여도 서로 '죽으면 어디 갈 거야?'를 물었다.

"어떤 사람은 화장하고 싶다, 어떤 사람은 무덤 하고 싶다, 또 어떤 사람은 한국 가고 싶다, 요 세 가지가 많아. 여기는 무덤을 굉장히 깨끗하게 해놨어요. 공동묘지를 죽은 남녀의 연애장소라고 할 정도로 예쁘게 가꿔. 근데 우리가 죽으면 누가 그걸 하겠습니까? 지금 공동묘지 가보면 우리 동료들 중에 죽어서 무덤 간 사람의 묘가 제일 못 생겼어. 찾아와보는 사람이 없으니까. 한국에 선산이 있다고 내가 누울 자리 있겠습니까? 화장해서 폴란드 바다에 가서 뿌리는 게 제일 나은 것 같아."

한국을 떠나면 세계정복을 할 수 있을 것 같아서 독일에 왔다는 정구 씨의 이야기였다. 지금이 바로, 한국을 떠나왔던 그들이라면 누구나 정리를 생각하고 있는 시점이었다. 어쩌면 이번 유랑이 그들의 '정리' 전에 그들의 기억을 기록하는 마지막 순간이 될지도 모르겠다는 생각이 들었다.

고향 생각이 날 때면 산책하는 보타니시 가든

"이상하게 태극기가 집에도 큰 게 있거든요. 그런데도 고향 생각나면 거기 가서 보게 돼. 그게 참 이상하지?"

그녀는 고향 생각이 날 때면 15분 거리에 있는 보타니시 가든에 간다고 했다. 숲속에 태극기가 걸려 있는데 그걸 보면 마음이 편안해진다고. 내게 함께 산책가지 않겠냐고 물었고, 나는 재빠르게 따라나섰다. 그는 현관에서 우리를 배웅해주었다.

여전히 비가 내리고 있었다. 나는 하루 동안 그들의 집에 머물며, 내가 노년이 되어서 이들 부부처럼만 살면 참 좋겠다는 생각을 했다. 어떻게 그렇게 사이좋게 사느냐고 물었다.

"여기는 친구가 없잖아. 내가 무덤까지 갖고 갈 이야기가 금세 소문이 나니까 서로 얘기를 안 해."

한인사회는 좁아서 어떤 이야기든 금세 소문이 나 누구와도 마음을 터놓기가 힘들었다. 게다가 한국에서야 문밖에만 나가면 친구들을 만날 수 있었지만, 독일에서는 멀리 떨어져 살아 어쩌다 한 번 얼굴 보기도 쉽지가 않았다. 그도 가장 친한 친구와 주말이면 종종 낚시를 가곤 했는데, 10년 전 그 친구가 죽고 나서는 오직 그녀하고만 대화를 나눈다고 했다.

"못살겠는 순간이 왜 없었겠어요. 독일이기 때문에 잘 극복했어요. 한국 같으면 친정 갈 텐데 여긴 나갈 곳도 없고. 그럴 때 보타니시 가든 가서 한 시간 반 산책하고 오는 거야. 그래도 안 풀리면 독주 한 잔 마시고 이불 쓰고 우는 거지."

보타니시 가든으로 향하는 이 길에 이주민으로서 그녀의 희로애락이 모두 수놓아져 있는 것만 같았다. 숲으로 접어들어 좁은 길을 벗어나니 너른 초원이 펼쳐졌다. 그녀는 동네 작은 정원이라고 말했지만 내게는 한강

시민공원 정도의 규모로 다가왔다. 파릇한 잔디가 끝을 알 수 없게 펼쳐져 있었고, 봄을 알리는 각종 꽃들이 빗방울에 몸을 적시고 있었다. 독일 사람들은 비가 오는 공원을 우산도 없이 뛰고 있었다. 공원에 우산을 쓰고 걷고 있는 사람은 그녀와 나뿐이었다.

"이 나라 사람들은 태어날 때 우산을 갖고 나왔다고 해. 비가 와도 신경을 안 써."

딸은 독일인과, 아들은 우즈베키스탄 한인 4세와 결혼을 했다. 다채로운 국적을 가진 사람들이 '가족'을 이루었다. 남들에게는 소소한 일상도 그들에게는 평범하지 않은 사건이 되곤 했다. 딸과 사위가 결혼식을 올리고 신혼여행을 다녀와서였다. 딸네 부부가 찾아와 그들의 집에서 하룻밤을 묵었다. 그녀는 들뜬 마음에 사위를 위한 첫 아침상을 준비했다. 여행의 피로도 풀고 허기진 속도 채울 겸해서 국이 있는 밥상을 근사하게 차려냈다. 사위는 식탁에 앉자마자 그녀에게 물었다.

"토스트 없어요?"

사위는 많은 가짓수의 반찬과 함께 차려낸 한식 밥상에 등 돌리고 앉아 커피와 토스트만 먹었다. 지금도 딸과 사위가 자고 가는 날이면, 아침상에서 딸은 미역국을 먹고 사위는 토스트를 먹는다.

"뭘 해주고 싶어도 못 해줘. 안 먹으니까. 근데 이제 안 서운해."

우즈베키스탄 한인 4세 며느리를 본다고 하니까 한국에서 동서가 전화를 걸어왔다.

"독일에서 답답하게 말 못하고 살다가 이제 좀 살 만한데 며느리까지 말 못하면 얼마나 힘들어."

그녀는 아들이 안젤라와 다섯 번의 만남 만에 결혼 약속을 했을 때도 결혼을 반대하지 않았다. 그녀도 독일에 와서 부모의 반대에도 무릅쓰고 결혼했기 때문이었다. 그리고 친구처럼 지낸다는 며느리 안젤라에 대한 애틋한 마음을 드러냈다.

"엄마를 떠나 남의 나라에 와서 산다는 거, 정말 힘든 거야. 내가 겪어봐서 알잖아."

그녀와 나의 운동화는 엄마를 떠나 타국에 살고 있는 딸의 마음에 감정이입 되어 대책 없이 젖어버렸다. 너른 초원을 가로지르니 초원을 둘러싸고 있는 거대한 숲이 나왔다. 숲으로 들어가는 입구에 일본 국기가, 그 다음 입구에는 태극기가 꽂혀 있었다. 일본 국기와는 달리 태극기는 숲 안쪽에 자리를 잡고 있어서 길 입구에 우뚝 솟은 소나무가 가지를 조금만 뻗는다면 쉽게 가려질 것 같았다.

"나는 여기 올 때 가위를 가져와서 태극기가 숲에 가려져 있으면 파파팍 잘라버려요. 우리 아들이 그래. 가든 책임자한테 전화해서 물어보고 하라고, 잘못하면 감옥 간다고. '당신들이 관리를 못해서 태극기가 가려지

면 한국 사람들이 와서 못 찾기 때문에 내가 잘랐다. 당신들 도와준 거 아니냐?' 반문하면 되니까 나는 막 잘라. 각자 하는 게 있겠지만 외국에 사는 나한테는 이게 애국심인 것 같아."

지금 태극기가 저렇게 잘 보이는 것은 그녀의 애국심 덕분인 것이었다.

그가 기다리고 있는 집으로 돌아가는 길, 그녀는 올해 계획에 대해 말해주었다. 그녀의 올해 계획은 사위와 며느리를 데리고 가족 전체가 한국 여행을 가는 것이었다. 딸이 열여덟 살이 되던 해에 네 식구는 한국으로 3주간 여행을 다녀온 적이 있었다. 63빌딩 지하 레스토랑을 예약해서 먼 친척들까지 다 불러 모아 아이들을 인사시켰다. 그와 그녀가 어릴 때 살았던 마을과 집들도 다 데리고 다니며 이야기를 해줬다. 이제 사위와 며느리, 그리고 손녀들에게도 그와 그녀의 코리아 루트를 보여주고 싶었다. 3년 전부터 계획했던 여행이었는데 그가 그해에 관절염 수술을 받아서 포기할 수밖에 없었다.

"자기 부인과 남편, 엄마, 아빠의 피가 어느 나라에서 왔는지는 알아야지. 우리 영감 올해도 안 좋으면 혼자 놔두고 갈 생각이에요. 나까지 더 늙으면 영영 못 가니까."

그와 그녀의 가족, 디아스포라들의 '한국 기억 순례'가 꼭 이뤄지길 바랐다. 쥐색 하늘은 여전히 빗방울을 떨구고 있었다.

Duisburg

· · · · ·

뒤스부르크

솜씨 좋은 우베 밀랭크 씨의
'오 솔레 미오' 스파게티

"우린 시대를 잘못 만나서 팔려온 망아지였어요." 자순 씨.

"저는 그렇게 생각하지 않습니다. 우리 올 적에 가라고 등 떠민 사람 아무도 없었어요. 전부 오고 싶어서, 자발적으로 선택한 거였어요." 정숙 씨.

"오고 싶어서 왔다는 거, 유학 왔다는 거, 그거 다 거짓말이에요. 돈 벌러 왔죠. 왜냐면 간호학교 졸업하고 시립병원에 취직해봤자 월급이 2만 원인데 독일에서는 700마르크(당시 약 12만 원)를 받았으니까. 가난한 나라에 태어나서 희생당한 거예요." 자순 씨.

"아니, 그게 왜 희생이었어요? 그 당시는 외화 낭비한다고 해외여행도 금지하던 시절이었어요. 외국에 나가 취업을 한다는 건 상상도 못하던 때에 정부가 나서서 취업을 시켜줬으니 믿을 수 있는 일자리였잖아요." 정숙 씨.

"전부 다 잘 사는 집에서 왔다면서도 버는 족족 한국에 송금을 했어요. 그걸로 한국경제를 살렸잖아요. 그러니까 우리는 희생을 한 거죠. 공부하러 오고, 파리 유학하러 온 사람 없어요. 다 일해서 돈 벌러 왔지. 희생자들입니다. 시대가 그렇게 만든 거예요." 자순 씨.

이것은 단지 오랜만에 만난, 김천간호고등학교 동문끼리 나누는 '대화'였다. 같은 시기의 파독, 게다가 같은 간호학교 동문들이었지만 생각은 이토록 달랐다. 둘은 만나자마자 친정식구 만난 것마냥 좋다고 따뜻한 포옹을 나누었지만 '파독'에 관한 이야기가 시작되자 의견이 뾰족하게 대립했다. 나는 누구의 편도 들지 못하는 어정쩡한 심판관이 된 듯 그녀들 사이에 끼어 있었다.

"저도 처음 왔을 때는 몰랐는데, 나중에 보니까 박정희 시절에 돈이 없으니까 독일에서 돈을 갖다 쓰고 간호사를 판 거였어요. 게다가 한국은 간호사를 보내겠다고 하고 간호보조원을 섞어서 보냈어요. 나라 간의 계약도 어긴 거예요. 국제적 망신 아닙니까?" 자순 씨.

"말씀 중에 죄송합니다. 나라에서 일부러 속이려고 그런 것이 아니었겠죠. 정식 간호학교를 나오지 않고 면허증을 구해서 온 보조원들이 있었던 거예요. 근데 병원에서 일을 못하니까 금방 들통이 났어요. 우리나라 같으면 당장 비행기 값 물려서 쫓아냈을 텐데 독일 사람들은 그렇지 않았어요. 지금이라도 기회를 줄 테니 간호 과정 3년을 더 배울래? 아니면 간호보조원 월급을 받고 그냥 일할래? 신사적으로 선택권을 주고 다 남아서 일할 수 있게 해줬어요. 도르트문트Dortmund로 온 간호사들은 그 문제로 돌아간 사람이 없었어요." 정숙 씨.

1966년 첫 파독이 시작되면서 대규모의 간호 인력들이 독일로 떠났다. 그러고나자 정작 우리의 간호 인력이 부족해, 그해 7월 처음으로 '간호보조원(지금의 간호조무사)'이라는 인력을 양성하기 시작했다. 그 후, 우리가 계약을 위반하고 간호조무사를 간호 인력에 섞어 보내자, 1969년 독일은 파독 간호사의 요건을 강화해, 정식 간호학교를 졸업한 2년 이상 경력의 간호사를 요구했다. 대신 간호조무사와 간호사의 파견 비율을 1:5로 정하기로 했다. 1967년부터 1973년까지 해외개발공사에서 1년 과정으로 3,244명의 간호조무사를 양성했고 이들 중 일부를 독일에 파견했다.

김천간호고등학교를 다니던 시절의 자순 씨.

"어쨌든 지금은 부자 됐죠. 20킬로그램 가방 하나 들고 와서."

팔려온 망아지였다는 자순 씨가 웃었다.

"많이 들고 왔네요. 저는 9킬로그램밖에 안 들고 왔어요."

자주적으로 선택한 이주였다는 정숙 씨도 웃으며 말했다.

독일에서 처음으로 내 인생을 살기 시작했어요

이곳은 자순 씨와 우베 밀랭크 씨 부부가 살고 있는 집이다. 정숙 씨와 나는 아침 일찍 서둘러 자순 씨와 우베 밀랭크 씨 부부가 살고 있는 집을 방문했다. 나는 일정 중 열흘 정도를 도르트문트에 있는 정숙 씨네 집에서 홈스테이를 했다. 우리는 아침마다 식사를 함께하며 오늘 만날 사람들에 대한 이야기를 나누었는데, 자순 씨를 만나러 간다고 하니 함께 따라나섰다. 간호학교 동문인데, 이사한 뒤 한 번도 찾아가보지 못했다는 이유에서였다. 우리가 왔을 때 자순 씨보다 더 반겨주었던 독일인 남편 우베 밀랭크 씨는 조금 전, 그녀들이 뾰족한 대화를 나누는 사이 살짝 자리를 비운 상태였다. 자순 씨와 정숙 씨, 그리고 나는 거실 소파에 앉아 차를 마시며 다시 이야기를 이어갔다. 나는 그녀들의 이야기에 더 가까이 다가갔다.

그녀는 구자순, 1953년 문경 출생이고, 1972년 파독했다. 어릴 때부터

총명했고, 여섯 살에 초등학교에 입학했다. 6남매 중 넷째였던 그녀는 인문계 고등학교에 진학해서 대학에 가고 싶었지만, 형제는 많고 집은 가난했다. 다른 선택의 여지없이 적성에도 맞지 않는 '간호학교'를 들어갔다. 당시 간호학교는 여자가 고등학교 졸업 후 가장 빠르게 돈을 벌 수 있는 확실한 진로였다. 그녀는 졸업하자마자 열아홉 살의 나이로 파독을 결심했다. 구속이 심한 아버지로부터 탈출하는 방법, 가족을 가난으로부터 구해내는 방법은 파독밖에 없었다.

"서울로 가면 아버지가 따라올 수도 있지만, 독일은 못 오잖아요. 비행기 값이 없으니까."

아버지는 극렬히 반대했다. 하지만 그녀는 과음한 아버지가 잠든 틈에 몰래 인감을 훔쳐 지원서에 도장을 찍고, 도망치듯 독일로 떠났다.

독일에 와서 처음 한 일은 물걸레로 고무나무를 닦는 것이었다. 물수건을 집어던지고 한국으로 돌아가고 싶은 순간의 반복이었지만, 한 달만 참으면 500마르크를 한국에 송금할 수 있다는 생각으로 버텼다. 3년을 견디고 이제 한국으로 돌아가겠다고 가족들에게 소식을 전했다. 그러나 가족들은 그녀가 기대했던 반응을 보이지 않았다.

"아직 나이도 어린데, 동생들도 학교 보내야 되고. 그러니까, 더 벌다 오너라."

귀국을 무조건 반겨줄 거라 생각했던 가족은 '더 벌어라'라고 했다.

'나를 기다리는 사람이 없구나, 나는 돌아갈 곳이 없구나.'

그녀는 그때 가족과 나라로부터 '버림받은 망아지'라고 느꼈다. 스물두 살의 그녀는 독일에서 살아야겠다고 결심했다. 그리고 독일 남자를 만나 결혼을 하고 이민자의 삶을 받아들였다.

그녀는 서정숙, 1947년 대구 출생이고 1969년 파독했다. 7남매의 중간이었고 평범하고 보수적인 집안에서 자랐다. 어쩌다 귀한 바나나 한 개가 생기면 할머니, 일하는 아줌마 몫까지 11등분하여 한 조각씩 입에 넣고 녹여 먹을 정도로 화목했다. 동네에서 서울 구경을 해본 사람이라 해봤자 두명 정도밖에 안 되던 그 시절, 어린 그녀는 터미널에 앉아 버스 타는 사람들을 부러워하며 구경했었다. 여자 혼자서 비행기를 탄다는 건 꿈도 꿀 수 없던 시절이었다. 독일에 간다는 친구를 따라 지원서를 냈고, 파독 일정이 정해졌다. 독일로 떠나기 직전 외할머니께 인사를 갔다. 가을 추수가 한창이었다. 할머니는 들에 나가 햅쌀 한 주먹을 걷고, 메뚜기를 잡아 다리를 묶어 꿰었다. 메뚜기를 볶아 햅쌀과, 팥 한 주먹을 싸주었다.

"사람 사는 덴디 냄비 없겠나? 가자마자 냄비에 쌀이랑 팥 넣고 밥 지어 먹그라. 팥이 독일 귀신 쫓아줄끼다."

그녀가 독일에 가져온 것은 한복 한 벌, 내의 두세 벌, 책 몇 권, 외할머니가 싸준 쌀과 팥 한 주먹이 들어 있는 9킬로그램짜리 가방이 전부였다. 입던 옷마저 동생들에게 다 준 그녀는 앞이 터진 새미 구두에 바바리코트 하나 입고 한국을 떠났다. 크리스마스이브에 쾰른에 도착했다. 눈이 허벅지까지 쌓였고 도시는 눈 바다였다. 안데르센의 동화 속 풍경처럼 이국적

독일에 도착한 다음날, 정숙 씨를 비롯한 간호사들이 한복을 차려 입고 찍은 단체 사진

이고 아름다웠다. 비행기에서 꿍꿍 참았던 눈물이 터져 나왔다. 도르트문트 시립병원에 도착했지만 24일부터 26일까지 공휴일이었고, 문을 여는 가게도 없었다. 그녀가 먹을 거라곤 할머니가 싸준 쌀과 팥 한 주먹뿐이었다. 그렇게 배고픔으로 시작된 독일생활, 그녀는 처음엔 고된 일과 입에 안 맞는 음식 탓에 두 달 만에 39킬로그램까지 살이 빠졌다.

"나도 자식 키우는 사람인데, 너를 못 보겠다. 이거 먹기 전에는 일어나지 마라."

보다 못한 독일인 수간호사가 그녀를 위해 오트밀과 설탕, 크림을 섞은 죽을 한 달이 넘도록 만들어주었다.

정숙 씨는 한국에 있을 때 대구 파티마병원에서 일했었는데, 마침 그 병원의 수녀들이 독일 사람들이었다. 게다가 취급했던 약도 독일 것이고, 심지어 약장藥欌도 독일 거였다. 그 덕분에 독일어를 몰라도 약 이름을 보고 그 용도를 알 수 있었고, 낯설지가 않았다. 그 후 독일생활에 빨리 적응했다. 그녀는 독일에 오자마자 지어먹은 팥밥 때문에 아직도 건강하게 살고 있는 것 같다고 했다.

"어쩌면 저렇게 젊고 예쁠까. 우리도 저런 시절이 있었겠죠?"

자순 씨와 정숙 씨는 나의 젊음을 부러워했고, 나는 그녀들의 적극적인 대화법이 부러웠다. 독일에서 만난 그녀들과 이야기를 나누다 그녀들의 '적극적인 대화법'에 여러 번 놀랐다. 나는 자기 의견을 강하게 주장하지 않고 최대한 적당히 중립에 서는, 서로의 생각이 다른 불편한 상황에서는 대화가 깊어지기 전에 화제를 돌리는, 약간은 비겁한 대화법에 익숙했다. 그러나 그녀들은 자기 생각을 명확하게 전달하는 것이 대화의 예의라고 생각했고, 서로의 생김새가 다르듯 생각이 다르다는 것을 당연하게 여겼고, 그 어떤 소소한 화제라 할지라도 적극적으로 의견을 나누었다.

나는 그렇게 열띤 대화를 나누는 그녀들을 〈100분 토론〉에 나온 전문가들을 시청하듯 바라봤다. 한독 가정 여성의 경우, 이러한 성향이 더욱 두드러졌다. 물론 어디까지나 내가 만나고 느끼기에 그랬다는 것이다.

자순 씨는 어릴 때부터 주장이 강한 편이었다고 했다. 문경 점촌에 살 때는 그런 성격 때문에 아버지와의 관계에서 마찰을 일으켰지만, 독일에 와서는 이득이 되었다. 독일 사람들과 의사소통을 할 때는 정확하게 자기 의견을 말해야 했다. 특히나 전형적인 공무원인 남편은 더욱 분명한 의견을 요구했다. 그럼에도 불구하고 남편은 늘 자순 씨의 주장을 존중해주었다. 그 시절의 한국 남자와 결혼했다면 이렇게 인격적으로 존중받으며 자유롭게 살 수는 없었을 거라고 했다.

정숙 씨는 자순 씨와 반대였다. 이렇다 할 꿈도 없었고 스스로 인생을 개척하고자 하는 의지도 없이 살았다. 어릴 때부터 남들한테 끌려다니는 스타일이었고 자기 의견을 말할 줄도 몰랐다. 독일에 오게 된 것도 친구가 가겠다고 신청하는 바람에 덩달아 따라온 것이었다. 혼자서는 상상도 못 할 일이었다. 그랬던 정숙 씨가 독일 남자를 만나 결혼했다. 남편은 가장 먼저 그녀에게 '아니오'라고 정확하게 말하는 법과 상대방의 눈을 똑바로 쳐다보며 대화하는 법을 가르쳐주었다.

"독일에서 처음으로 남 앞에서 내 얘기를, 내 뜻을 전달했어요. 처음으로 내 인생을 살게 됐어요."

한국 사람들 때문에 더 외로웠던 그녀들

그녀들의 공통점은 한독 가정을 이루었다는 것이다. 한국 남자보다 독일 남자와 가정을 이루는 게 더 힘들지 않았을까. 그녀들은 오히려 독일인과의 결혼 후, 그들과의 관계보다 한국인들 때문에 더 힘들고 외로웠다고 했다. 나로서는 선뜻 이해가 되지 않는 말이었다.

"한국 사람들 사이에서 한독 가정에 대한 이미지가 안 좋았어요. 값싼 여자들 취급했어요. 동그랗게 빤지리하게 생겨가지고 독일 남자 꼬셨다고."

자순 씨는 결혼 후 몇 년 동안 영남 향우회에서 재무를 담당했다. 한인 가정에서는 아내의 늦은 귀가를 허락하지 않았기 때문에 늦게까지 남아서 뒷정리를 하는 것은 늘 자순 씨였다. 독일인 남편은 일 때문에 외출을 하면, 다 마치고 돌아올 때까지 그것에 대해 신임하고 간섭하지 않았다.

"늦게까지 열심히 일하고도 뒤에서는 욕을 얻어먹었어요. 한국 남자 꼬

시려고 향우회 나간다고. 결혼식에 초대까지 안 한 사람도 있었어요, 남편이 독일 사람이라고. 그래서 한동안 한국 사람 모이는 곳을 가지 않았어요. 게다가 여기 사는 한국 남자들은 1960~70년대의 한국식 사고방식에서 멈춰 있는, 아주 고지식하고 희한한 사람들이에요. 여기 와서 독일경제에 기대서 40년을 산 지금도 '독일놈들'이라고 불러요. 우리가 듣기엔 좋지 않죠."

유학을 가는 일도 흔치 않았던 그 시절, '국제결혼'이라고 해봤자 미군과 '양공주' 정도를 보아왔던 사람들이었다. 한국에서 국제결혼을 곱게 보지 않았듯이, 이곳 독일에서도 마찬가지였던 것이다.

"자기네는 사랑해서 사귄 거고, 우리는 바람기가 많아서 꼬신 거고."

정숙 씨는 한독 가정을 좋지 않게 볼 수밖에 없었던 또 다른 이유를 말해주었다. 한인 가정의 경우 낯선 나라에서 빈손으로 시작했지만, 한독 가정은 대개 남편이 독일사회에 안정된 거주지와 직업을 갖고 있었다. 때문에 생활이 더 안정되었고, 아이들 양육도 조금 더 손쉬웠다. 또, 한국사회에서의 보수적이고 권위적인 기질을 그대로 답습하는 한국 남자들과 달리 독일 남자들은 여성의 역할을 존중했고 가정과 육아에 충실했다. 그런 것에 대한 질투도 있었을 거라는 것이다. 지순 씨가 동의했다.

"한인 가정은 간호사랑 광부랑 서로 교대근무하면서 애들 키우고 많이 힘들게 살았죠. 저보다 많이 고생한 사람들이에요. 저는 결혼해서 애 가지고 집에서 오랫동안 쉬다가 애들 고등학교 갈 때 다시 일을 시작했으니까.

다행히도 그만큼 고생은 안 했어요. 그 사람들보다 호강스러웠던 거죠."

낯선 땅에서 오히려 같은 한국 사람들이 더 불편하고 힘들었던 시간들. 그토록 그리운 한국 사람들이지만 그들이 모이는 곳에 갈 수 없었던 그녀들. 한독 가정 여성들의 삶이란 그런 것이었다.

"한독 가정의 여자들은 두 부류였어요. 독일 가족들에게 한국이라는 나라를 숨기거나 보여주거나."

그녀들은 둘 다 '보여주는 부류'였다.

"뭐가 좋아서 독일 사람하고 결혼하느냐, 대구에 와서 중심가에 나가봐라, 멋들어진 남자들이 얼마나 많은데, 하시며 싫어했어요. 이웃들이나 친척들한테 창피하고 망신이라고. 제 인생이기 때문에 제가 결정한 거죠."

자순 씨(왼쪽)와 정숙 씨(오른쪽)의 결혼사진. 그녀들은 독일인 남편에게 한국을 보여주는 부류였다.

자순 씨는 부모님이 반대했지만 독일에서 결혼했다. 그 후에 남편을 데리고 한국에 갔다. 문경 중에서도 오지였던 점촌의 시골집에 도착한 남편은 부모님께 인사를 드린 후 낡은 집을 둘러보더니, 시계를 떼서 새것으로 달고 전등도 갈고 이것저것 뚝딱뚝딱 고치기 시작했다. 무조건 반대라며 팽 돌아서 있던 아버지에게 그런 모습이 좋게 보였다.

"6 · 25 때 미국 사람처럼 아주 크거나 징그럽지 않고 적당하다고, 남자가 아주 부지런하고 건실해 보인다고 좋아하셨어요."

한독 가정의 경우 대부분의 한국 부모는 결혼을 반대했고, 여성들은 그 반대를 무릅쓰고 독일에서 결혼부터 올리는 경우가 많았다. 그러나 정숙 씨는 결혼 승낙을 받기 위해 독일인 남자친구를 데리고 한국에 갔다. 1975년 당시 한국은 황달, 천연두, 장티푸스 예방주사를 맞지 않으면 입국이 불가능할 정도였다. 독일인 남자친구는 그때까지 예방주사라는 것을 맞아본 적이 없는 사람이었다. 그래서인지 주사를 맞고 나서 어깨에 염증이 생기더니, 고름 덩어리가 흐르고, 열이 40도가 넘게 끓어올랐다. 결혼 10년 만에 어렵게 얻은 외아들이 이름도 모르는 동양에서 온 여자와 사귄다고 했을 때도 싫은 내색 한 번 하지 않았던 남자친구 어머니가 마침내 울었다.

"도대체 그 못 사는 나라에 뭐 얻어먹으려 가느냐?"

내 나라가 조금만 잘 살았어도 저랬을까, 서러웠다. 2차 세계대전 패전국이었던 독일이 좀 살 만해졌을 무렵, 6 · 25가 일어났다. 독일은 연합군으로 참전했고 텔레비전을 통해 6·25의 참상이 낱낱이 방영되었다. 당시 독일 사람들에게 한국은 바리바리 보따리를 이고 처참함 모습으로 피난을 가는 가난하고 지저분한 나라였다. 그것마저도 기억하지 못하는 독일 사람들이 대부분이었다.

남자친구와 함께 한국에 갔을 때, 그녀가 살던 대구의 모습은 가난, 그 자체였다. 비가 와서 흙길은 질퍽거렸고 구더기가 끓는 재래식 변소에, 목욕조차 할 수 없는 환경이었다. 게다가 겨울이라 골목엔 연탄재가 널브러져 있었다.

"엄마가 하지 말라면 결혼 안 할게, 했어요. 뒷간에 가둬놓고 안 보낼 줄 알았는데 결혼하라고 해서 한국에서 결혼했어요."

정숙 씨는 한국에서 결혼식을 올리고 남편과 함께 대구, 김천, 상주, 점촌까지 순례를 했다. 그녀가 살아온 날들과 그 터전, 한국의 참모습을 남편에게 숨김없이 드러내보였다.

"남편은 가난하다고 무시하지 않았고, 눈썹 하나 찡그리지 않았어요. 평생 고맙게 생각해요."

독일에서 돌아온 남편은 말했다.

"내가 너무 고생 없이 살아서 당신에게 미안해. 나는 욕심 부리지 말고 살아야겠다."

한국에 다녀온 뒤로 남편은 정숙 씨와, 한국에 있는 가족들에게 더 잘해주었다.

그녀들과 달리 '숨기는 부류'도 있었다. 정숙 씨가 남편과 함께 한국에 다녀오자 함께 일하던 언니가 말했다.

"너 왜 남편 데리고 한국을 갔다 왔니? 창피하지도 않니?"

그 언니는 결혼 후 10년 뒤인 1985년에 독일인 남편과 처음으로 한국에 갔다. 그러나 집에는 데려가지도 않았고, 서울의 한 호텔에서만 묵었다. 부모님도 그 호텔 커피숍에서 소개시켜줬다. 가난한 내 나라 한국도, 내가 살았던 동네도, 부모님이 살고 있는 집도, 보여주기 싫었던 것이다. 그것은 창피한 과거일 뿐이었고, 때로는 말끔히 지워버리고 싶은 상처였다. '한국'이라는 나라를 독일 가족들에게 철저히 숨긴 그녀들은 식생활조차 독일식으로 이어갔다. 한국음식이 못 견디게 먹고 싶을 때는, 음식 냄새를 숨기기 위해 혼자 몰래 해먹곤 했다. 그리고 그마저도 잊혀져갔다. 가족들과 독일어만 사용하다 보니 한국말도 가뭇가뭇해졌다. 나는 '숨기는 부류'였던 그녀들의 삶이 더 울울했다.

"사실 독일에 와서 독일 사람과 결혼한 삶이 플러스가 많았죠. 제가 자유롭게 모든 일을 할 수 있었던 것도 남편의 협조와 이해가 있었기 때문이었어요. 아까 팔려온 망아지라고 했지만 그것은 국가적으로 볼 때 우리가 희생된 것이라 그런 거고, 제 스스로의 삶과 생활은 만족합니다."

파독 간호사들은 팔려온 망아지였다며 열띤 토론을 벌였던 자순 씨의 표정이 어느덧 환해졌다.

'오 솔레 미오' 스파게티

정숙 씨는 점심 약속이 있다며 먼저 돌아갔다. 자순 씨는 내게 집 구경을 시켜주었다. 자순 씨와 우베 밀랭크 씨 부부가 살고 있는 집은 독일의 전형적인 고옥古屋답게 천장이 높고 벽이 두꺼웠다. 천장의 높이가 3.5미터가 넘으니 현대식 아파트의 1.5배는 되는 셈이었다. 고옥 안으로 들어서니 확 트인 높은 천장의 거실이 시원스러웠다. 마치 어느 백작의 저택에서 열리는 무도회장에 초대받은 것만 같은 기분이 들었다. 워낙 벽이 두꺼워서 여름에도 집 안이 춥다고 했다. 100년이 넘은 집이었지만, 견고했다.

독일에서 만난 그들은 오래된 집에 살고 있다는 것을 자랑처럼 말했다. 내가 만난 그들 중 가장 오래된 집에 살고 있는 사람은 보훔에서 만난 최경주(1939년생, 1970년 광부로 파독) 씨였다. 건물 외벽은 석조로 되어 있지

만 내부는 온통 목조로 되어 있는, 아주 귀품 있고, 광대한 시간의 양이 고스란히 전달되는 그 집은 무려 1892년에 지은 집이었다.

"이 집은 남편이 내게 준 노후 선물이에요. 자기가 먼저 죽더라도 집세 걱정 말고 연금으로 한국 오가며 살라고. 아프기 전까지는 이 집에 살고 아프게 되면 정리하고 양로원에 갈 생각이에요. 자식들에 대한 기대는 없어요."

어디선가 노랫소리가 들려왔다. 그 노랫소리의 꽁무니를 물고 미트소스 끓는 냄새가 거실로 흘러 들어왔다. 우리는 피리 부는 소년의 피리 소리에 홀린 쥐가 되어 노랫소리를 쫓았다. 도착한 곳에서 피리 부는 소년이 아닌 우베 밀랭크 씨가 요리를 하고 있었다. 소고기를 충분히 다져넣은 미트소스가 끓고 있는 냄비를 저으며, 건실한 체격의 그가 〈오 솔레 미오O Sole Mio〉를 흥얼거리고 있었다. 고등학교 음악 시간에 배웠던 기억을 더듬으며 나도 따라 흥얼거리니 그는 아주 활짝 웃었다. 그의 엄격하고 단단했던 표정이 두리둥실 풀어지니 나도 기분이 좋아졌다.

"스파게티 좋아해요?"

"너무 좋아해요."

"얼마나 많이 먹는지 보겠어요!"

그는 콜라를 건네며 자기가 일부러 나를 주려고 창고에서부터 꺼내온 콜라라는 걸 기억해달라고 했다(그의 농담은 이런 식이었다). 10인용 식탁에는 그가 미리 삶아놓은 스파게티 면과 음식이 담긴 접시들이 자리 잡고 있었다. 분명 자순 씨와 단둘이 살고 있는 집인데 10인용 식탁이라니.

"손자손녀가 오면 앉을 데가 없을까봐 큰 식탁을 만들었어요. 하지만 자식들은 아직 결혼도 안 했다는 거!"

그의 엄격하고 진지한 표정에서 터져 나오는 독일식 유머는, 딱딱하면서도 달콤했다. 나는 그의 진지하면서도 썰렁한 유머 코드에 열광했고 그는 흡족해하며 헤어질 때까지 농담을 그치지 않았다.

그는 우베 밀랭크, 자순 씨의 남편이며 기상청에서 일하는 공무원이다. 올해 나이 60세로 퇴직이 5년 정도 남았다. 자순 씨와의 사이에서 남매를 얻었고 큰딸은 쾰른에서 변호사로, 아들은 고등학교 선생님으로 일하고 있다.

"독일 면은 한 시간이 지나도 불지 않아요. 천천히 마음껏 먹어요."

우베 밀랭크 씨는 요리뿐만 아니라 워낙 손재주가 좋아 툭탁툭탁 잘도 만든단다. 자순 씨의 아버지를 안심하게 했던 빛나는 손재주로 100년이 넘은 오래된 집을 15년째 고치고 있다고 했다. 무엇보다 인건비가 비싼 독일은 집 안에 무언가가 고장 났다고 해서 사람을 부르는 일이 없었다. 대부분 자기 스스로 고치고 정비하는 것이 습관이 되어 있었다. 게다가 장비와 재료, 작은 부품까지도 쉽게 구할 수 있도록 세분화되어 판매하고 있다고 했다.

그에게 한국에 갔을 때 어땠냐고 물었다. 그는 거리가 시끄럽긴 했지만, 사람들이 친절해서 좋았다고 했다. 그러나 밀림과도 같은 '아파트'는 이해할 수 없었다고 했다. 저 많은 아파트에 누가 살까 궁금했다고. 그도 그럴 것이, 독일인들은 주거 공간으로 아파트를 선호하지 않았다. 단독주택 값이 훨씬 비싸고, 고층 아파트는 저소득 계층이나 생활보호 대상자들, 혹은 독신자 아파트로 사용되었다.

1970년대 동독은 주택난 해소를 위해 고층 아파트들을 지었고, 서독도 고층 아파트 단지를 짓기 시작했다. 그러나 독일인들은 아파트를 층층이 쌓여 출고를 기다리는 구두 상자에 비유하며 반감을 드러냈다. 그때 지어진 고층 아파트 단지들은 현재 도시 빈민과 외국인 노동자들의 주거지로 전락했다. 동독의 경우는 사정이 더 좋지 않았다. 통일 후 날로 줄어드는 인구 때문에 유령의 집처럼 텅 빈 아파트들이 골칫거리가 되었다.

영토에 비해 인구밀도가 높아서 어쩔 수 없다고 설명해주었지만, 그는 한적한 교외의 집보다 도심의 고층 아파트가 고가로 팔리는 것은 아직도 이해할 수 없다고 했다. 그래도 지금은 교외에 직접 짓는 전원주택이 유행하기 시작했다고 말해주었다. 그러니 좀 안심하는 표정을 지었다.

한국인 아내와 살면서 문제는 없었냐고 물었다.

"내가 독일 사람이랑 살았어도 문제는 있었을 거예요. 한독 가정이기 때문에 문제 되는 건 없었다고 생각해요."

그는 간단히 말했지만 그녀는 서로의 문화가 달라 겪은 소소한 일상의 사건들이 많았다고 했다.

"우리 집에서 모임이 있으면, 끝나고 남은 음식을 사람들한테 보따리 보따리 싸줬어요. 우리는 집에 손님 오면 갈 때 뭐라도 다 싸주잖아요? 처음에는 그걸 보고 기절을 하는 거예요. 그 사람들이 거지냐고, 먹다 남은 음식을 왜 싸가냐고, 이해를 못했어요. 한국 사람들은 이게 '정'이라고 하니까 이제는 그런가보다 하더라고요."

이 정도 사건이야 문화의 차이라고 이해했지만, 정서의 차이는 이해시킬 수가 없었다.

"보름달이 뜨잖아요. 정원에 나가서 보름달을 쳐다보면 옛날 한국 생각이 나서 눈물도 나고 그래요. 이 사람한테 '보름달이라서 내가 마음이 이렇게 슬퍼', 이러면 이 사람은 '15일이니까 보름달인데 뭐' 이래요. 우리하고 느낌이나 그런 게 틀려요."

그녀는 40년이라는 세월 동안 고향의 향수를 느끼며 살았다. 아직도 한

글만 봐도 울컥하고, 비행기가 한국에 도착하면 엉엉, 울음부터 터졌다. 그는 자기가 태어난 땅에서 어머니를 가까이 두고 살았다. '향수'라는 것과 '보름달'에 대한 정서를 이해할 수 없었다.

"독일말은 어지간히 하지만, 한국식으로 생각하고 독일어로 말을 만드니까 받아들이는 것이 달라요. 상대는 한국식으로 생각하지 않으니까. 내 뜻과 마음이 온전히 도착됐나 안 됐나, 항상 그런 생각이에요. 사랑한다고 하면서도 왠지 뭔가 요만큼이 비어 있는 거예요. 표현할 수 없게 허전하고."

40년 가까이 부부로 살고 있지만, 아직도 그와 대화를 나눌 때면 내 뜻이 정확히 전달되었는지 불안하다는 자순 씨. 그들을 평생 경계인의 슬픔

속에 머물게 하는 것, 그게 바로 언어였다.

40대의 어느 날은 아침에 눈을 뜨자마자 갑작스레 다 때려치우고 한국으로 돌아가고 싶어졌다. 한동안 이 생각에 마음을 다잡기가 힘들었다. 그녀에게 우울증이 찾아왔던 것이다. 그 시절을 견딘 건 어머니의 말 때문이었다.

"남의 눈에 눈물 내면 안 된다. 네가 선택했으니 살아라."

요즘 그녀는 한국에 살았으면 어땠을까, 한국 사람을 만나서 살았으면 어땠을까, 하는 생각을 가끔씩 해본다고 한다. 지금보다 더 잘 살지는 못했겠지만 '깨소금 같은 재미'는 있었을 거라고 했다. 그녀가 말하는 '깨소금 같은 재미'는 이런 것이다. 보글보글 끓는 된장찌개를 먹다가 '와, 시원하다' 하면, 그 말과 정서에 묵묵히 동의하는 것. 나와 대화를 하는 사이사이 그에게 꼼꼼히 통역을 해주던 그녀는 '깨소금 같은 재미'에 대해서는 말해주지 않았다. 그저 우리 둘만 고개를 주억거릴 뿐이었다.

우베 밀랭크 씨는 요즘 너무 행복하다고 했다. 2년 전 암수술을 받은 자순 씨가 다시 건강해졌기 때문이었다. 그녀를 위해 리마인드 여행을 계획 중이라고 했다.

"남쪽으로 갑니다. 33년 전에 사귀고 얼마 안 됐을 때 첫 번째 여행으로 남쪽을 한 바퀴 돌았거든요. 바이덴Weiden, 잘츠부르크Salzburg, 인첸 쪽으로. 둘이 처음 갔던 여행지를 다시 한 번 다시 가보려고요."

면과 소스가 반도 넘게 남은 채로 식사가 끝났다. 우리는 셋이었지만,

사실 스파게티의 양은 10인용 식탁의 크기에 맞춘 듯했다. 그는 내가 포크를 테이블에 내려놓자 기다렸다는 듯이 말했다.

"남으면 싸가지고 가야 돼!"

그리고 정말 먹다 남긴 도넛과 초콜릿을 싸주었다. 그렇게 기겁을 하던 우리네 초대 문화가 이제는 즐거움으로 바뀐 것이다. 그렇게 한독 가정은 나이를 먹고 있었다.

우베 밀랭크 씨가 싸준 간식.
그도 이제 우리네 '정'을 이해하고 있는 것 같았다.

서점을 옮겨놓은 집에서 즐기는
독일식 초간단 가정식

정오의 약속, 그러나 한 시간 일찍 도착해버렸다. 한국이었다면 '좀 일찍 도착했어요' 문을 두드렸겠지만, 이곳은 시간 약속에 철저한 독일이었다. 그가 살고 있는 동네를 주유周遊하기로 했다. 조용한 동네였다.

그의 집 바로 건너편에는 작은 공동묘지가 있었다. 비석에 낀 이끼들이 묘지의 나이를 말해주고 있었고, 백발의 노인들이 쓰레기를 줍거나 화단에 물을 주고 있었다. 독일은 이처럼 동네 안에 소규모의 공동묘지를 품고 있는 곳이 많았다. 일정이 끝나고 잠시 들렀던 퓌센Füssen의 한 작은 시골 마을은 교회 앞마당이 공동묘지였다. 신기해서 들어가보니 관리인이 반색을 하며 그중 한 묘에 대해 지극정성을 다해 설명해주었다. 알아들을 수 없어 마음이 괴로웠던 나는 비석에 새겨진 '1800'이라는 숫자를 보며 유

동네마다 공동묘지를 품고 있는 독일. 어느 마을이든 삶과 죽음이 자연스레 공존하고 있었다.

추했다. 아마도 이 동네 사람들이 매우 자랑스러워하는 선조의 묘일 것이라고.

100년 넘은 집이 많고 투기를 목적으로 한 부동산도 없으니, 독일 사람들은 이사를 다니지 않고 태어난 곳에서 죽을 때까지 한 동네에서 사는 경우가 많다고 한다. 그들은 대를 이어서 살다가, 죽어서는 동네 한쪽에 묻혔고, 또 그 후세들은 선조들의 묘지를 오가며 산책을 즐겼다. 독일의 마을에는 산 자와 죽은 자의 삶이 자연스럽게 공존하고 있었다.

이정표를 볼 줄도 모르고, 방위 개념조차 없는 길치인 나는 길을 잃지 않기 위해 무조건 오른쪽 방향으로만 걸었다. 날씨가 맑았다. 걷다 보니 터키식당이 나왔고, 또 걷다 보니 히잡Hijab을 두른 까만 피부의 여자가 물건을 정리하고 있는 인디아 식료품점이 나왔고, 걷고 또 걷다 보니 밤에만 문을 여는 것 같은 일본식 가라오케가 나왔다. 뒤스부르크Duisburg에서 찾아갔던 집들과 다르게, 그가 사는 동네는 외국인들이 많이 모여 살고 있었다. 독일이지만, 독일 같지 않았다. 서울의 이태원처럼 말이다. 그러는 사이 시간이 훌쩍 멀리뛰기를 해버렸고 나는 펄쩍거리며 갔던 길을 되돌아와 그의 집 앞에 섰다.

숨을 고르고 초인종을 눌렀다. 문이 열렸다. 그가 먼저 얼굴을 내밀었고, 그의 등 너머에서 독일인 아내가 웃고 있었다. 얼마 전 무릎수술을 받은 아내 역시 물리치료를 받고 방금 돌아왔다고 했다. 그는 거실에 놓인 테이블로 나를 안내했다.

"100년이 넘은 상床이에요. 아내 가족들에게 30년 전에 물려받은 상인데 이것보다 마음에 드는 걸 여태 구하지 못해서 고쳐 쓰고 있어요. 허허."

식탁도, 테이블도 아닌 '상'. 그들은 떠나올 쓰던 단어를 아직도 그대로 사용하고 있었다. 그중 귀에 쏙 박히던 단어는 '변소'였다. 그들은 내가 '화장실이 어디예요?' 머뭇거리면 '아, 변소요?'라고 고쳐 말했다. 너무나도 고급스러운 단독주택에서도 '변소'라는 단어를 사용했다. 변소라는 단어는, 처음에는 살짝 부끄러웠지만, 묘하게도 들으면 들을수록 마음을 따뜻하게 만들었다.

그가 직접 갈아내고 새로 칠해서 쓰고 있다는 상은 100년이 넘은 물건

의 기운을 뿜어냈다. 우리는 옹기종기 모여 앉아 그 아늑한 기운에 빠져들었다.

　"책이 정말 많네요."

　1층 거실의 벽면은, 부엌과 통하는 문을 제외하고는, 모두 책으로 메워져 있었다. 주방을 제외하면 1층 전체가 서재인 셈이었다. 침실은 2층에 별도로 마련되어 있었다. 그의 독일인 아내는 대대로 뒤스부르크에서 서점을 하던 집안의 딸이었다. 3대째 이어오던 서점을 그녀가 고스란히 물려받았다. 그렇게 무려 100년 동안 문을 열었던 서점은 101년이 되던 해에 문을 닫았다. 100년 된 서점의 고서들과 그가 모아둔 책들을 합하니, 집 전체가 다시 그들만의 서점이 되어버렸다. 그들만의 서점에는 한글과 독일어가 자연스레 어우러져 있었다.

한국 광부와 독일 아가씨의 서점 로맨스

올해 77세의 그는 멋스러운 백발에 검은 안경을 쓰고 있었다. 조명 아래에서 끊임없이 담배를 피웠는데, 그 모습은 고뇌에 찬 신지식인의 분위기를 풍겼다.

그는 이종현, 1936년생으로 경북 상주가 고향이며 1965년 광부로 파독했다. 다른 동양인들에 비해 몸이 크고 골격이 튼튼했던 그는 탄을 캐고 쪼개는 작업에 투입되었다. 하지만 조금만 작업을 해도 손톱이 빠져버리곤 했다. 독일인, 터키인과 섞여 한 팀으로 일했는데 그들은 그보다 덩치가 훨씬 컸다. 그들의 작업량을 따라가기 위해 그는 입에 거품을 물 때까지 일을 했다. 하루 작업이 끝나고 나면 석탄 조각이 떨어져 내린 등에 파란 점들이 박혀 있었다.

그는 주말에 시간이 날 때면, 한국에서 온 간호사들이 머무는 기숙사를 기웃거리는 대신, 서점에 갔다. 월급을 받으면 한국으로 보내고 남은 돈으로 오직 책만 샀다. 그리고 서점에서 그녀를 만났다.

그녀는 워즈라 휠트하우트, 1941년생이며 뒤스부르크가 고향이다. 처음 그녀의 증조할아버지가 이 도시에 서점을 열었고, 할아버지와 그녀의 아버지가 그것을 이어받았다. 그리고 다음으로 그녀가 4대째 서점의 문을 열었던 것이다. 반짝거리는 동그란 눈와 다양한 표정, 그녀는 호기심 많고 귀여운 소녀 같았다. 그녀는 서점에 자주 오는 동양 남자에게 관심이 갔고, 켜켜이 쌓인 책 속에서 둘의 로맨스는 꽃피었다.

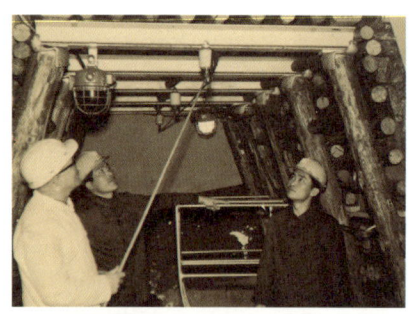

대학에 뜻이 있었던 그는 체류기간 만기 3개월을 남기고 쾰른대학에 입학했다. 학교까지 가는 데만 두 시간이 걸렸다. 주간에는 대학에서 공부를 하고, 야간에는 광산에서 일을 하는 생활. 잠을 잘 수 있는 시간은 고작 세 시간뿐이었다. 한 달쯤 그 생활을 반복하니 도저히 견딜 수가 없었다. 동료가 해결책을 일러주었다.

"아, 이형! 사람이 왜 그렇게 멍청하냐고 그래. 여기 사람들 병가 많이 내지 않냐고. 그래서 어떻게 하면 병가를 낼 수 있냐고 물었더니, 식초를 솜에 적셔서 발가락에 끼우고 하룻밤을 자면 무좀에 걸린대. 지하는 습기가 많아서 무좀이 걸리면 완전히 나을 때까지 일을 안 시켰어. 정말 간단합디다. 솜 끼우고 하룻밤 잤는데 무좀으로 2개월 병가를 받았어."

두 달 동안 쉬기 위한 요령으로 만들었던 무좀, 그때는 그 무좀이 평생 그를 괴롭히게 될 줄은 몰랐다. 하느님이 벌을 줘도 단단히 줬다고 그는 웃으며 말했다.

그렇게 광산과의 계약 기간을 만료한 후에 그는 학교가 있는 쾰른으로 이사를 갔다. 떠나기 전 그녀에게 한글의 자음과 모음을 읽고 쓰는 법을 알려주었다. 쾰른에 도착하니 뒤스부르크의 그녀에게 편지가 오기 시작했다.

"독일말을 한국어로 써서 보낸 거야. '사랑합니다'라는 뜻의 독일말을 '이히디베디히'라는 한글로. 독일어를 소리 나는 대로 한글로 쓴 편지를 일주일에 두 번씩 보냈어요."

그 편지를 받은 그는 감동했고 그녀와 결혼을 결심했다. 연애 시절, 그녀는 그가 가난한 나라에서 온 외국인이라는 것에 대한 편견이 전혀 없었다고 했다(내가 만난 모든 한독 가정은 그렇게 말했다. 국제결혼이라는 것에 대한 선입견은 그렇지 않은 사람들만 갖고 있는 것 같았다).

"고정관념 없이 순수하게 남편의 조국을 있는 그대로 받아들였어요. 여기에 집이 있듯이 한국에도 집이 있는 것이다, 그렇게 느꼈어요. 남편과는 인간성, 취미, 관심을 두고 있는 예술과 문화가 비슷했고 그런 것이 더 중요했어요."

1968년 그들은 독일에서 결혼식을 올렸다. 그들이 다짐한 사랑의 맹세는 이러했다. 절반은 독일 사람이, 절반은 한국 사람이 되려고 노력하겠다고!

1973년 그는 대학을 졸업했다. 그해 9월 말, 8년 만에 처음으로 한국에 갔다. 독일인 아내와 두 살 반 된 아들과 함께였다. 한국으로 떠나기 전날 밤, 그는 그녀에게 큰절 올리는 법을 알려주었다. 집에 가서 어머니가 앉아계시면 꼭 큰절을 올려야 한다고 당부했다. 그녀는 한국이라는 낯선 나라와 시어머니를 만날 생각에 큰절 연습까지 더해져, 떠나기 전부터 가슴 앓이를 했다. 마침내 그들은 먼 길을 날아 고향집에 도착했다. 그들이 집안으로 들어가기도 전에 어머니는 한걸음에 마당으로 쫓아 나왔다.

"앉아계시지 않아서 절도 못하고 있었는데 먼저 절 안아주었어요. 그거 하나로 마음이 풀렸어요. 가족이구나."

그녀는 그날을 생각하며 아직도 뭉클한 듯한 표정을 지었다. 그가 한국 국적으로 처음이자 마지막으로 찾았던 고국이었다. 독일로 돌아온 그는 다음 해 국적을 독일로 바꾸고 엔지니어로 취직했다. 더 이상 광부 일은 하지 않았다. 그리고 1974년부터 민주사회건설협의회를 조직해서 본격적인 정치 활동을 시작했다.

나는 코리아에서 왔습니다

"박정희 시대, 한반도 전체에 희망이라는 게 전혀 없었어요."

그가 독일에 온 이유는 경제적인 이유보다도 정치적인 압박이 더 컸다. 그는 일본에서 태어났고, 그의 가족은 그가 열세 살이 되던 해에 한국으로 돌아왔다. 한국생활 6개월 만에 6·25가 터졌다. 일본의 한인 학교에서 한국 역사를 가르치기도 했던 아버지는 서울에서 인민위원회 활동을 했다. 부모님은 다투는 날이 많았다. 아들들만큼은 사상에 물들이지 말아달라는, 어머니의 애끓는 호소였다. 그러나 두 형은 의용군에 자원입대했고 어머니는 심장병을 앓기 시작했다. 그는 가장 예민한 사춘기였다.

9·28 서울 수복 후, 가족은 전부 체포되어 고문을 당했다. 전쟁이 끝나고 영등포형무소에서 출소한 아버지는 며칠 지나지 않아 고문후유증으로 돌아가셨고 큰형은 교도소에서 총살당했다. 거제도포로수용소로 보내졌던 작은형은 평양으로 갔다는 말만 들려올 뿐 생사를 알 수 없었다. 그렇게 그의 가족사는 전쟁과 함께 핏빛으로 얼룩졌고, 그는 열일곱 살의 나이에 가장이 되었다. 살아남은 가족들은 '빨갱이 가족'이라는 이유로 정치적인 탄압을 견뎌야만 했다.

대학에서 정치학을 전공하던 그는 학비가 없어 휴학을 했다. 장성 탄광에서 3개월 동안 광부로 일하던 중 파독 광부 모집에 응시했다. 그리고 1965년, 다시는 한국으로 돌아오지 않겠다는 결심으로 파독했다.

"독일은 그때만 해도 북한대사관이 있었고 좌, 우 갈등에서 상당히 자연스러운 나라였으니까요. 이 나라에서 발 뻗치고 살아보겠다, 이렇게 결심을 하게 된 거죠. 그러니까 정치적인 문제가 저한테는 상당히 강했어요."

독일에 온 그는 한반도의 평화를 위해 남과 북이 가까이 지내며 화해할 수 있는 일을 찾고 싶었다. 그리고 무엇보다 북으로 갔다는 작은형의 행방도 찾고 싶었다. 그러던 중 1967년에 우연한 기회에 정규명[1] 박사를 만나게 되었다.

"하룻밤을 함께 지냈어요. 그때는 정치적인 얘기는 전혀 몰랐고 다만, 사람이 참 인간적이구나, 앞으로 여기서 공부할 생각이면 이런 사람들의 얘기를 많이 들으면서 조언을 구할 필요가 있겠구나, 이런 생각을 하며 헤어졌어요."

정 박사와 만남 후 4개월이 지난 어느 날 동백림 사건[2]으로 유럽사회가

---

1 (故) 정규명(1929~2005) : 서울대 문리대를 나와 1958년 독일로 유학, 이학박사 학위를 받고 교육계에 투신했다. 1967년 동백림 사건에 연루돼 사형선고를 받고 옥고를 치른 후, 독일에 망명해 유럽의 한민족 통일운동을 이끌다 고향땅을 밟아보지 못하고 타계했다. 민주운동의 중심 조직인 민주사회건설협의회 회장, 해외 민주화운동 연합단체인 한민련 유럽의장, 재유럽민족민주운동협의회 의장, 범민련 유럽본부 의장 등을 역임했다.

2 동백림 사건 : 1967년 7월, 서독에 있는 한국인 교수, 유학생들이 동베를린에 있는 북한대사관을 통해 평양을 방문했거나 북한 사람들과 접촉하였다는 혐의로 박정희 정권의 정보부 요원들이 이들을 강제납치, 국제법을 무시하고 남한으로 불법 연행한 사건. 화가 이응로, 작곡가 윤이상 등 저명한 예술가를 비롯해 많은 학자들이 남한으로 납치되어 감옥에서 고초를 겪었다. 정규명 박사도 동백림 사건에 연루된 희생자 중 한 인물이다. 이 사건은 국제사회로부터 많은 규탄을 받았고, 서독과의 외교에도 큰 영향을 미쳤다.

떠들썩했다. 정규명 박사는 한국으로 납치되어 사형선고를 받게 되었다. 그 사건은 그에게 큰 충격이었다.

다음 해 3월, 대학입학허가증을 갖고 체류를 연장하러 외국인 관청에 갔더니 남한대사관에 가서 여권부터 연장시켜오라고 했다. 그러면서 관청 직원이 그에게 당부했다. 혼자 가지 말고 반드시 누군가에게 도움을 청해 같이 가고, 그 사람에게 들어갔다 나올 때까지 꼭 기다려달라고 하고, 만약 남한대사관 밖으로 나오지 못할 때는 우리 관청으로 바로 전화를 하라고.

"얼마나 창피한 일입니까? 독일 관청이 나를 남한대사관으로부터 보호하겠다는 거예요. 베를린 납치 사건 때문에 한국 대학생들은 국제적으로 감시의 대상, 보호의 대상이 됐어요. 그때 당시 나는 정치운동을 시작하지도 않았을 때인데 말이죠."

그때부터 그는 누군가 어디에서 왔냐고 물으면 이렇게 말했다.

"우린 코리아에서 왔다, 남북은 관계없다. 남한에서 왔다고 하기 부끄러웠어요."

1974년 그는 국적을 독일로 바꾸었다. 그리고 그해 3·1절에 재독한인노동자연맹을 꾸렸다. 독일에 있는 파독 노동자의 권익을 위해 투쟁하자는 모임으로, 그는 이 모임을 계기로 독일에서의 정치 활동을 시작했다. 먼저 시작한 일은 광산 노동자들의 권익투쟁, 부당해고, 불법대우, 병가 등에 대한 보상 문제였다. 그 후 민주사회건설협의회 등을 통해 활동했고, 그때마다 독일 국적을 가진 그는 항상 앞장설 수 있었다. 정치 활동을 시작하면서부터는 혹시라도 피해가 갈까봐 한국에 있는 가족들과는 연락을 끊었다. 그럼에도 불구하고 육군사관학교에 진학하려 했던 조카가 큰아버지(그)가 '좋지 않다'는 이유로 최종면접에서 낙방하기도 했다.

1989년, 독일의 동서를 가로막고 있던 베를린장벽이 무너졌다. 임수경이 독일을 통해 세계청년학생축전이 개최된 평양으로 갔다. 독일에 사는 한인들의 도움이 컸다. 북한대사관의 출입이 보다 자유로워졌다. 그는 북한대사관을 찾아가 작은형을 찾고 싶다고 말했고, 그해 말쯤 북한대사관으로부터 연락이 왔다. 작은형이 북한에 살아 있다는 연락이었다. 1954년 포로 교환 당시 작은형을 찾기 위해 영등포역에서 밤을 새워가며 포로를 싣고 북한으로 가는 열차를 지켜보았던 그였다. 남은 가족들은 형이 죽었을 거라고 생각했고, 오직 어머니만 '걔 잘 살아 있다'고 말씀하셨다. 형은 어머니 말씀처럼 북한에 살아 있었다.

다음 해 평양에서 열린 제1차 범민족대회에 그는 아내와 함께 참여했다. 그리고 마침내 그곳에서 작은형과 만났다. 1950년 의용군에 입대하며 헤어진 작은형을 40년 만에 평양에서 만나게 된 것이었다. 청년이었던 형은 중늙은이가 되어 있었다.

"처음 봤을 때는 너무 얼굴 차이가 나는 것 같더라고요. 우리 형이 아닌가 싶었는데. '현아 너 생각나니? 우리 일본 살 때 너 병 앓아서 내가 업고 시립병원 왔다 갔다 한 거.' 그 얘기를 들으니 우리 형님이 틀림없더라고요. 그렇게 형님을 뵈니 마음이 참 좋습디다."

작은형을 만나고 독일로 돌아온 그는 한국에 있는 동생에게 전화를 걸어 형의 생존을 알렸다. 그러나 동생은 어머니에게 형의 안부를 전하지 못했다.

"한국사회가 얼마나 무정하면 그랬겠어요. 어머니가 치매로 정신이 말짱하지 못하니까 혹시 나가서 우리 아들 평양에 살아 있다고 말하고 다닐까봐 전하지 못했다고. 형이 살았다는 얘기를…… 나는 동생이 잘못했다고 보지 않아요. 한국사회가 그렇게 만들어놓은 상황이라고요. 어머니가 그렇게 찾던 자식의 생사도 모르고 돌아가셨다는 게……."

담담히 이야기를 이어가던 그가 결국 참고 참았던 눈물을 터트렸다.

"제발 이런 상황이 반복되어서는 안 돼요. 한반도가 평화롭게 번영하려면 남과 북이 하나가 되어야 합니다."

1990년 6월, 그는 유럽 대표로 '8·15 범민족대회' 준비 모임을 위해 한국에 갔다. 노태우 시절, 남한정부는 겉으로는 반공법에 걸린 사람들을 풀어준다고 했지만, 그를 비롯한 모임에 온 모두는 철저히 감시를 당해야만 했다. 그가 전 해 12월에 돌아가신 어머니의 산소를 가보고 싶다고 사정했지만 그것조차도 허락되지 않았다. 유스호스텔 안에만 갇혀 있다가 바로 공항으로 실려 나왔고 멀리서 손 흔드는 동생 둘만 보고 돌아올 수밖에 없었다. 어머니의 산소는 그로부터 10년 후에나 찾아갈 수 있었다.

"나는 친남이며 친북이에요. 반북을 해야만 친남이 된다는 건 말이 안 되는 소리죠. 최소한 우리말을 같이 하는, 같이 살아왔던 민족입니다. 갈라진 지 60년이 됐잖아요. 이제 하나가 되어 같이 살아야 해요. 남쪽이 아무리 부강해진다고 해도 하나가 되어야 더 부강해질 수 있어요. 하나가 아니면 늘 불안 상태인 거죠. 남쪽에서는 북을 돕고 북은 남을 이해해야 해요."

종현 씨뿐만 아니라 당시 독일로 떠났던 젊은이들 중에는 대학을 졸업한 고학력자들이 많았고, 그들은 독일에서 객관적으로 한국사회를 바라보는 눈을 키웠다. 그 사이 동백림 사건이 일어났고, 5·18 광주민주화운동이 독일 텔레비전에서 생중계되었다. 파독 광부, 간호사 중에는 한국의 민주화운동에 앞장섰던 사람들이 많았다.

'화학적 냄새'가 가득찬 독일식 초간단 가정식

그녀는 부엌에서 감자와 소시지가 주를 이루는 독일식 초간단 가정식을 준비하고 있었다. 그의 눈물을 보지 않으려고 서둘러 자리에서 일어났던 것이다. 나도 그에게 잠시 안정을 되찾을 시간을 주기 위해 그녀를 따라 부엌으로 들어갔다.

"우리 부모들은 우측이었고 자녀들은 좌측이었어요. 좌우 관계없이 함께 토론하면서 자유분방하게 자랐지요. 그렇기 때문에 한국의 남과 북이

라는 사상도, 남편이 양쪽을 모두 좋아하는 것에 대해서도 자연스럽게 이해하게 되었어요."

짧은 시간 안에 준비된 음식들이 상 위에 펼쳐졌다. 100년이 넘은 이 상은 넓은 아량으로 토론의 장이 되기도 하고, 달콤한 식사시간을 허락하기도 했다. 우리는 삶은 감자를 으깨서 만든 샐러드와 뜨거운 물에 덥힌 소시지, 제철을 맞아 그 어느 때보다도 향긋한 딸기와 야채, 딱딱한 껍질 속에 부드러움을 꽉 채운 바게트, 그리고 빠질 수 없는 맥주를 함께 나누었다. 독일에서 간단하게 대접할 수 있는 가정식이라고 했다.

"내가 '아! 이건데' 하면 이 사람이 '나도 그 생각했는데' 그래. 너무 비슷하게 생각하니까 도깨비에 홀린 게 아닐까 했다고. 그게 '화학적 냄새'

가 맞는다는 거예요."

　찰떡궁합, 천생연분이 아닌 '화학적 냄새가 맞는다'는 말은 처음 들어
봤다. 화학적 냄새가 맞는 부부는 작년에 한국에 갔었는데, 눈이 많이 오
던 날 길거리 노점에서 군밤을 사먹었다고 한다. 그런데 군밤을 굽던 상인
이 그러더란다. 형제가 참 많이 닮았다고. 아니 그들은 동양 사람과 서양
사람이고, 성별도 다른데, 어떻게 형제처럼 보일 수 있을까. 그런데 신기
하게도 둘은 정말 닮아 있었다. 화학적 냄새가 맞으면 인종과 성별을 초월
하여 닮아가는 것 같았다.

　"안심하세요, 우리도 가끔 싸워요. 하하."

그들의 싸움이란 이런 것이었다. 괜스레 너무 안 싸우면 심심하니까 발로 툭툭 치면서 시비를 붙이는 싸움, 이유 없는 싸움, 70대 노부부의 사랑 싸움. 하지만 '화학적 냄새'가 맞는 그들도 가장 크게 부딪혔던 적이 있었다고. 그건 바로 자녀들의 교육문제 때문이었다.

그가 광산 일을 그만둔 해는 1968년, 유럽사회에 '68혁명'이 들불처럼 번지던 시기였다. 사회의 권위에 거세게 저항하는 시위가 많았다. 직장에선 정상적인 근무가 불가능한 날이 많았고, 어린아이들조차 시위 구호를 노래처럼 부르고 다녔다. 이때 진보적인 생각을 갖지 못한 사람은 퇴보되었다. 68세대의 자녀 교육은 부모의 간섭 없이 아이가 원하는 대로 자연스럽게 키워야 한다는 것. 그는 그래도 정해진 시기에 해야 할 것과 하지 말아야 할 것은 주입시켜야 한다고 생각했다. 그러나 그녀는 달랐다.

절반은 서로의 문화에 젖자는 각오를 하고 시작했기 때문에 문화 차이로 인한 다툼은 없었지만, 자녀의 교육문제에서는 차이가 컸다. 첫째는 그녀의 뜻대로 완벽하게 풀어 키웠다. 해마다 낙제 위기라는 담임선생님의 전화를 받아야 했다. 나중에 철이 든 첫째는 뒤늦게 시작한 공부로 어려워했다. 둘째는 그의 교육관을 수용하여 정해진 시기마다 배우고 익혀야 하는 것들을 놓치지 않고 가르쳤다. 장성한 두 아이는 첫째는 의사가 되었고, 둘째는 물리학 박사과정을 밟고 있었다. 현재 두 아들을 보면 반드시 옳은 교육방식이란 없는 것 같다고 그는 말했다.

얼마 전 큰아들의 이사를 도와주러 부부는 아들네 집에 갔다. 광부였던 그는 천장에 구멍 뚫는 일만큼은 자신이 있었다. 그가 드릴을 손에 쥐니 아들이 말렸다.

"아들 녀석이 뼈 고치는 의사예요. 자기도 매일 뼈에 구멍 파는 사람이라고, 구멍 뚫는 건 나하고 똑같대. 뼈에 구멍 뚫는 의사나 광산에 구멍 뚫는 광부나. 하하."

47년 전에 한국에 살았던 그의 기억 속엔 여전히 그때의 한국 모습이 남아 있었다. 그러나 현재 너무도 달라진 한국이 안타까웠다.

"왜 그렇게 변해야 하나? 한국의 발전은 경제부흥만 전제로 한 소모문화예요. 소비를 키우며 문물이 돌아가게 해서 경제를 키우는 방식이잖아요. 지금 세계 각국은 환경문제를 중요시해 자연을 지키려는데 한국은 아직 그걸 못 느끼고 있어요. 남북문제 또한 그렇죠. 북이 그렇게 할 수밖에 없도록 코너로 미국과 남에서 몰아넣었다고 생각해요. 민주주의는 표현의 자유, 사상의 자유가 가장 중요해요. 그런데 난 공산주의자다, 북의 사상이 옳다고 하면 바로 몰아내버려요. 사상을 흑백으로 가르는, 있을 수 없는 족속이에요. 한국은 아직도 자유민주주의가 아니에요."

그의 집 2층 침실에는 열 명 정도 잘 수 있는 침구가 마련되어 있었다. 동지들과 함께 밤새 포도주를 마시며 천천히 이야기 나누다 잠들고, 같이 아침을 먹고 헤어지는 것. 가끔 북에도 가고 남에도 가는 것이 노년의 그가 살아가는 재미라고 했다.

"위해줄 수 있는 동지가 있다는 건 행복이에요. 이런 일을 하는 사람은 외롭단 말입니다. 소수라서 외롭더라도 삶의 가치를 어디에 두느냐가 중요하죠. 그에 비해 정권을 잡은 사람들에게 달라붙는 이들은 주변에 사람도 많고 사는 게 편하죠. 서로의 이념을 따진다면 토론의 대상이 되지만, 그런 사람들은 이득과 손해로만 따지기 때문에 토론의 대상조차 되지 못합니다."

나는 저녁 약속 때문에 포도주 동지가 되어주지 못하고 그의 집을 나섰다. 배웅을 하던 그가 정원에서 잠시 발걸음을 멈췄다.

"저 나무가 무슨 나무인지 아세요? 독일에서 코리아탄네Korea Tanne라고 하는 한국 전나무예요. 내가 광부 그만두던 해 1968년부터 유럽에 퍼지기 시작했다고. 집을 사면서 가장 먼저 이 나무를 심었어. 당신들이 가

부부는 인종과 성별을 떠나 신기하게도 닮아 있었다. 서로의 '화학적 냄새'가 맞기 때문일까.

장 아끼는 탄네 중 가장 비싼 나무가 코리아에서 온 거라고 자랑하려고."

난 코리아 전나무와 남한도 북한도 아닌 '코리아'에서 왔다는 그, 절반
은 한국 사람이 되었다는 그녀의 배웅을 받으며 뒤스부르크 반호프를 향
해 떠났다. 택시 기사가 어디에서 왔냐고 물으면 나도 모르게 '코리아'라
는 대답할 것만 같았다.

Düsseldorf

・ ・ ・ ・ ・

뒤셀도르프

가장 아름다운 거리 앙하인에서
자라는 노오란 콩나물

"꽃을 사오시겠어요? 아내가 꽃을 좋아하는데."

약속 하루 전날의 통화에서 그는 말했다. 그와 약속한 날은 '어머니날'이었다. 독일엔 '어머니날'과 '아버지날'이 따로 있는데, 대부분 이날은 타인과의 약속을 불편해했다. 독립해 살고 있는 자녀들이 놀러 온다는 이유로, 어머니 혹은 아버지인 그들이 온전히 쉬는 날이어야 한다는 이유로 손님 초대는 부담스러운 일이었다. 그러나 그는 '어머니날'에 선뜻 나를 집으로 초대해주었다. 대신, '꽃 선물'을 부탁했다. 이때까지만 해도 나는 꽃을 사오라는 의미를 잘 알지 못했다.

약속 당일, 나는 그녀에게 줄 꽃을 사기 위해 오전 11시쯤 거리로 나섰다. 숙소 근처의 꽃집은 문이 굳게 닫혀 있었다. 독일의 '어머니날'은 공휴

일이었던 것이다. 휴일에도 문을 여는 기차역으로 급히 달려갔지만 꽃집은 오전에만 잠깐 열었다가 문을 닫은 뒤였다. 그들이 독일에 왔던 1960~70년대, 상점들은 휴일에 문을 열지 않았고, 평일에도 점심시간만 지나면 문을 닫았다. 처음 독일에 와서 먹을 것을 미리 사두지 않아 휴일에 굶었다는 이야기는 단골 레퍼토리였다. 그때보다 많이 나아졌다고는 하지만, 독일에서 휴일에 '특정한 무언가'를 구입한다는 것은 거의 불가능했다.

택시가 그림책 속에 나오는 유럽의 어느 마을 같은 곳에 나를 내려주었다. 뾰족한 지붕의 매력적인 이층집과, 양쪽으로 나란히 늘어서 있는 살뜰

뒤셀도르프의 아름다운 거리에 있는 한국의 콩나물시루와 한국의
음식들. 김점모, 배명희 부부는 이 거리의 유일한 외국인이었다.

한 정원이 펼쳐진 거리는 비현실
적이게 느껴질 정도로 아름다웠
다. 거리의 풍경에 매료당해 이곳
에 온 이유를 잠시 잊었을 때, 마
침 정원으로 나온 그가 나를 먼저
알아봐주었다. 그리고 이곳이 뒤
셀도르프에서 '가장 아름다운 거
리'로 지정되어 있는 앙하인Am
Hein 길이라고 말해주었다. 뒤늦
게 정원으로 나온 그녀가 포옹과
볼 키스로 나를 맞아주었다. 왠지
이국적인 풍경 속 세 명의 동양인
은 어울리지 않는 것도 같았다.

"지나가는 사람들이 우리 정
원 보고 예쁘고 신기하다고 자꾸
물어봐요. 이건 뭐냐고, 저건 뭐
냐고. 다른 집엔 안 피는 꽃이 피
니까. 도라지, 더덕 이런 거 심은
데는 여기밖에 없으니까."

정원에 뿌리내린 한국 식물들

이 우리와 풍경을 이어주는 듯했다. 아름다운 거리 안에 외국인이 사는 집은 오직 부부네 집뿐이라고 했다. 이 거리에서 독보적이며 유일한 한국식 정원을 지나 집 안으로 들어갔다. 거실 한쪽, 볕이 잘 드는 곳에 테이블이 놓여 있었다. 그녀는 나를 그곳으로 안내했다. 테이블 옆 창틀 위에서 한국식 항아리가 볕을 쪼이며 일광욕을 즐기고 있었다.

"이게 뭔가요?"

그녀는 내 질문을 기다렸다는 듯이 반색하며 항아리 주둥이를 덮고 있던 거즈를 걷었다.

"콩나물시루예요. 하루 세 번 물 줘요. 우린 직접 길러 먹어요. 대구에서 메주 가져와서 간장, 된장도 만들어 먹고."

정원에서 자라는 도라지, 더덕과 창틀에서 싹을 틔우는 콩나물을 보고 나니 현실세계로 돌아온 느낌이 들었다. 독일의 뒤셀도르프 '아름다운 거리'에는 정원부터 창틀의 콩나물시루까지 한국의 것들이 자라는 집이 있었다. 그 집에는 40년이 넘게 독일에 살고 있지만 눈만 감으면 한국이라는 부부가 살고 있었다. 이 부부는 과거 한국에서 파독한 광부, 간호사였다.

돈과 철삿줄이 없어서 떠나야만 했던 한국

노오란 콩나물이 자라는 시루를 등 뒤에 두고 우리는 티타임을 가졌다.

배명희, 그녀는 1949년생이며 1971년 스물세 살에 간호사로 파독했다. 그녀의 표현을 따르자면, 경북 김천에서 '어깨도 만질 수 없는' 할머니 밑에서 자랐다. 부뚜막 옆에서 큰소리 한 번 못 내고 '네'만 하고 컸다. 아버지가 일찍 돌아가시자 할머니는 어머니를 집에서 내쫓았다. 며느리가 아들 잡아먹었다는 것이 이유였다. 그녀의 어린 날 기억 속 어머니는 1년에 몇 번씩 집에 찾아와 빨래하고 씻겨주고 되돌아가던 모습뿐이었다. 할머니 소유의 밭이 있어서 농사일은 남을 주고, 대신 수확물의 반을 받아먹은 덕에 밥 굶는 일은 없었다. 그러나 할머니가 돌아가시자 오빠가 재산 전부를 가져다 사업을 벌였고 하루아침에 무너졌다. 함께 살 방 한 칸도 남아 있지 않던 형제들은 뿔뿔이 흩어졌다. 그녀는 정처 없이 친척집을 전전했고 어머니는 놋그릇이 든 보따리를 머리에 이고 팔도강산을 떠돌았다.

"김천에서 나보다 공부 못하던 애들은 전부 다 은행에 들어가고 하는데 나만 안 되는 거 있죠. 여군 시험도 봤는데 2차에 또 떨구는 거라요. 그때는 돈을 가져다줘야 돼. 돈도 없지, 뭘 합니까?"

스물세 살에 독일에 간호사로 지원을 했다. 파독이 확정되고 수속을 위해 서울 외삼촌댁에 잠시 머물고 있을 때 어머니가 소식을 듣고 찾아왔다. 어머니는 우셨다, 많이. 그때는 몰랐다. 그렇게 울던 모습이 그녀가 본 어머니의 마지막 모습이 될 거라는 것을.

독일에 와서 450마르크를 벌면 300마르크를 한국에 있는 오빠에게 송금하며 어머니에게 전해달라고 부탁했다. 50마르크는 기숙사비로 내고

1971년 명희 씨가 독일로 떠나기 직전 김포공항에서 찍은 사진

100마르크로 한 달을 살았다. 3년의 체류기한이 끝날 무렵 한국에 돌아갈 만한 곳이 없었던 그녀는 친구들과 베를린으로 공부를 하러 가기로 했다. 관련 서류에 호적등본이 필요해 오빠한테 보내달라고 몇 차례 부탁을 했지만 답이 없었다. 결국 김천시청에 직접 편지를 썼다. 얼마 후 등본이 도착했다.

"등본을 보니까 우리 엄마 이름에 빨간 줄을 쫙 그어놨더라고. 그래서 왜 이렇게 됐느냐고 물으니까 돌아가셨다고 얘기를 해. 돌아가신 지가 1년이 넘었는데도 몰랐어요."

가족 누구도 그녀에게 어머니의 죽음을 알리지 않은 채, 3년 동안 어머니에게 보낸 생활비를 다 받아 썼던 것이었다. 그 후로 그녀는 한국의 가족들에게 돈을 송금하지 않았고, 가족들과의 연락도 끊어졌다.

"그 당시에는 전화도 없고 편지만 있잖아요. 부모가 있는 사람들은 겨울이 되면 소포가 옵니다. 그러면 다 모여서 구경을 하는데 나만 한국에서 오는 게 없었어요. 여기서도 소포를 보낸다고. 뜨개질하는 실, 초콜릿, 옷, 별의별 것 다 보내요. 나는 보낼 사람이 있어야지."

철저히 혼자가 되어 외롭던 시절에 간호사 친구의 약혼식에서 그를 만났다. 한국 사람, 게다가 '같은 고향 사람'이라는 것만으로도 잃었던 가족을 되찾은 듯 가슴이 벅찼다.

김정모, 그는 1944년생이며 1971년 광부로 파독했다. 경북 김천의 한 시골집에서 일곱 형제 중 장남으로 태어났다. 오뉴월에도 서릿발이 내릴 정도로 엄한 아버지의 가부장적인 권위 속에서 자랐다. 가난한 시골집이었지만 아버지는 장남이라는 이유로 그에게 삽이나 괭이를 들려 일을 부린 적이 단 한 번도 없었다. 취업을 하려고 해도 마땅한 데가 없었다. 당시 한국에서 취업을 하기 위해서는 '돈'과 '힘 센 철삿줄'이 필요했다고 했다. 결국 그는 '진짜 광부'라고 거짓말을 하고 독일로 향했다. 당시에는 그처럼 석탄 한 번 만져보지 않고도 광부라고 속여서 파독을 하기도 했다.

"김포공항에서 비행기 바퀴가 딱 땅에서 떨어질 때, 점점 내 눈에 보이는 물체가 내 아래로 내려다보일 때, 참 그걸 뭐라고 표현해야 될까? 그 청운의 꿈이라고 할까? 그냥 가슴이 터지도록 그…… 이상한 감정이 폭발되는 거 있죠?"

그는 앞이 보이지 않는 캄캄한 소굴 같은 나라를 혁명하는 마음으로 떠

났다. 삽이나 괭이 한 번 들어본 적 없이 자란 그였지만, 그는 여섯 동생과 부모를 책임져야 하는 장남이었다.

"첫날 딱 굴 속에 들어갔는데, 우물처럼 그냥 수직으로 지하 1천 미터까지 승강기를 타고 내려가는 거야. 거기서 또 기차를 타고 채탄 작업하는 최전방까지 가요. 내가 신체가 약했거든. 지금도 손목 봐요, 일을 못하겠는 거야. 힘이 드니까 고향이 그리울 수밖에 없지. 그래서 결국 신경성 위궤양이 걸렸어. 광부로 와서 일주일 만에 병가 낸 놈은 독일 땅에 아무도 없을 겁니다."

병가를 내는 횟수가 잦아지자 통역하던 한국 사람의 도움으로 전기과로 근무부서를 바꾸게 되었다. 덕분에 그나마 수월하게 체류기한 3년을 마칠 수 있었다. 그는 체류기한이 끝날 즈음 그녀를 만나 사귀기 시작했지만, 3년을 마치고 한국으로 돌아갔다. 그리고 장사 아이템으로 갈포벽지를 들고 다시 독일에 왔고, 그녀와 함께 살림을 꾸렸다. 애기가 둘 생길 때까지 결혼식도 올리지 못하고 살았다.

"교회에서 결혼하라 해가지고 애들 둘을 데리고 했어요. 하나는 안고 하나는 끌고."

그런데 혼인신고를 하려고 보니 그는 불법체류자 신분이었다. 벽지를 팔러 독일 전국을 떠돌 때여서 그런 상황을 알 수가 없었다. 결혼하고 얼마 되지 않아 그에게 '추방명령 통지서'가 날아왔다. 그를 받아주는 변호사조차 없었다. 모두 승소 가능성이 없고 한국으로 돌아가야 한다고만 말했다. 그는 세 든 다락방에 숨어 지내며 외로운 재판을 이어갔다.

"우리 아버지는 자식이 독일에 가 있으니까 돈을 갈퀴로 긁고 앉았는 줄 알고 되게 뻐기고 다녔어. 시골 뭐 어디에 좋은 땅이 나면 그걸 사고 싶어 하는 거야. 알고 보면 빙빙 놀고 내 손으로 돈도 벌지 못하는 주제였는데. 집사람이 병원에서 근무하고도 휴가 모아서 다른 도시, 다른 병원에 가서 아르바이트 해가지고 번 돈을 결국 한국으로 다 보낸 거지."

그의 고향집은 마을에서 '새 부자'가 났다고 할 정도로 형편이 좋아졌고 여섯 동생들은 대학 공부까지 마쳤다.

2년 반 동안의 재판 끝에 마침내 독일 체류 허가를 얻게 되었다. 그러나 독일에서 한국인이 일자리를 구하기는 어려웠다. 결국 그는 건설 회사에서 철근공으로 막노동을 했다. 담배 일곱 개비와 물 700cc가 하루 먹을거리였다.

"철근을 앞쪽에서 독일 사람이 메고 내가 뒤쪽에 메면 난 어깨에 얹지도 못해. 그러면 욕하고 신경질 내고."

힘으로 하는 노동은 도저히 할 수가 없었던 그는 건축물의 설계도를 연구하기 시작했다. 평생 철근공으로 일한 독일 사람도 못 읽는 설계도를 읽어냈다. 그 후엔 터키인들을 부리며 조장으로 일했지만 그것도 2년을 넘기지는 못했다. 그 후 스타킹, 속옷, 안경, 차 영업 등 수많은 봇짐장사를 거쳐 뒤셀도르프에 '아리랑'이라는 한국식당을 열며 자리를 잡게 되었다.

기나긴 티타임이 끝났다.

그녀가 버리지 못한 오래된 가방

그는 양손을 걷어붙이고 정원에 나가 고기를 굽기 시작했다. 나는 그녀를 따라 부엌으로 들어갔다. 각종 나물을 얹은 비빔밥이 준비되어 있었다. 그녀는 뽀얗고 탱글탱글한 청포묵 위에 양념장을 얹었다. 비빔밥처럼 다채로운 그녀의 이야기가 부엌을 채우기 시작했다.

그가 기나긴 재판과 단기적인 일들을 전전하는 사이 그녀는 아이 둘을 그녀의 성으로 키우며 그의 몫까지 일했다. 네 식구 생활과, 한국에 있는 시부모와, 그의 여섯 형제의 뒷바라지까지 모두 그녀가 책임져야 했다. 간호사로 근무한 30년 동안 야간근무를 도맡았다. 먹고 재워주는 일만 있으면 휴일에도 기차를 타고 멀리 쾰른까지 아르바이트를 하러 다녔다. 고된 노동으로 첫 아이가 유산되기도 했지만, 그녀는 10년 동안 하루도 쉬지 않고 일했다.

"그때는 아무리 힘들어도 좋았어요. 남편이 고분고분 잘해줘서."

관절염을 앓고 있는 그녀의 손가락 마디마디가 지난했던 시간들을 말해주고 있었지만, 그래도 그녀는 배고픔과 고단함으로 점철된 그 시간들이 차라리 좋은 시절이었다고 말했다.

"2005년도에 우울증으로 병원에 가서 6개월 누워서 있었어요. 향수병에 걸려가."

무엇 때문에 우울증이 찾아온 것 같냐고 그녀에게 물었다. 그녀는 노래한 번 마음대로 부르지 못하고 눌려 컸던 유년기부터 오빠의 사업 실패로 갈 곳 없이 떠돌았던 날들까지, 한국에서의 불운했던 이야기를 다시 한 번 떠올렸다. 독일에서 일하며 힘들었던 이야기도 털어놓았다.

독일에 도착한 그녀는 수녀들이 운영하는 병원에서 일하고 있었는데, 환자 중 한 할머니가 100마르크가 없어졌다고 했다. 그때 그 할머니 담당 간호사가 바로 그녀와 한국에서 온 어린 간호사였다.

"쟤들이 있다가 나가니까 돈이 없어졌다 하는 거라요. 나가 속이 뒤집어지잖아요. 어린 동생은 울기만 하고. 집에 가서 저금통을 가져와가꼬 수녀를 줬어요. 우리보고 자꾸 돈 훔쳐갔다고 하는데 여기서 돈 빼서 주라고 그랬어요."

저금통을 주고 나서도 끝이 아니었다. 그 할머니는 지들이 훔쳐갔으니까 저금통을 가져온 것이라며 퇴원할 때까지도 그녀와 어린 간호사를 미워했다. 수녀들도 내색은 하지 않았지만 의심하는 듯했다. 독일생활은 몸도 힘들었지만 그보다 마음이 더 힘들었다.

그리고 둘째 딸의 이야기도 꺼냈다. 딸이 세 살 되던 해, 자주 고열에 시달려 감기약이라도 지으려 병원에 데려갔더니, 백혈병이라고 했다. 3년간 병을 앓다가 여섯 살 반에 세상을 떠나고 말았다.

"지금 막내가 걔 죽고 열흘 후에 태어났지. 계획이 없었는데 생겼어. 하

느님이 바뀌간 그런 기분이었어. 얘는 내가 필요하니까 데려가고 그 대신에 너한테는 다른 거 하나 줄게, 이렇게. 막내는 어릴 적에 눈도 한 번 크게 안 뜨고 키웠어요."

그렇게 태어난 막내가 세 살이 되던 해에 이번에는 그녀가 쓰러졌다. 병원 근무를 마치고 당시 그가 운영하던 한국식당 일을 돕던 중에 갑자기 고꾸라졌던 것이다. 뇌출혈이었다. 장시간 뇌수술을 받고 나서도 균형을 잃어 걷지 못했다. 오랜 시간 요양원에 입원해야 했다. 몸이 회복되면서 우울증도 점차 나아지고 있는 것처럼 보였다.

그러나 2008년, 우울증은 다시 재발했다.

"이 사람 때문에 너무 힘들었습니다. 돈도 필요 없고 아무것도 필요 없게 됐을 때는 '마음'인데, 그걸 잘 안 주는 거 있잖아요. 그게 힘들었지."

그녀는 가족의 생계(한국 시댁의 생계까지)를 홀로 감당할 뿐만 아니라, 일자리가 마땅치 않은 남편의 장사 밑천까지 마련해주며 헌신했다. 그러나 그는 따뜻한 말 한마디 제대로 건네주지 않았다. 지금까지 40여 년을 함께 살면서 한 번도 그에게 잘했다, 맛있다,라는 칭찬을 들어본 적이 없다고 했다. 사랑한다는 말은 물어볼 것도 없었다. 어릴 적 할머니에게 눌려 '네'만 하고 살았던 그녀는 결혼한 후조차도 그의 가부장적인 권위에 눌려 살아야 했던 것이다. 그녀는 지금까지도 간호사 모임에 나가도 노래 한 번 마음껏 불러보지 못한다고 했다.

"여기서 다 잘 산다고 하지요? 그거 거짓말이에요. 옆집도 없습니다. 내가 벌어서 내 돈 주고 집 사서 사는데, 독일 사람들한테 눈총을 받는 거야."

부부가 이 집으로 이사 온 지 25년이 됐지만, 이 동네의 이웃들은 아직도 부부와 인사를 나누지 않았다. 바로 앞집 여주인도 눈이 마주치면 눈을 아래로 내리고 지나쳤다. 독일인들만 사는 동네에 외국인이 하나 끼어 있는 게 그들은 불편했고 그래서 쫓아내려 하는 것이었다. 암묵적 합의에 의해서, 그러나 인종차별을 겉으로 드러냈다가는 법적 처벌을 받는 나라이니 고요하고 집요하게, 25년 동안 부부를 '아름다운 거리' 밖으로 내몰고 있는 것이다.

집뿐만이 아니었다. 지금은 의사가 된 큰딸은 처음엔 중소도시의 한 대학에서 생물학을 전공했다. 그런데 방학 때 크리스마스를 맞아 집으로 돌아오는 길에, 기차 옆자리 독일인 할머니가 시종일관 팔꿈치로 그녀의 옆구리를 찌르고 등을 찍어 눌렀다. 집에 온 딸은 다시 돌아가기 싫다면서 울었다. 지방으로 갈수록 외국인은 더 미움을 받았다. 결국 딸은 외국인들에게 조금은 더 자유로운 베를린으로 학교를 옮겼다.

우울증의 재발로 병원에 가니 의사가 말했다.

"오래된 가방을 왜 자꾸 쑤석거립니까? 시커먼 거, 시궁창 냄새 나는 거 덮어 치우세요!"

의사의 말에 의하면 마음속 상처, 풀어지지 않은 응어리들이 그녀의 가슴속 오래된 가방에 시커먼 물로 고였다는 것이었다. 그것들을 과감하게 덮어 치워야 하는데 그녀는 틈만 나면 그 가방을 쑤석거려서 그 더러운 것들을 끄집어내서 다시 보곤 했고, 그것이 결국 치유할 수 없는 마음의 병이 된 것이다.

"눈만 감으면 한국이지요. 근데 고향 세 번 가봤습니다. 딱 깨놓고 이야기해서 돈이 없었어요. 자식 키우느라고. 공부한다면 빚을 내서라도 유학 보냈어요. 내가 못 배웠기 때문에."

한국에 갔을 때 여섯 명 시동생들 집을 오가며 머물렀지만, 그 누구도 '빨래를 해야 되지 않겠냐'고 묻지 않았다. 당장 내일은 누구의 집으로 가야 할지 알 수 없으니 불안해서 마음 놓고 빨래조차 할 수도 없었다. 한국에서조차 상황에 따라 정처 없이 떠돌아다녀야 하는 신세가 그녀는 죽도록 싫었다. 한국을 떠나기 전 떠돌던 생활과 달라진 것이 없는 것만 같았기 때문이었다.

"그 뒤로는 30일 있어야 된다면 가방에 속옷을 서른 개 가져갔어요. 내일 어데 갈지 모르니까 속옷 빨면 안 되잖아요? 하루는 아침에 가방에서 짐을 꺼내려는데, 방바닥이 뜨거워 화장품 크림이 녹아 줄줄 흐르는 거에요. 그게 뭡니까?"

그녀는 큰 집 필요 없이, 가방 풀어놓고 누울 곳만 있다면 한국에 가서 살고 싶다고 했다.

"여기 아픕니다, 여기! 그래서 나 이런 인터뷰 안 하려고 했어. 여기가 아파서."

그녀는 가슴을 치며 힘들어했다. 그는 그릴 위에서 맛있게 익은 양념갈

비가 수북이 담긴 접시를 들고 들어왔다. 비빔밥과 양념갈비를 먹는 시간은 고요했다. 오랜만에 만난 눈부신 햇살이 우리를 어루만져주고 있었다.

태극기를 찾아 떠나는 산책

"태극기 보러 갈래요?"

점심식사가 끝나고 난 뒤 그는 내게 산책을 제안했다. 요즘 그의 일과 중 가장 큰 즐거움은 태극기를 보고 오는 것이라고 했다. 당시 메세 뒤셀도르프_{Messe Düsseldorf}[1]에서는 'Drupa[2] 2012'가 열리고 있었고 도시 전체가 축제 분위기였다. 메세 앞 광장에 참여국의 국기를 게양하고 있었는데, 그 55개의 국기 중에 태극기도 있다는 것이었다. 그는 태극기를 보기 위해 걸어서 왕복 한 시간이 넘는 거리를 날마다 산책한다고 했다.

나는 흔쾌히 그의 길동무가 되어주었다. 메세 광장에서 만나는 태극기는 어떤 느낌일지, 그 산책길에 어떤 이야기들이 펼쳐질지 궁금했다. 그녀에게도 동행할 것을 권했지만, 거절했다. 오늘이 '어머니날'인 만큼 혹시라도 올지도 모르는 막내딸을 기다려야 한다고 했다. 의사가 된 큰딸은 멀리 떨어진 도시에 살아서 올 수 없고, 막내딸은 집과 불과 몇 백 미터 떨어진 곳에 살지만 연락이 끊긴 지 오래였다. 그와의 의견충돌로 집을 나갔기 때문이었다. 딸이 대학에서 미술을 전공하겠다고 하자, '예술 하면 밥 못 먹고 산다'고 그가 반대했고, 딸은 '어디 밥 못 먹고 사는가 해보겠다'며 집을 나가버린 것이다.

"옛날 경상도 식으로 하는 거 안 먹혀듭니다. 열여덟 살 성인인데 엄마, 아빠 말 듣습니까? 안 들어요. 어머니날이라고 전화했는데 받지도 않아

---

1 메세 뒤셀도르프 : 규모가 큰 박람회를 치를 수 있는 전시회장이며 19개의 전시 홀을 갖고 있다.

2 Drupa : 4년에 한 번씩 열리는 50년 전통의 세계적 규모의 인쇄·기술 전시박람회. 2012년 5월 3일부터 16일까지 독일의 메세 뒤셀도르프에서 박람회가 열렸다. 세계 55개국 1,858개 업체가 참가했고, 한국에서도 28개 업체가 참가했다. 전 세계 140개국에서 40만 명이 관람하기 위해 모여든다. 그 기간 동안 세계 각 분야 관련 업체들이 참가해 뒤셀도르프와 인근 도시의 모든 호텔과 숙박업소가 만원이었다.

요. 그러니까 내 가슴에 이게 안 맺히겠습니까? 미치는 거야."

그녀는 또 주먹으로 가슴을 쳤다. 나는 그때서야 그가 왜 꽃을 사오라고 했는지 알 것 같았다. 어머니날, 그녀에게 꽃을 선물하지 못한 것이 너무 미안했다. 헤어지기 전에도 그녀는 볼 키스를 해주었다. 그리고 집을 나간 딸에게 당부하듯 말했다.

"절대 외국 나오지 말아요."

그녀는 내 뒷모습이 사라질 때까지 정원에 서서 배웅해주었다. 나는 종종 뒤를 돌아보며 그녀와 인사를 하고 또 하며 그와 발을 맞추어 걸었다.

그와 나는 아름다운 거리를 걷기 시작했다. 유독 외국인이 없는 거리였고, 아무도 우리에게 인사를 건네지 않았다. 그는 나와 둘만 남겨지자 다정다감하게 이야기도 잘했고, 신사적이었고, 매너도 좋았다. 그도 이야기할 상대가 몹시 그리웠다는 듯이. 사실 그녀에게 우울증에 대한 이야기를 들었을 때는 그가 야속했다. 마치 나의 순정을 등외시하는 나쁜 남자처럼 말이다. 그러나 그와 산책을 하며 나의 가슴은 더 내려앉았다.

"유럽에서 40년을 살았어도 내 머릿속 사고는 1971년 그 시절의 한국을 마지막으로 정지되어 있어요. 한국사회에서 완전히 다른 세계로 옮겨왔더라도 그때 마지막 한국, 그 생활에 머리가 그대로 정지되어 있는 상태기 때문에 더구나 그래요. 우리 때는 그랬거든요. 그림쟁이들 밥 못 먹고 살았거든."

그는 여전히 떠나오기 전 한국을 기준으로 사고했기 때문에, 독일에서

한국에 돌아오고 나서 그녀의 소식을 들었다. 다시 뇌출혈로 쓰러졌다는

나고 자라 이미 독일화 된 정서를 갖고 있는 딸과는 맞을 수가 없었다. 딸은 아내처럼 과거 한국 남자만의 독특한 가부장적인 권위주의에 자신을 희생하지 않았다. 하느님이 바꿔간 딸이라 '눈도 한 번 크게 뜨지 않고' 키웠다는 막내딸이 집을 나갔을 때 그의 마음은 어떠했을까. 그리고 1970년대 한국사회에 멈춰진 사고로 독일에서 40년 넘게 살고 있는 남자의 삶은 어떤 것일까. 비집고 들어갈 수 없는 독일사회의 일원으로서, 가정의 경제력과 사회활동을 책임지지 못하는 남편으로서, 독일에서 나고 자란 자녀들의 아버지로서의 삶 말이다.

"남자 새끼가 여자가 번 돈을 집에 송금시켜야 된다는 거, 특히 경상도 남자는 용납이 안 되는 거야. 마누라는 야간근무 보내놓고 애나 보고 베개 밑에 밥 식지 말라고 묻어놓고……. 말이 안 돼지."

그런 가슴앓이를 아내와 딸에게는 차마 나누지 못했을 것이다. 무뚝뚝함을 가장의 권위로 생각했던 우리네 아버지들이 그랬던 것처럼……. 그도 그녀도 집 나간 딸도, 이주민의 아픔을 누가 더하고 누가 덜할 것도 없이 함께 겪어나가고 있었다.

그렇게 힘들었던 광산 일, 그는 왜 다시 독일로 돌아왔던 것일까.

"한국에서 생각이 드는 거야. 내가 내 일신 편하자고 책임져야 될 저 여자를 독일에 그냥 버려둬서 행여 불행하게 된다면 어떻게 하나. 솔직히 여기 다시 오게 된 동기도 그 책임감 때문이지. 근데 여권 하나 만들기 어렵던 때니까 갈포벽지 회사가 아니었다면 영영 못 왔을지도 모르지. 그랬다면 내가 평생 저 사람 때문에 눈을 제대로 못 감았을 거야."

그는 누구보다도 그녀에 대한 마음이 가득한 순정파였지만 그녀는 그가 마음을 주지 않는다고 병에 걸렸다. 이주라는 것은 남녀의 마음조차도 풀리지 않는 퍼즐처럼 얽히고설키게 만들었던 것이다.

"내 꿈이 어마어마한 기와집에 살면서 한여름에 모시 치마저고리 입은 마누라가 행복이 가득한 장을 봐오면 아이들과 맛있는 저녁을 차려 먹는 거였어. 그런데 이게 꼴이 뭐야? 외국에 나와서 형제도 없고 친구도 없고……. 집시는 집 없이 떠돌지만 나는 집을 가진 집시나 다름없는 거야. 겪지 않은 사람은 몰라."

그도 그녀도 내게 똑같은 말을 반복했다. '겪지 않은 사람은 모른다.' 나는 함부로 연민에 빠져 위로를 건넬 수도 없었고, 함부로 그 상처와 아픔을 이해하는 양 굴 수도 없었다. 그, 그녀, 딸 모두 외롭고 힘들었을 것이다. 앞으로도 그럴 것이다. 이주민의 외로움과 아픔은 이처럼 현재진행형으로 계속되고 있는 것이었다.

노년에 접어든 지금도 그는 아내의 연금에 의존한 삶을 살고 있었다.

"장사할 때는 연금보험을 안 넣지. 독일은 자영업자한테는 니가 벌어서 니가 알아서 장래를 책임지라는 식이야. 연금을 넣지 않아도 법적으로 말을 안 해. 광부 3년 동안의 연금은 결산을 해서 조금씩 조금씩 다 탔는기라. 지금 연금은 전혀 나오지 않아."

정모 씨뿐만 아니라 많은 광부들이 간호사인 부인의 체류 허가에 의존

하여 비정규직을 전전하거나 장사를 하는 경우가 많았다. 일부는 학업을 지속해서 안정적인 직장을 얻기도 했지만, 어디까지나 일부에 지나지 않았다. 그렇기 때문에 연금생활자가 된 이들은 노후에도 여전히 부인의 연금에 의존할 수밖에 없었다(남편의 연금이 부인보다 많은 경우는 보지 못했다). 그럼에도 불구하고 그들은 한국사회에서 몸에 익힌 가부장적인 권위를 당당하게 부리고 있었다. 여성들은 가부장적인 사회에서 몸에 익힌 희생으로 그것을 감내하고 있었다.

"독일 땅이 아시아 사람들에겐, 일본인을 제외하고는, 사막 같은 곳입니다. 교민들이 뭐라고 얘기했는지 몰라도 그 어려움을 당하지 않은 사람들은 몰라요."

사막 같은 독일 땅, 그중에서도 더욱 척박한 동네에 유일한 외국인으로 사는 이유가 궁금했다. 그는 마지막 셋방살이 시절의 상처를 떠올렸다. 당시 그와 그의 가족은 집주인과 합의해서 세 들어 살 아래층과 더불어 정원도 사용하기로 계약을 했다. 그러나 그의 가족이 입주하자 집주인은 그가 세 들어 사는 아래층에서 정원으로 통하는 통로를 막아버렸다. 그는 외국인 세입자의 설움이라고 감내하기로 했다. 그러고선 묵묵히 정원을 사용하지 않고서도, 정원 사용료까지 포함된 집세를 꼬박꼬박 납부했다. 그러던 중 집세 납부를 딱 한 번 잊은 적이 있었는데, 그때가 바로 백혈병을 앓던 딸아이가 죽기 며칠 전이었다.

"내일모레 애가 죽는다는데 정신이 어딨어요? 주인이 바로 위층에 살았거든. 그러면 문 두드리던지, 벨 눌러서 나한테 돈 아직 안 들어왔다고 말하면 되잖아. 아주 비인간적이게 변호사를 통해 문서를 보냈어. 나도 변호사를 고용해서 싸웠어요. 결국 주인은 집세 받지도 못하고 옛날에 냈던 집세 중 일부도 다 토해냈습니다. 정원을 사용하지 못했기 때문에."

그 일을 겪고 나서 그는 당시 집주인이 살고 있던 동네에 꼭 집을 사서 보란 듯이 살고 싶었다. 그때 돈이 없어서 집세를 못 낸 게 아니라는 것을 보여주고 싶었다. 마침내 25년 전, 집주인이 살고 있는 이 동네로 이사를 했던 것이다. 그런데 집을 사서 당당하게 이사를 했지만 세무조사를 세 번이나 받았다.

"세금 내라는 대로 다 내고 집을 샀는데 '어? 설마 너가 그 집을 샀어? 그래? 다시 한 번 조사해봐야 되겠다'는 거야. 어느 정도로 어려운지 알겠습니까?"

어느덧 그와 나의 발걸음은 메세 뒤셀도르프 광장에 다다랐다. 오후 5시가 조금 넘은 시간, 오늘의 행사가 모두 끝이 났는지 각국에서 온 바이어들이 행사장을 빠져나오고 있었다. 광장에서 강 쪽으로 나란히 서 있는 국기들 중 태극기를 찾고 있을 때였다.

"내가 참…… 여기 와서 태극기를 보면서 울었어요. 얼마나 모국이 그리우면 태극기만 봐도 울겠느냐 이거야. 기아자동차, 현대자동차가 이 독일 땅에 굴러다닌 지가 오래 됐습니다. 지금도 신호등에 걸렸는데 옆에 현대자동차가 서 있으면 창문 좀 내리라고 그래요. 그래서 차 성능은 좋으냐? 다음에 살 때 또 한국 차를 사고 싶으냐? 그걸 묻습니다. 왜 묻겠어요?

정모 씨의 손을 잡고 바라본 메세 뒤셀도르프 광장

내 모국을, 내 고국을 사랑하기 때문에 그런 거야."

그가 갑자기 울음을 터트렸다. 40년 전 한국사회에서 사고가 멈춰버린, 자존심 센 경상도 남자가, 이제 노인이 되어 다양한 국적의 외국인들이 쏟아져 나오고 있는 독일의 광장 앞에서 울고 있었다. 만난 지 불과 몇 시간 밖에 되지 않은 내 앞에서……. 나는 그의 손을 잡았다. 55개의 국기 사이에 끼어 있는 태극기가 강바람에 흔들리고 있었다.

어느 평범하고 일상적인 그릴 파티

그녀의 정원은 분주했다. 뒤셀도르프에 사는 한인 이웃들이 함께 모여 그릴 파티를 준비 중이었다. 그들은 저마다 준비해 온 음식들을 꺼내놓았고 그녀는 가장 재바르게 사람과 음식 사이를 오갔다. 강파르게 마른 몸, 작은 키의 그녀는 과장을 조금 보태자면 코트 주머니에 쏙 들어갈 정도로 자그마했다. 체구는 작았지만, 몸짓에서는 쾌활하고 밝은 에너지가 뿜어져 나왔다. 한국에서 전화를 걸었을 때 그녀는 절대

인터뷰를 하지 않겠다고 했다. 그런데 독일에 오면 꼭 연락을 하라고 덧붙였다. 맛있는 밥 한 끼는 해주고 싶다고, 한국음식을 매우 잘한다고. 그녀처럼 인터뷰는 거절했지만, 꼭 찾아오라고 하는 이들이 많았다. 고국에서 온 손님과 밥 한 끼는 함께하고 싶다는 이유로. 우리에게 '밥'이란 무엇일까,라는 생각이 잠시 들었으나 먼 길 왔으니 '티타임'을 갖자고 하는 건 어딘가 이상했다. 역시 한국인들에겐 '밥'이겠구나, 싶었다.

"나인Nein[1], 아이구 별 말씀을 다 하시네. 야Ja[2], 야Ja. 예, 그렇소."

그녀는 독일어와 한국어를 섞어가며 이야기를 했다(이건 독일에 살고 있는 그들 모두의 말버릇이었다). 그녀가 한마디 하면 이웃들은 웃음이 터졌고 그러면 더욱 신이 나서 그들이 배를 움켜잡을 때까지 농담을 그치지 않았다. 웃고 있는 노년의 한인들 사이에 어린 남매가 섞여 있었다. 할머니를 따라온 한인 3세였다. 남매는 정원 중앙에 놓인 테이블에 붙어 앉아서 스마트폰으로 게임을 하며 자기들끼리 독일어로 속닥거렸다. 내가 '안녕?' 인사를 건네니 부끄러워서 몸을 배배 꼬더니 자기들끼리 또 독일어로 소곤거리며 웃어댔다. 나도 따라 웃었다. 정원에 심겨진 채소들과 모인 사람들, 테이블 위에 놓인 음식 모두 '한국'이었는데, 그 공간은 독일의 한 도

---

1 Nein : 물음에 대한 부정의 답변을 나타내는 독일어. 아니, 아니오.

2 Ja : 긍정, 응낙, 승낙, 찬성의 답변을 나타내는 독일어.

시였고 독일어가 오고갔다.

"그릴 해줄게요."

그녀는 조금만 기다리라며 더 재바르게 움직였다. '그릴'이라면 나도 무엇을 도와야 할지 몸으로 알고 있었다. 코트 소매를 걷어붙이고 야채를 씻기 시작했다. 그릴 본체에 불을 붙인 숯이나 번개탄을 넣고 달군 후, 고추장 양념을 한 고기를 석쇠 위에 올려 구워먹는 행위 일체를 그들은 '그릴'이라는 단어로 함축해서 말했다. 독일에서 받은 식사 초대 중 가장 많았던 것이 '그릴 파티'였다. 아침도 그릴, 점심도 그릴, 저녁도 그릴, 그릴로만 세끼를 먹은 날도 있을 정도였으니 말이다.

그들은 한국을 떠나올 때만 해도 고기 한 점을 제대로 씹어 먹어본 적이 없었다(어쩌다 고기가 생겨도 잘게 다져 큰 솥에 넣고 국을 끓였다). 독일에 와서 좋았던 것 중에 하나가 고기를 마음껏 먹을 수 있었던 것이라고 했다. 특히나 삼겹살은 독일에서는 선호하지 않는 부위라 헐값에 많은 양을 구할 수 있었다. 그들끼리 기숙사에 모여서 파티를 열 때면, 값싼 삼겹살을 푸짐하게 사다가 그릴에 굽고 남은 것은 양배추김치에 넣고 찌개를 끓여 넉넉하게 나누었다. 그 시절부터 그들은 '그릴'에 대한 애틋함과 흥거움이 있었고, 지금도 여전히 누군가를 초대한다고 하면 당연히 그릴 정도는 대접해야 예의를 다한 느낌이 드는 것이었다. 게다가 '그릴과 정원'은 '김밥과 피크닉'처럼 붙어 다니는 한 쌍이었다. 햇살이 귀한 독일이니 해만 반짝하면 정원에 테이블을 펼쳤고 그릴에 고기를 구웠다. 이날도 차갑고 매서운 겨울바람이 불었지만 햇살이 반짝한다는 이유로 정원에 테이블이 펼쳐졌고 그릴 위에서는 잘 숙성된 양념삼겹살이 익어가고 있었다.

어느덧 그녀를 제외한 모두가 자리를 잡고 앉았다. 나는 꽁꽁 언 손에 젓가락을 쥐고 보라색 입으로 고기를 집어넣었다. 바람에 날린 머리카락과 고기가 섞여서 씹혔다. 그래도 이 시간들이 즐겁고 따뜻했던 것은, 우리가 단지 한국인이라는 이유만으로 '밥 한 끼'와 무한대의 애정을 나누고 있기 때문이었다. 그때 그녀는 한 아름 정도 둘레가 되는 큰 냄비를 테이블 위에 올렸다. 그 안에는 청국장이 보글보글 끓고 있었다. 독일에서 맛보는 청국장이라니. 이웃들이 테이블 위에 차려진 그녀의 음식을 칭찬할 때마다 그녀는 넘치는 인심을 주체하지 못하고 바로 비닐에 그것을 싸주

느라 분주했다. 그녀는 음식솜씨가 좋았고 독일에서 운영했던 한국식당도 늘 손님이 많았다고 했다. 파티에 초대된 손님들은 음식을 나누고 있었지만 정작 그녀는 아무것도 먹지 않았다.

"왜 안 드세요?"

내가 물으니,

"이게 내 밥이야. 하하."

그녀는 쾌활하게 웃으며 맥주병과 담뱃갑을 식탁 위에 올렸다. 어느 평범하고 일상적인 그릴 파티였지만, 정작 호스트는 밥 대신 맥주와 담배만 즐겼다. 절대 인터뷰를 하지 않겠다고 했지만, 비어지는 맥주잔과 타들어가는 담배 개비가 늘어갈수록 그녀의 이야기는 채워지기 시작했다.

어머니가 등 떠밀어 보낸 독일

"비행기 속에서 밤새도록 열 몇 시간을 울은 기억밖에 없어. 독일에 도착한 날이 10월인데 눈바람이 불었어. 눈물이 줄줄줄 흐르는 거야. 꼭 팔려 가는 기분이 들어서."

그녀는 김혜영, 1949년생이며 1970년, 스물두 살에 파독했다. 고향은 경북 상주였다. 애초에 그녀는 독일에 갈 생각이 조금도 없었다. 파독은 원래 당시 간호사였던 어머니의 꿈이었다. 그러나 어머니의 입에서 '파

어린 시절 혜영 씨의 가족사진. 간호사였던
어머니가 혜영 씨의 파독을 설득하였다.

독'이라는 말이 떨어지기가 무섭게 아버지는 당장 이혼할 기세로 펄쩍 뛰었다. 어차피 독일에서도 파독 간호사의 요건으로 미혼이며 아이가 없어야 된다는 규정을 제시한 상태였다. 독일은 이미 그때부터 육아보조금, 출산장려금, 출산휴가 등 여성을 위한 사회보장제도가 잘 갖춰져 있었다. 때문에 결혼한 여성의 경우에는 사회보장제도의 모든 혜택들을 받을 수 있었지만, 미혼 여성의 경우에는 제외되었다.

임금 외 부대비용의 지불이 가장 적은 계층이 미혼 여성들이었고, 또 임금에 가족수당도 포함되지 않기 때문에 가장 낮은 임금을 책정할 수 있었다. 게다가 그에 비해 세금은 높게 책정할 수 있었다. 이런 이유로 독일은 파독 간호사를 미혼 여성으로 한정해, 가장 적은 비용으로 한국의 고급 간호 인력을 활용할 수 있었다.

"네가 돈이 많아서 외국 구경을 가겠냐, 공부를 잘해서 유학을 가겠냐. 이 기회가 얼마나 좋으냐. 간호사로 가서 돈 벌어서 공부하고 싶은 거 하고 구경 많이 다니고 3년 마치면 미련 없이 돌아와라."

어머니는 '외국 구경'으로 그녀에게 파독을 설득했다. 딸이 파독한다고 하면, 시집을 보내야지 독일을 보낼 순 없다며 울고 매달렸던 보통의 어머니들과는 달랐다. 그녀의 어머니는 1930년대 울릉도에서 대구로 유학을 나와 간호 공부까지 마친 신여성이었던 것이다. 아버지가 딸내미를 독일에 팔아먹으려 하냐고 완고하게 반대했지만 어머니의 결심을 꺾을 수는 없었다. 어머니는 본인 대신 그녀의 이름을 파독 간호사 지원서에 넣었다. 독일에 갈 짐을 쌀 때도 어머니는 그녀가 가방 안에 넣어두었던 가족사진들을 몽땅 빼버렸다.

"독일 가서 더 좋은 거 찍어라."

대신 곤궁한 살림에 20만 원을 빌려서 지은 사계절 한복을 넣어주셨다. 그리고 굶지 말라며 쌀 한 봉지와 어디서 들었는지 거기는 비가 많이 온다면서 우산을 챙겨주셨다. 그렇게 그녀는 어머니에게 등 떠밀리다시피 독일에 왔던 것이다.

어머니가 금방 지나간다던 3년은 그렇게 길 수가 없었다. 그녀는 도착하자마자 뮌헨München의 병원에 배치되었다. 병원 측에선 한국 간호사의 독일어 능력을 향상시키기 위해 두 명씩 짝을 지어 독일 가정집으로 보내, 두 달 동안 독일 가족들과 함께 지내도록 했다. 아침마다 학원을 다니고 독일 가정집에서 생활했지만 독일어는 쉽게 늘지 않았다.

"엄마한테 편지를 쓸 때마다 차라리 청소부가 낫겠다고 울었어. 터키, 유고에서 온 애들은 청소부를 많이 했어요. 걔들은 청소만 하면 되는데 우리는 병동에 들어가서 말을 해야 되니까. 내가 담배하고 맥주를 배운 게 그때야."

육중한 체구의 독일 환자들을 수발하는 것보다 말을 못하는 것이 더 힘들었다. 그녀는 함께 온 간호사들 중에 가장 어린 스물두 살이었고, 가장 많이 울었다. 그러던 중 그녀를 안타까워하던 마음씨 좋은 독일 간호사가 그녀와 편지로 의사소통을 하기 시작했다. 독일 간호사가 그녀에게 편지를 써주면 통역을 담당하던 한국 간호사가 그 편지 내용을 통역해서 읽어줬다. 그러면 그녀는 독일 간호사에게 답장을 썼고, 이를 통역 간호사가 독일어로 옮겨 써서 건네줬다. 통역을 사이에 두고 오고갔던 그들의 편지들에는 이런 얘기들이 적혀 있었다.

"왜 그렇게 우느냐, 일이 힘드냐, 가난한 나라에서 와서 돈이 없느냐, 그런 거면 내가 너에게 돈을 꿔주겠다, 착한 독일 간호사가 이렇게 막 편지를 써줬어요. 그러면 이제 통역한테 그게 아니고 내가 집 생각이 나서 울었다고 좀 써달라고 하고."

3년만 지나면 제일 먼저 한국으로 돌아갈 거라고 다짐했지만, 그녀는 한국으로 돌아가지 않았다. 지금의 남편을 만났기 때문이었다. 그는 한국 회사에서 파견 나온 연수생이었다. 당시에는 광부뿐만 아니라 '선진기술 유입'을 목적으로 중공업, 조선업 등의 분야에서도 연수생들을 독일로 파견하고 있었다. 이 경우에도 광부와 마찬가지로 3년 계약 연수생 신분의 노동이주였다. 하지만 독일 회사들은 계약 기간이 끝나기도 전에 한국 회사와의 교류가 끝났다는 이유로, 한국 회사가 문을 닫았다는 이유로 그들을 기숙사에서 내쫓기도 했다. 광부들 못지않게 연수생들에게도 체류 연장의 문제가 심각했고, 한국 간호사들과 결혼한 사례가 많았다.

"이놈의 아저씨가 지금은 저렇지만 그때는 너무 멋있더라고. 남자 둘이 와서 한 남자가 나한테 프러포즈를 했는데, 나는 당신보다 이 사람이 더 좋다고 꼬셔가꼬 사네 못 사네 그러고. 하하. 친정엄마한테 연애한다고 뒤지게 혼났어. 누가 여행 다니랬지 연애질 하랬냐고. 한국 오면 좋은 사람 해줄 테니까 당장 돌아오라고."

그녀는 돌아가지 않았다. 어머니는 그의 고향인 강원도 산골까지 몰래 찾아가서 호적등본을 떼어보기도 했다. 한국에서 결혼한 광부들이 독일에서 총각인 양 속이고 한국 간호사들과 결혼한다는 소문이 나돌던 때였

어머니가 돈을 빌려 지어준 한복과 혜영 씨에게 편지를 써주던 독일 간호사

다. 하루는 어머니에게 소포가 왔다.

"친정엄마가 피임약을 마흔 달 치를 보내준 거야. 그것도 돈 들어간다고 껍질을 다 까서 신문에 싸서. 여기는 초등학생도 다 약국에서 피임약 주는데, 뭐 보낼 게 없어서. 웃기죠, 하하."

독일은 어릴 때부터 성교육을 철저히 시켰고, 임신을 하면 무조건 낳아야 했다. 1960~70년대의 한국 여성들에게 성교육이라는 것은 먼 나라 이야기였고, 그녀들은 성에 대해 무지한 채로 먼 나라로 떠났다. 그로인해 혼자 감당할 수 없는 일들이 먼 나라에서 벌어졌다. 사랑했던 남자가 임신한 여자를 버리고 한순간에 사라져버리기도 했고, 이미 헤어진 연인의 아이를 갖기도 했다. 지금까지도 쉬쉬하는 이야기지만, 당시 그런 이유로 입양을 보낸 아이들도 적지 않다고 했다. 기숙사에 몰래 찾아든 광부로부터 성폭행을 당해 생긴 아이 때문에 자살하는 여자들도 더러 있었다고 했다. 이 먼 나라에서 절박한 그녀들의 손을 잡아줄 사람이 아무도 없었던 것이다.

"독일은 더군다나 성 개방이 됐는 나라니까. 여자들은 성 문제가 많았지. 우리 병원에 같이 있던 사람들은 아휴, 애를 낳고 나서 입양 보낸 사람들도 있어. 끝내 결혼 못해가지고 자살한 사람들도 있고."

어머니에게 등 떠밀려서 온 독일이었지만 돌아갈 때는 어머니의 말을 듣지 않았다. 어머니의 반대에도 불구하고 그녀는 그와 결혼했고, 아이 둘을 낳아 뮌헨에 정착하게 되었다.

뮌헨의 이주노동자들 중에 가장 먼저 받은 영주권

"휴일에도 일하고 야간근무까지 하니 의사보다 월급이 많았어요. 남들이 시기할까봐 화장실에 가서 몰래 월급명세서를 확인했으니까. 화장도 몰랐고, 15년 동안 미장원 한 번 안 갔어. 그때 당시 우리는 오로지 돈 좀 벌어 한국 가야지, 이 생각밖에 없었으니까. 독일에다가 돈 놔두는 사람 없었어요."

그렇게 악착같이 돈만 모으다가 6년 만에 한국에 처음 나갔던 날을 그녀는 잊지 못했다. 새까만 민낯에, 직접 잘라 삐뚤빼뚤한 머리, 게다가 비쩍 마른 몸에 걸친 낡아 빠진 바바리코트, 그리고 등에 업혀진 애기. 마중 나왔던 식구들조차 공항에 도착한 그녀를 알아보지 못했다.

"공항에서 내가 베트남 사람인 줄 알았다는 거야. 집에 가면서 친정엄마가 머리부터 하러 가자고 했어요. 고향집에 갔는데 집으로 동네 사람들이 모이니까 동생이 슬그머니 내 신발을 감췄어. 창피하니까."

맞벌이를 했기 때문에 육아의 어려움은 있었지만 두 아이는 잘 자라주었다. 그녀는 독일어를 못해서 서러웠던 상처 때문에 아이들에게 한국어를 가르치지 않았다. 아이가 학교에 갔다 오면 미리 예습까지 시켜가며 독일어 교육에만 열중했다. 하루는 담임선생님이 학교에 한 번 다녀가라는 소식을 전했다. 무슨 일인가 싶어서 다음날 바로 학교에 찾아갔다.

"학교 선생님이 집에서 왜 예습을 시키냐고 물어요. 내가 독일말을 못해서 애라도 잘하라고 시킨다고 했어. 그랬더니 얘는 여기서 태어났기 때문에 너하고는 다르다는 거야. 너하고 책을 읽고 오면 애 발음까지 틀려지니까 예습시키지 말래. 네가 안 시켜도 애는 잘 하고 있으니까."

그녀는 충격을 받았다. 자기가 아이들의 교육을 망치는 것만 같아서 다시는 함께 봐줄 수가 없었다. 아이들은 성장할수록 독일어 실력이 늘어갔다. 10년 넘게 독일에 살면서 실생활에서 익힌 그녀의 독일어와는 간극이 벌어지기 시작했다. 그녀보다 남편과 아이들의 간극은 더 심했다.

"의사소통이 정확히 안 되니까 그게 제일 문제였다는 거지. 여기서 자란 애들하고는 우리 한국같이 아기자기하게 속에 있는 말을 못해. 부모들이 아무리 독일말을 잘해도. 애들이 커서 삐딱하게 나갔을 때도 우리는 애들을 앉혀놓고 오로지 공부를 잘 해야 된다고 하는데, 여기서 자란 애들은

한국에서 온 부모와 독일에서 자란 아이들.

아니야. 구태여 대학을 왜 가냐, 직업학교 가서 마이스터 자격증만 따면 대학 나온 애들보다 월급도 많고 진급도 빠른데, 이러니까. 사고방식 자체가 달라. 대화가 안 돼."

아이들과의 의사소통 문제만큼이나 심각했던 것은 여권 연장의 불편함이었다. 독일은 부부 중심으로 사회가 구성되어 있기 때문에 한 사람만 여권이 연장되면 남은 한 사람도 그것에 따라가기 마련이었는데, 그녀의 경우는 달랐다.

"간호사는 연장이 됐는데 우리 아저씨가 안 되는 거야. 연수생으로 왔기 때문에 3년 이상은 못 머문다고 딱 빨간 줄이 쳐져서 독일에서도 어쩔수 없다는 거야. 우리가 해주고 싶어도 한국에 있는 염라대왕이 당신 남편을 부른다, 남편이 안 되니까 너도 따라 나가라, 그랬어."

한국 간호사와 결혼한 경우, 배우자의 체류기한도 대부분 문제없이 연장되었으며, 일부의 경우에는 한국의 가족들까지 초청하도록 배려해주기도 했다. 그러나 그녀처럼 지역이나 병원에 따라서 배우자의 체류기한 연장이 어려웠던 사례도 있었다. 부부는 한 달에 한 번씩 여행비자를 받아서여권을 연장해야만 했다. 여권 연장의 불편함을 더 이상 참지 못한 그녀는외무부 장관을 직접 만났다. 당시 뮌헨의 외무부 장관은 6개월에 한 번씩시민들의 애로사항을 직접 듣는 장을 마련하고 있었다.

"애기 둘 데리고 찾아가서 그랬지. 너희들이 필요할 때는 부르더니 필요하지 않을 때 가라고 하면 여기서 낳은 애들은 어떻게 하냐? 그랬더니 네 말도 맞다, 그래. 앞으로 방법을 찾아준다면서 집에 가 있으래."

그러나 아무 소식도 전해지지 않았고 상황은 변하지 않았다. 6개월 후에 그녀는 또 장관을 찾아갔고 지난번보다 더 강력하게 문제 제기를 했다.

"장관이 아직도 그게 해결이 안 됐느냐고 밑에 사람을 부르더니 딱 해결시켜줘라, 하더라고. 이튿날 전화가 왔더라니까, 영주권 받으러 오라고."

감정이나 분노를 적극적으로 표출하지 않는 이성적인 독일사회에서 한인 여성들은 적극적인 행동을 보여줬고, 독일인들은 그것을 인상적으로 바라봤다. 무엇보다 상식이 통하는 범위 내에서 얼마든지 그 상황을 개선해주었다. 그녀는 뮌헨에서 사는 한인 이주노동자들 중에 제일 먼저 영주권을 받았다.

1년 정도 지나니 이번에는 시민권을 받으러 오라고 연락이 왔다. 그렇게도 고대하던 독일 시민권이었는데, 그녀는 그것을 포기했다. 날이 갈수록 심해지는 아이들과의 의사소통 문제, 고향 생각만 하는 남편의 향수병, 그리고 무엇보다 놓을 수 없는 것이 있었다.

"시민권 받으러 오라니까 우리 아저씨가 그냥 기겁을 한 거지. 그 당시독일 시민권을 받으려면 한국에 있는 재산을 포기해야 됐어. 근데 우리는 15년 동안 벌었던 것을 한국에 다 투자를 해놓은 거야."

부부는 차라리 한국으로 돌아가기로 합의를 했다. 고국에 가서 다시 시작하자고. 독일에 다시는 오지 않겠다는 사인을 하고 가입되어 있던 연금과 보험을 다 해약했다. 그리고 바로 짐을 싸기 시작했다. 그녀의 첫 번째 독일생활은 그렇게 끝이 났다. 그때만 해도 그녀는 다시 독일에 돌아오게 될 것이라고는 상상도 하지 못했다. 그때 그녀는 서른일곱이었고 첫째 아들은 열한 살, 둘째 딸은 여섯 살이었다.

한국에서의 10년, 다시 독일에서의 20년

"참 무진장 재미있었지."

그녀는 다시 돌아간 한국에서의 기억을 흥겹게 떠올렸다. 독일에서 15년 동안 모은 돈으로 서울에는 단독주택 한 채와 아파트 한 채, 그리고 인천에는 쇼핑센터 건물 하나를 사두었다. 남편은 사업을 크게 벌였고, 그녀는 쾌활한 성격답게 안과 밖을 넘나들며 아내로서의 내조와 학부모로서의 역할을 해냈다.

"그 당시 육성회장이고 뭐고 치맛바람은 내가 제일 많이 일으켰을 것 같아."

남부럽지 않게 잘 살았고, 여섯 살이었던 딸은 금방 한국말을 배워서 공부도 잘했다. 딸만 생각하면 너무 신바람 나게 지냈다고 했다. 그러나 문제는 아들이었다.

"아들은 바로 초등학교 4학년에 넣었는데 유관순이 누나인지 오빠인지도 모르는 거지. 독일은 아무리 찌그러진 집도 수세식 화장실이었는데 그

때는 서울에 살았는데도 수세식이 아니었어. 아들이 공부하다 말고 화장
실 가려고 집에 뛰어오더라고. 왼손잡이라고 선생님한테 혼나고.”

독일에서는 '쌀눈'이라고 놀림 당하던 아들은 한국에서는 '등신'이라고
놀림 당했다. 활발하던 아들은 점점 내성적으로 변해갔고 성적도 날이 갈
수록 떨어지기만 했다. 아들이 문제이긴 했지만 나머지 가족들에게 한국
생활은 정말 재미있었다. 88올림픽 때는 그녀가 독일 통역을 담당하기도
했다. 그렇게 한국에서의 10년이라는 시간은 금세 지나가버렸다. 그 사건
이 터지기 전까지는 말이다.

“아저씨 사업이 망했잖아. 하루아침에 아저씨는 산에 숨고 셋이 지하
단칸방에 살았어.”

독일생활을 오래하다 돌아와서 사업을 시작한 남편은 돈은 많았지만

세상 물정에 환하지 못했다. 게다가 지나치게 선했다. 당시 한국에는 그런 사람들만 골라서 등쳐먹는 부류들이 들끓었고, 남편은 그들의 표적일 수밖에 없었다. 결국 그 많았던 재산은 하루아침에 사라졌고, 남편도 그와 함께 몸을 숨겨야만 했다. 그녀와 남매는 지하 단칸방에 숨어 살았다. 마침 고등학교 3학년이던 아들은 대학에 떨어졌다. 아들이 스무 살이 되자마자 그녀는 아들의 입대를 지원했다.

"고등학교를 갓 졸업한 애를 군에 넣었더니, 엄마 이 나이에 군에 가면 얻어 터져서 병신이 된다고 하더라고. 그래도 너는 군에서 3년, 엄마는 독일에서 3년, 그렇게 해서 우리 독일에서 다시 만나자, 그랬어."

그리고 열다섯 살 딸과 함께 독일로 떠날 결심을 했다. 더 이상 한국은 가족이 함께 살 수 없는 곳이었다. 당시 중학교 졸업반이었던 딸은 졸업여행을 가서 마지막으로 친구들과 추억을 남기고 싶다고 했다. 딸이 하도 간절하게 부탁을 해서 그녀는 딸을 두고 혼자 먼저 독일로 떠났다. 3년 후 아들과 남편, 그녀는 뒤셀도르프에서 다시 만났다. 그러나 졸업여행을 떠났던 딸은 여행에서 돌아오지 못했고, 독일에서 재회할 수 없었다.

"사고를 당했어요. 20년 됐어. 가슴 아픈 거니까 말하고 싶지 않아요. 딸내미에 대해서는 안 물어줬으면 좋겠어요. 우리 가족의 상처야. 내가 또 울기 시작하면은 감당 못할 거니까 그만해요. 우리 아저씨도 싫어하잖아."

나는 그녀가 남편에 대해 언급하기 전까지 그의 존재를 알아채지 못했다. 그는 있는 듯 없는 듯 사람들과 섞이지 않았고, 눈에 띄지 않는 장소만 골라서 몸을 숨기고 있었다. 뒤늦게 우리가 그의 존재를 알아차렸을 때, 그녀는 이미 그 누구도 감당할 수 없는 울음을 터트렸고 그는 사라지고 난 뒤였다. 나는 황급히 사라지는 그의 뒷모습만 설핏 봤을 뿐이었다.

사업의 실패, 딸의 죽음으로 남편은 말을 잃었다. 결코 회복될 수 없는 가족의 상처가 자기 탓인 것만 같았다. 그렇게 다정하고 사람을 좋아하던 그였는데, 그 사건 이후 누군가를 만나는 것도 두려워했고 손님이 찾아오는 것도 싫어했다. 그럼에도 불구하고 한국에서 온 손님에게 따뜻한 밥 한 끼를 대접하자는 그녀의 제안만큼은 흔쾌히 받아들였다고 했다. 그리고 아침 7시부터 혼자 나가서 술 사고 장 보고 손님맞이 준비를 다했다고. 다시 독일로 재이주한 지 20년. 그는 고국이 그리웠고 고국의 향기를 묻혀 오는 사람이라면 누구든 반가웠던 것이다. 마음은 그러했지만 우리가 식사를 하는 동안 그는 그림자처럼 숨어 있었다.

한동안 그녀의 울음소리와 함께 무거운 정적이 감돌았다. 그렇게 당차고 쾌활한 그녀의 가슴에는 아무도 감당할 수 없는 상처가, 한 번 터지면 멈출 수 없는 울음이 박혀 있었다. 그녀의 예상대로 그 누구도 그녀의 울음을 감당하지 못했다. 함께 있던 이웃들이 먼저 가겠다고 자리에서 일어났다. 그녀는 그제야 울음을 그치고 담배를 물었다. 싸놓은 음식들을 챙겨 주며 이웃들을 배웅했다.

어느 평범하고 일상적인 그릴 파티는 이렇게 끝이 났다.

모습만 좋은 것 같아, 만족은 못 느껴

"아이구! 도둑이 다 훔쳐갔네."

둘만 남은 우리는 정원을 산책하고 있었고 그녀는 상추가 자라고 있는 한 지점에서 멈춰 섰다.

"상추 도둑이 누군데요?"

내가 묻자, 그녀는 그것도 모르냐는 듯이 상추에 붙은 한 생물체를 가리키며 힘주어 말했다.

"야들, 골뱅이!"

그 생물체는 '달팽이'였다. 나는 웃었고 그녀도 쾌활한 웃음을 다시 되찾았다.

그녀는 요리사 자격으로 3년 비자를 받아 독일에 재이주했다. 식당을 떠돌며 요리사로 일을 해서 돈을 모았고, 3년 뒤에는 분식점을 개업했다. 다시 2년 동안 열심히 일해 한국식당을 시작했고, 그 후에는 좀 더 큰 식당으로 옮겼다. 그렇게 10년이 지난 어느 날에는 그동안 모은 돈을 전부 투자해서 라인 강가에 엄청난 규모의 식당을 오픈했다. 한 달에 세가 5천 유로에, 전기세가 1천 유로짜리 식당이었다. 주머니 속에 들어갈 것처럼 작은 한국 여자가, 독일 라인 강가에 한 달 세만 한화로 8백만 원이 훨씬 넘는 가게를, 그것도 10년 전에 연 것이다. 나는 그녀의 통 큰 투자에 입을 다물지 못했다. 2년 동안은 잘 됐지만, 결국은 규모와 세를 감당하지 못해

서 문을 닫고 말았다.

"10년 동안 벌었는 걸 저버렸어. 지금은 다른 식당에서 저녁 일만 도와 달라고 해서 그거 하고 민박도 좀 하고 그래. 근데 내가 그동안 스시를 배웠어요. 나이가 육십이 넘었어도 몸은 건강하니까 이제 또 스시집을 한 번 재도전해보려고."

64세의 그녀는 소녀 같은 눈망울을 하고 그녀의 꿈을 이야기하고 있었다.

"그러려면 밥 드셔야겠어요. 맥주 말고."

그녀는 내 말에 고개를 주억거리며 '야, 야', 웃었다. 나는 그녀의 진취적인 기개라면 스시집이 아니라 우주라도 움직일 수 있을 것 같았다.

"아들은 독일에 살고 있나요?"

강제로 군대에 보내고 3년 뒤 독일에서 만났다는 아들의 안부가 궁금했다.

"한국에서 10년 동안 독일말을 또 다 잊어버렸어. 독일 와서 나는 직장 나가는데 밖에도 안 나가고 집에만 앉아 있는 거야. 독일말을 하나도 못하는데 어딜 나가냐고. 우리 아들한테 너무 많은 상처를 준 것 같아."

그래도 아들은 다시 열심히 공부를 시작해서 독일에서 대학을 마쳤다. 현재는 뒤셀도르프에 있는 디자인 회사에 다니고 있었다. 딸과 중학교 단짝이던 동창생과 운명적으로 결혼을 했다. 아들이 혼자 한국에 남겨진 채 군 생활을 할 때 면회를 오고, 휴가 나와서 만나다 정이 들었다고. 그녀는 누구보다도 그들의 가정사에 대해 잘 알고 있는 며느리라 편하다고 했다.

"모습만 좋은 것 같아. 만족은 못 느껴."

정원을 한 바퀴 산책하고 돌아오니 어디에 숨었다 나왔는지 그가 그릴 파티를 벌였던 테이블을 정리하고 있었다.

"아빠, 밥 먹어야지!"

그는 나를 보더니 손에 들었던 빈 병들을 다시 내려놓았다. 나는 그가 다시 어딘가로 숨기 전에, 아침부터 늦은 오후까지 아무것도 먹지 못한 그가 마음 편히 '밥'을 먹을 수 있도록 자리를 비워줘야 했다. 성급하게 정원을 나서다 보니 '밥 한 끼' 나누기 위해 그들을 찾아왔는데 결국 '밥'을 나누지 못하고 돌아가고 있었다. 다음에 우리가 다시 만나게 된다면 그때는 꼭 '밥'을 같이 먹고 싶었다. 우리 한국 사람은 '밥'이니까.

Recklinghausen
• • • • •

레클링하우젠

수백 년 시간을 복원하는
리나의 작업실

"요즘은 그것을 복원산가 뭐라고 하더만. 그게 땜쟁이지 뭐야."

그는 딸 자랑을 늘어놓고 있었다. 그와 그녀, 그리고 나는 점심을 먹는 중이었다. 불쑥, 집에서 차로 5분 거리에 딸의 작업실이 있다며 그곳으로 가자고 했다. 그녀도 꼭 가보라며 나의 등을 쓰다듬었다. 내가 대답도 하기 전에, 그는 벌써 전화기를 붙들고 딸에게 허락을 구하고 있었다. 실은, 나도 나와 비슷한 또래의 한인 2세를 만나보고 싶었다. 그들의 딸이 방문을 허락을 했다. 딸의 작업실은 엎어지면 코 닿을 곳에 있었지만, 나는 쉽사리 자리에서 일어날 수 없었다. 나의 엉덩이를 움켜쥐고 놓아주지 않은 것은 식탁 위에 차려진 음식들이었다.

사는 방식도 먹는 것도 전형적인 한국식이라고 강조한 부부는 평소에

먹는 음식에 숟가락 하나만 더 얹어서 먹자고 했지만, 그 식탁은 놀라웠다. 전형적인 한국식 음식이었지만 사실 '지금의 한국식'과는 사뭇 달랐다. 말하자면 요즘 유행하고 있는 '소울 푸드'의 원조 격이라고 할까. 껍질째 빻아 담근 돌게장, 직접 기른 재료로 담근 파김치와 고들빼기김치, 갓김치, 잡곡과 검정콩을 넣고 지은 밥, 게다가 손수 빚은 부추만두까지. 그것들은 생김새는 투박하고 양념 맛은 다소 진했지만 인공의 맛이 조금도 느껴지지 않았다. 지금의 한국에서는 쉽게 만나지 못하는 '궁극의 옛날 맛', 옛날 시골에 가면 할머니가 해주던 음식의 맛, 한국인이라면 본능적으로 기억하고 있는 전통의 맛이었다.

어릴 때는 이 맛이 싫어 도망 다니기도 했다. 그것보다는 사탕 하나가 몇 배는 더 달콤하고 좋았기 때문이다. 그런데 신기하게도 나이가 들수록, 사탕은 공짜로 줘도 잘 안 먹게 되었는데 그때 도망 다녔던 그 맛은 생각나고 그리워졌다. 그 소울 푸드를 이 멀고 먼 독일에 와서 맛보게 될지는 정말 몰랐다.

"콩밭 안 매려고 도망가다 고무신으로 두들겨 맞고 그랬어. 그렇게 짓기 싫어하던 농사였는데, 이제는 그 재미로 살아."

그가 처음 독일에 왔던 1970년대 후반에는 왕복 200킬로미터를 오가야 식재료를 구할 수 있었다. 그나마도 한국음식을 흉내 낼 수 있을 정도의 것에 불과했다. 그때부터 그는 손수 심어 키우거나 자연에서 재료를 구해서 요리를 하기 시작했다. 그렇게 한국식으로 직접 밥을 해먹은 지도 40년이 넘었다고 당당하게 말했다. 지금도 주인집 마당 한 귀퉁이에 시금치, 부추, 완두콩, 더덕, 도라지, 콩, 마늘, 오이 등을 직접 키워 먹고 있었다. 그는 자신의 별명이 '레클링하우젠Recklinghausen의 농림부장관'이라며 어깨를 으쓱였다.

그의 밥상 못지않은 옛날식 밥상을 내어주던 보홈의 김옥선 씨는 말했다.

"우리는 떠나오던 그때 밥맛을 아직도 고수하고 있어요. 할머니가 해준 음식 맛 그대로를. 왜냐면 우리는 그 맛밖에 기억을 못하니까요. 1970년대 온 사람들은 밥도 그때 먹던 만큼 고봉으로 먹어요. 요즘 한국 사람들은 간장 종지만큼 먹던데. 그래서 사람들이 우리한테 '한국민속박물관'이라고 하잖아요."

그녀의 식탁엔 각종 나물무침과 매콤한 등갈비찜, 표고버섯과 고사리를 듬뿍 넣은 육개장이 올라와 있었다. 그들은 서서히 변해가는 음식 맛에

길들여진 나의 혀가 기억하지 못하고 있는 그 미각을 또렷이 기억하고 있었고, 그 맛을 지금까지도 고수하고 있었다.

음식뿐만이 아니었다. 한국에 대한 그들의 기억은 떠나오던 그때에 멈춰 있었다. 단단하게 굳어진 기억의 지층 속 고향의 모습도 마찬가지였다. 그들의 머릿속에 각인된 장면은 발전과 변화를 겪으며 우리가 이미 잊은, 기억하지 못하는 어느 한 역사의 단면과도 같았다. 그 장면은 명확했고 분명했고 깨끗했다. 그들의 이야기를 들을 때면 오래된 필름을 돌려보는 것처럼 옛날 풍경이 눈앞에 펼쳐지는 듯했다. 옥선 씨의 말대로 그들의 문화는 '한국민속박물관'에 보존되어 있는 유물들 같았다. 독일에 오기 전에는

독일에서 만난 '궁극의 한국 맛' 그들은 우리 전통의 맛을 고수하고 있었다.

그들에게 잊고 있던 한국의 정서를 더 많이 전해줘야겠다고 생각했다. 그러나 막상 와서 보니 그들이 아닌 내가 잊고 있던 한국의 정서를 그들의 이야기로부터 재발견하고 있었다.

난 위안을 주는 그들의 이야기와 그들이 대접해준 '궁극의 한국 맛' 덕분에 정서적으로 풍요로웠고, 변덕스러운 날씨 속에서도 감기 한 번 앓지 않았다.

시간을 복원하는 리나의 작업실

오래된 교회와 마주한 집 앞에 작업용 앞치마를 두른 동양 여자가 서 있었다. 리나였다. 작은 체구지만 동그란 얼굴, 크고 반짝이는 눈망울, 앙 다문 입술이 똘똘하고 야무진 인상을 주었다. 리나의 안내로 대문 안으로 들어서니 아담한 정원이 등장했다. 꽈리, 둥굴레, 고사리가 피어 있는 정원 뒤로 동그란 시계가 걸려 있는 작은 문이 나왔다. 기묘한 기분이 드는 그 문을 열고 들어섰다. 그 안에는 갖가지 소품들과 함께 몇 백 년의 시간이 뒤죽박죽 섞여 있었다. 시간의 척도를 가늠할 수 없는 소품들 중에는 1800년대

에 만들어진 시계도 있었다. 철제계단을 딛고 2층으로 올라갔다. 그곳은 리나의 아담한 작업실이었다. 리나는 중세시대 느낌이 나는 마차의 깨진 유리조각을 붙이는 작업 중이었다.

"조심해주세요!"

리나의 당부에 유연한 고양이가 되어 주변 사물들 사이사이로 긴장감 있게 움직였다. 작업실 곳곳엔 시간을 잃어버린 소품들이 놓여 있었다. 깨지거나 부서지거나 지워지거나 사라지거나……, 시간이 지나면서 변형된 것들을 원래의 시간으로 복원하는 것, 그것이 리나의 일이었다.

박리나, 그녀는 한국에서 광부, 간호사로 파독한 그와 그녀 사이에서 태어난 한인 2세다. 올해 한국 나이로 서른이 된 리나는 레클링하우젠에서 복원사로 일하고 있었다. 어릴 때는 미술 선생님이 되는 게 꿈이었지만 사나운 애들을 다루기가 겁이 나서 포기했다. 미술 공부나 작업보다는 작품을 복원하는 일에 호기심이 생겨 2001년, 지금의 작업실에서 인턴으로 일을 배우기 시작했다. 그 후 영국으로 유학을 가서 석사과정을 마치고 리버풀Liverpool에서 근무했고, 한국에서도 두 달 정도 인턴으로 일하기도 했다. 그리고 다시 독일로 돌아와서 처음 작업을 배웠던 이곳에서 개인 사업을 시작했다.

부모와는 5분 정도 떨어진 거리에 집을 얻어 혼자 독립해서 살고 있는 그녀는 냉장고에 김치가 없으면 못 살고 한국 드라마 보는 재미로 산다고 했다(나보다 김치를 더 잘 먹고, 한국 드라마도 더 많이 알고 있었다). 리나는 연신 웃으며 드라마 속 수다 떨기 좋아하는 여주인공처럼 떠들어댔다. 그는 흐뭇한 아빠 미소로 시종일관 '리나바라기'를 하고 있었다. 조금 전 아내와 있을 때는 좀처럼 볼 수 없던 표정이었다.

"땅에 내려놓지도 않고 키웠어요."

조금 전, 궁극의 옛날 밥상을 마주하고 나눈 이야기를 떠올리면 리나에 대한 그의 사랑이 각별한 이유를 짐작할 수 있었다. 그는 지금까지 살아온 인생에 대해 한 마디로 요약했다.

"어머니 얼굴도 모르고 지금까지 살고 있는 사람이거든요."

그 한마디에는 세상의 모든 고독과 외로움이 서려 있었다.

박희철, 그는 1948년생이며 1977년 광부로 파독했다. 고향은 경북 성주였고 독일로 온 한국의 마지막 광부였다. 새어머니 밑에서 자란 그는 공부 한 번 해보지 못하고 열여섯의 나이에 집을 나와 홀로 살아가야만 했다. 고물 장사, 곡물 장사를 전전하다 군에 입대했다. 제대 후 사탕 만드는 공장에서 일하던 중 독일행을 결심하고 광산에 들어갔다. 23개월 동안 광산 일을 하다가 노동청에 신청을 해서 독일에 오게 되었다.

"200명이 한 비행기를 타고 프랑크푸르트 공항에 내렸는데 노릿노릿한 냄새가 비위에 확 받히더라고요. 지역마다 몇 명씩 갈라져서 버스를 타고 이리로 왔어요. 그때 본 2층 양옥집이 정말 아름다웠어요. 한국은 그때만 해도 초가집이었는데 여기는 완전히 딴판이었어요. 근데 어떻게 살아야 되는 건지, 여기서 진짜 돈을 벌 수 있는 건지, 기분이 착잡하더라고요. 이

지역에 서른다섯 명이 왔어요."

레클링하우젠 광산은 그 어느 곳보다 힘들었다. 평지에 자리한 다른 도시의 광산과 달리 이곳의 광산은 경사로에 위치하고 있었기 때문이다. 광부들은 지하 1천 미터의 깊이에서 작게는 45도, 크게는 70도 지하 경사로에 매장되어 있는 탄을 캐야만 했다. 경사로로는 기계가 들어갈 수 없어서 전부 사람의 손으로 직접 작업해야 했다. 게다가 다른 지역과는 달리 월급도 탄을 캐낸 만큼 '도급제'로 받았다.

"여기 막장이 제일 힘들었어요. 45도 경사로를 하루에 7미터 50센티 정도를 까야 도급제로 85유로를 받았어요. 나무동발도 손으로 다 자르고 다듬어 맞추는데, 종종 맞지 않아서 동발이 미끄러져 내려가버려요. 그놈 주워서 다시 맞추려면 30분 이상 실랑이를 해야 되요."

이 지역에 온 한국 광부들 중 일이 힘들어서 중간에 그만두고 도망가거나, 한국으로 돌아간 사람이 절반이었다. 그러자 광산 측에서 한국 광부들을 셋씩 묶어서 연대보증을 서도록 하고 4천 마르크씩 대출을 해줬다. 만약 연대보증을 함께 선 셋 중에 한 사람이 3년의 체류기한을 채우지 못하고 떠나면 남은 두 사람이 그 사람의 대출금까지 물어야 했다. 그 때문에 힘들게 일해서 남의 대출금을 갚는 광부들도 많았다.

그는 체류기한 3년 중 1개월을 덜 채우고 이 도시를 떠났다. '레클링하우젠을 향해서는 오줌도 안 갈긴다!'는 굳은 결심이 앞섰다. 하지만 광산과의 계약 기간이 만료되자 독일에서의 체류 허가가 문제였다. 프랑크푸

르트의 우유 공장에서 7개월 동안 일했지만 체류 허가를 내주지 않았다. 캄푸리포트 광산으로 옮겨 다시 광부 일을 해도 마찬가지였다. 광부는 산업연수생의 신분으로 독일에 체류했기 때문에 3년 체류기한이 끝나면 재계약도 직업변경도 거의 불가능했던 것이다. 그는 여자에는 관심이 없었지만 독일에 더 체류하기 위해 한국 간호사와의 결혼을 결심했다. 체류 허가를 얻기 위해서는 한국에서 온 간호사와의 결혼이 거의 유일한 방법이었다.

캄푸리포트 광산에서 일할 때 지금의 아내를 만났다. 그는 카지노를 오간 탓에 모아놓은 돈이 하나도 없었고, 그녀는 전남편과의 사별로 아이가 하나 있었다. 둘은 달콤한 연애 기간도 없이 결혼했고, 아내의 직장이 있던 레클링하우젠에 터를 잡게 되었다. 그는 오줌도 갈기기 싫을 정도로 치를 떨던 광산에서 다시 광부로 일했다. 하지만 결혼 후에도 카지노 출입을 계속했고 아내가 돈을 주지 않으면 폭력을 행사하기까지 했다.

그 광폭한 시절에 얻은 외동딸이 리나였다. 리나가 태어난 뒤 그는 카지노와 폭력을 멀리했다. 외롭게 자란 그는, 불운한 유년기를 리나에게 물려주고 싶지 않았다. 17년 전, 무릎을 다쳐 더 이상 막장에 들어갈 수 없을 때까지 그는 광부로 일했다.

"리나의 성장기 중에 복원하기 싫은 기억이 있나요?"

나는 그에게 물었다. 순식간에 그의 '아빠 미소'가 어두워졌다. 광부였던 그, 간호사였던 그녀는 당연히 맞벌이를 했다. 결국 어린 리나를 독일 탁아소에 맡겼다가 주말에만 찾아와서 함께 지내는 생활을 반복했다.

"애가 뭘 안다꼬 토요일에 데리러 가면 좋아가꼬 막 앵기붙드는거라. 근데 일요일에 데려다주러 딱 버스 정거장만 가면 울고 놓지를 않아요. 언젠가 탁아소에 가봤더니 애가 우니까 침대에 눕혀놓고 입에 사탕만 잔뜩 꽂아놓은 거야. 세 살 때, 이가 다 썩은 거야. 그래서 완전히 마취해가꼬 한꺼번에 젖니를 14개인가 싹 다 뽑아냈어. 그때 많이 울었어요."

로맨틱코미디 드라마 속 통통 튀는 여주인공처럼 밝은 표정이던 리나가 금세 눈물을 뚝뚝 떨구었다. 처음 듣는 이야기라고, 아빠가 그런 기억으로 아직까지 아파하고 있는지 몰랐다고 했다. 그는 아빠답게 눈물을 꾹참으며 리나의 어깨를 쓰다듬었다. 그래도 리나가 울음을 그치지 못하자 어린아이 달래듯이 리나의 볼에 자신의 볼을 부볐다.

"나도 울었던 기억이 있어요. 헤어지기 싫어서 펑펑 울었어요. 집에 오면 아빠 잠도 못 자게 눈알까지 찌르면서 깨웠대요. 같이 놀자고."

리나는 다시 또 펑펑 울었다.

"세 살 때를 기억하는 걸 보니 천재인 것 같은데요?"

내가 우는 리나를 달래기 위해 농담을 건넸으나,

"독일 집에서 잘 안 해줬기 때문에 기억을 하는 것 같아요."

리나는 더 서럽게 울고 말았다.

리나가 열여섯 살 때부터 파티에 가게 된 이유

"유치원 다닐 때 내가 다르다는 걸 알았어요."

한국인 부모 사이에서 태어나 독일사회에서 성장하기, 그것은 리나에게 주어진 운명이었다. 그래도 워낙 밝은 성격이라 친구도 많았고 즐겁게 성장했다. 그와 그녀 또한 리나가 자유롭게 지낼 수 있도록 개방적으로 키웠다. 하지만 리나와 부모 사이에도 유일한 마찰이 있었는데, 그건 바로 주말 파티 때문이었다.

"자라면서 가장 불만이 토요일 파티를 못 가는 거였어요. 독일 친구들은 토요일 오후 3시에서 6시 사이에 주로 주말 파티를 하면서 놀았어요. 그런데 저는 토요일 오후에 파티에 갈 수가 없었어요. 한글학교에 가야 했거든요."

주말 파티와 맞바꾼 리나의 한국어 실력은 정말 뛰어났다. 내가 독일에서 만난 한인 2세 중에 한국어를 가장 월등하게 잘하는 사람이었다. 리나처럼 한국 사람 못지않게(유행에 걸맞게 센스 있는 농담까지 곁들여가며) 한국어를 구사하는 한인 2세는 무척이나 드물었다. 한인 2세들의 한국어 실력은 그들의 얼굴 생김새만큼 다 달랐고, 한국어를 전혀 할 줄 모르는 이들도 많았다.

그들이 한창 말을 배우던 1970~80년대에는 한글학교가 많지 않았다. 아이들을 데리고 한글학교에 가려면 차를 타고 몇 시간씩 다른 도시로 이동해야 하는 경우가 대부분이었다. 밤낮 없이, 휴일까지도 맞벌이를 하던 한인 부부들은 아이를 한글학교에 데려다줄 시간이 없었다. 무엇보다 그들은 아이들이 독일사회에 빨리 적응하길 바랐다. 한국어를 배우는 것보다는 독일 친구들과 더 많이 어울릴 수 있도록 해주었고, 집에서도 철저히 독일어 교육만 시킨 경우도 많았다. 자신들이 독일어를 못해서 겪었던 수모를 대물림하고 싶지 않았던 것이다. 쾰른에서 만난 한인 2세 김 토마스

(37세)도 인사말 정도의 한국어밖에 할 줄 몰랐다. 그는 자신의 한국어 실력을 안타까워했다.

"어린 시절에는 한국어를 배우는 것보다 축구나 쿵푸, 친구들이랑 놀기를 더 좋아했어요. 부모님도 제가 한국어를 하다가 독일어를 못 배울까봐 걱정을 많이 하신 것 같아요. 하지만 부모님의 생각은 어느 정도는 틀린 것 같아요. 어린이들은 언어를 굉장히 빨리 배우기 때문이죠. 두세 개의 언어를 배우는 것이 아이들에게는 쉽거든요. 제 아이들은 벌써 3개국 언어를 배우고 있어요. 그러니까 지금은 제가 좀 안 됐죠. 한국어를 못하니까."

토마스의 부모는 토마스에게 한국어를 가르치지 못한 것이 가장 후회되는 일이라고 했다. 그래서 이제는 3세의 한국어 교육을 위해 혼신의 힘을 다했다. 부부는 주말에 손녀들이 놀러오면 한국어로만 대화를 나누기로 약속했다. 토마스의 부모처럼 2세들의 한국어 교육을 놓친 한인 1세 부부들은 3세들에게만큼은 한국어를 꼭 가르치려는 열정을 보이고 있었다. 한인 2세들도 성인이 된 후에 뒤늦게 한글학교를 다니기도 했다.

"열다섯 살 때까지는 그게 불만이었는데 열여섯 살 때부터는 괜찮았어요. 파티를 저녁 늦게 했거든요."

우리는 오랜만에 웃었다. 리나도 다시 맑은 웃음을 되찾았다. 지금은 한국어를 할 줄 아는 게 너무 좋고 더 잘하고 싶다고 했다.

리나가 한국어를 이렇게 잘할 수 있게 된 것은 엄마의 노력 때문이었다. 리나의 엄마는 주말마다 리나를 한글학교에 보냈다. 자그마치 15년 동안.

게다가 한국어로 일기까지 쓰도록 했
다. 리나는 악착같이 한국어를 가르치
는 엄마가 '새엄마는 아닐까' 의심을
하기도 했다. 그녀는 여느 한인 부모와
는 다르게 리나의 독일사회 적응을 염
려하지 않았다. 독일어 점수가 형편없
더라도 오래 살다 보면 어차피 독일어
는 잘하게 될 테니 걱정하지 않았다.
대신 우선적으로 한국어만큼은 꼭 가
르쳐야 된다고 생각했다. 만약의 경우
에 언제든 한국으로 돌아가게 될지도

모르기 때문이었다. 리나가 한글학교에 가기 싫어하면 어린 리나의 귓가
에 대고 속삭였다.

"리나야, 엄마 하고 둘이만 독일 사람 못 알아듣게 한국말 하니까 얼마
나 재밌니?"

리나의 엄마는 이영숙, 1947년생이며 1974년 간호사로 파독했다. 고향
은 전남 순천이고 오빠 하나, 동생 넷이 딸린 집안의 둘째딸이었다. 일본
으로 유학을 다녀온 아버지는 문맹퇴치를 위해 글을 모르는 사람들을 모
아놓고 한글을 가르치던 교육자였다. 그녀는 어릴 때부터 언어가 단지 말
이 아니라는 것을 깨달았다.

"철이 좀 들어서 스물일곱에 왔어요. 어머니 장례 치르고 내 한 몸 희생하면 집안도 괜찮아지겠고 동생들 대학도 보낼 수 있겠다, 그런 정신으로."

사실 그녀는 좋은 혼처도 있었고, 직장생활하며 결혼 자금도 마련했고, 혼수도 준비해놨었다. 그러나 세 살 많은 오빠가 그녀의 결혼자금과 혼수를 가지고 먼저 장가를 가버렸다. 원래는 1972년 출국 예정이었지만 유류파동으로 지연되어 2년 뒤 독일에 도착했다. 독일에 와서 가장 많이 놀란 것은 한국과는 전혀 다른 간호사의 업무였다.

"한국에서는 주사 놓고, 약 주고, 차트 정리하는 게 간호사 일이잖아요. 근데 여기서는 백 킬로그램 넘는 독일 사람들을 일일이 씻기고 음식도 먹이고 옷 입히고 다 해야 했어요. 그때 당시 한 45킬로그램 정도 나갔는데 적어도 50킬로그램은 돼야 응급조치 마사지를 할 수 있었어. 그래도 뭐 악으로 한 거죠."

악으로 번 돈은 전부 다 한국으로 송금했다. 동생 넷은 그녀가 송금한 돈으로 학교를 다녔다. 과년한 나이였던 그녀는 광산에서 통역 일을 하던 한국 남자를 만나 결혼했다.

잠시 행복했지만, 첫째 아이가 5개월 만에 질식사로 죽고, 둘째를 낳은 지 백일도 안 돼서 남편이 대장암으로 유명을 달리했다. 아이를 혼자 키우며 버텨보려고 했지만, 떠도는 구설수들이 그녀를 낯선 타국에서 혼자 살도록 내버려두지 않았다. 그녀는 다시 결혼을 결심했다. 그녀의 두 번째 결혼 상대는 '카지노 박'으로 유명했던 지금의 남편이었다.

"카지노 하면서 광산에서 힘들게 일했던 돈들을 전부 다 빚을 져버리고, 그런 상태에서 간호사 하나 만났으니 복권당첨이지. 결혼반지 하나 사 줄 돈 없는 남자랑 내가 다 준비해서 지금까지 살아왔어요. 근데 돈 내놓으라고 두드려 패기까지 했으니."

놀음, 폭력으로 부인과 자식에게 버림받은 한국 광부들도 많았다. 그러나 그녀는 그를 버리지 않고 끝까지 붙들어주었다. 그 연결고리에는 리나가 있었다. 부부는 리나에게만큼은 끔찍했고 리나도 그런 그들의 기대에 어긋나지 않게 잘 자랐다.

한국식과 독일식을 반반 섞어 자연스럽게

"하고 싶은 것을 하라고 해서 저는 이 직업을 택했거든요. 다른 한국 부모님들은 돈 잘 버는 의사나 변호사 그런 계통을 많이 요구하시는 것 같아요. 그런데 저희 부모님은 제가 하고 싶은 것을 선택하게끔 해주셔서 고맙죠."

유독 한인 부모들은 자식 교육에 열을 올렸고, 타국의 밑바닥에서부터 열심히 살아온 부모들의 모습을 보고 자란 자식들도 그 기대를 저버리지 않았다. 현재 한인 2세들의 많은 수가 의사나 변호사 등 독일사회의 중심에서 일하고 있었다(독일에서 만난 그들의 자식들 중에 의사가 없는 경우는 극히 드물었으며, 한 부부의 경우에는 자식 셋이 모두 의사였고 심지어 며느리와 사위까지도 의사였다).

한인 1세들은 향후 10년 후에는 한인 2세들이 독일의 주류사회에 대거 진출할 것이라고 예상했다. 독일사회에서 한인 2세들의 도약은, 한인 1세들과 비슷한 시기에 파독한 터키나 다른 나라의 이주노동자들의 2세들과는 판이하게 다른 점이기도 했다. 한인 1세들은 막장의 삶을, 병원에서의 허드렛일을 결코 자식에게 물려주고 싶지 않았다. 또, 이주를 해오던 때 갖고 있던 청운의 꿈과 희망을 자녀들을 통해 성취해나갔던 것이다.

"일한 후에 애 키우고 또 독일말도 배워야 하고 하니까. 뭐랄까요? 부모님은 어떻게 그걸 다 하셨는지 저는 잘 모르겠거든요. 힘든 일이니까요. 한국말이 좀 안 나오네요. 뭐라고 하나요? 부모님이 열심히 살았으니까, 저도 더 열심히 살고 잘 살아야 된다는 그런 마음이 있었죠."

리나는 부모들의 삶에 대해 경건함과 깊은 존경을 표했다. 한인 2세들은 한국에 대해 어떤 생각을 갖고 있을까, 리나의 한국 이야기가 궁금해졌다.

"한국에 갔을 때 어땠어요?"

내가 물으니 그녀는 제법 단호하게 말했다. 한국을 좋아하지만, 전통시장에서 덤도 받아내고 어디에서든 바가지 쓰지 않을 정도로 한국말을 잘하지만, 한국에서는 살 수 없을 것 같다고. 영국 유학을 마치고 두 달 남짓 한국에 머물며 인턴으로 일할 때 한국생활에서 견디기 힘든 두 가지가 있었다. 하나는 개개인의 취향과 특성에 무관하게 무조건 하나가 되어 끝까지 어울려야 하는 술자리였고, 나머지 하나는 궁금한 것을 질문하거나 문제를 제기하는 행위를 극도로 불편해하는 상사들의 태도였다. 그 두 달 간의 경험으로 그녀는 한국에서 일하며 살기를 단념하고 다시 독일로 돌아왔던 것이다. 리나에게 한국은 언제든 놀러가고 싶은 곳, 그 정도가 딱 좋다고 했다.

"독일 사람은 착실하고, 한국 사람은 겸손해요. 두고 보며 판단하고 천천히 사귀는 게 독일 사람이라면, 서로 좋으면 바로 정을 붙이는 게 한국 사람이에요."

리나는 어느 쪽에 가깝냐고 물으니, 반반이라며 웃었다. 부모님이 한국식과 독일식을 반반 섞어 자연스럽게 키웠기 때문에 한국의 정서와 독일의 정서를 모두 갖고 있다고.

리나는 한국에서 살 수 없을 것 같다고 했지만, 그녀의 부모는 한국으로 돌아가기 위해 준비를 서두르고 있었다. 그들은 내가 독일에서 만난 부부들 중에 한국으로 돌아가야 한다는 신념이 가장 강했다. 부부는 얼마 전 짐을 최대한 줄여 작은 빌라로 이사하기도 했다. 이사의 이유는 이러했다.

"우리가 외국에서 잘 해놓고 살아서 뭐해요? 몸 누울 자리만 있으면 되는 거지. 돈 빼서 바로 한국 가버릴 수 있게."

누울 곳만 있다는 작은 빌라에는 침실, 거실, 주방 등 가는 곳마다 태극기가 꽂혀 있었다. 그들은 아직도 한국 국적을 포기하지 않고 있는 몇 안 되는 한인 부부였다. 한국 국적으로 독일에서 살면서 발생하는 모든 불편함을 감수하면서도 말이다. 리나는 부모의 그런 마음을 잘 알고 있었다.

"향수병이라고 하나요? 특히 형제들이랑 자주 못 보니까. 그리고 문화가 틀리잖아요. 독일은 좀 딱딱하고 쌀쌀하거든요. 한국에서는 어딜 가든 마음이 통하니까요. 특히 아빠는 여기 독일에 살지만 독일 사람들이랑은 조금도 마음이 안 통하는 것 같아요. 그래서 아직도 한국에 가고 싶어 하죠."

그들처럼 현재 독일에 살고 있는 대부분의 한인 부부들은 언젠가는 한국으로 돌아갈 것이라는 기대를 거두지 않고 있었다. 한국 국적을 유지하고 있는 경우뿐만 아니라 독일 시민권을 갖고 살아가고 있다고 해도 마찬가지였다. 한독 가정의 경우에도 독일인 배우자가 먼저 세상을 등져 혼자 남게 되면 한국으로 돌아가고 싶다고 했다. 이는 애초에 그들이 정주를 목적으로 이주한 것이 아니었고, 3년이라는 체류기한 동안의 '잠시 머묾'을 목표로 떠나왔던 '손님 노동자'였기 때문이다.

그러나 독일에서 결혼을 하고 아이를 키우고 새로운 가정을 꾸리면서 그들은 '떠남'보다는 '정착'에 더 집중한 삶을 살 수밖에 없었다. 지금에 와서 독일에 뿌리내린 한인 2세들을 두고 한국으로 돌아간다면, 수십 년 전에 한국에 가족들을 두고 떠나왔던 그 삶이 또 반복되는 것이라며 두려워했다. 선뜻 한국으로 돌아갈 수 없는 이유는, 경제적 사정도 큰 부분을 차지했지만, 가족의 해체, 헤어짐의 반복이 더 두려워서인지도 모른다. 그리고 이제는 한국에 돌아가봤자 부모님은 돌아가시고, 형제들은 이미 다 늙고, 고향 친구들도 뿔뿔이 흩어져서 마음 붙일 곳이 없다는 것도 이유 중 하나였다. 노년의 그들은 독일에서의 정착을 택하든, 다시 한국으로 돌아가는 삶을 택하든, 이주민으로서의 삶을 결코 끝낼 수 없었다.

"이제 그만 갈까? 더 보여주고 싶은 게 있는데."

리나와 내가 이야기를 나누는 사이 희철 씨는 내 손을 잡아끌었다. 리나의 작업실을 마지막으로 둘러보았다. 리나의 작업처럼, 나 또한 잃어버렸던, 잊혀졌던 그들의 시간들을 글로써 복원할 수 있을까, 불쑥 두려워졌다. 시간의 문을 열고 밖으로 나서니 정원에 핀 둥글레 꽃들이 봄바람에 흔들리며 응원을 보내고 있었다.

거대한 폐광 도시를
울창한 녹색 언덕으로 가꾸기

그를 만난 건 즉흥적인 우연이었다. 리나의 작업실을 떠나 희철 씨의 차를 타고 레클링하우젠에 남아 있는 광산과 광부 기숙사의 흔적을 돌아보던 중이었다. 아헨에서 안드레아의 차를 타고 돌아본 흔적들과는 사뭇 달랐다. 아헨의 광부 기숙사가 도심의 조용한 연립주택과 같았다면, 레클링하우젠의 광부 기숙사는 도심 외곽에 남아 있는 옛 성터 같았다. 더욱 깊고 견고한 시간이 만져졌다. 귀를 살짝만 기울여도 곳곳에서 부유하는 이야기들이 재잘거리고 있는 것 같았다. 나는 쾰른처럼 세련되고 화려한 도시보다 레클링하우젠처럼 묵중한 성스러움이 느껴지는 도시가 더 마음에 들었다. 내가 창밖 풍경에 넋을 놓고 있는 사이 희철 씨는 독일 사람 얘기에 열을 올리고 있었다.

"독일 사람들은 한 번 틀어지면 그 사람이랑 평생 절대 말을 안 해요. 골탕 먹이는 거지. 내가 옛날에 일했던 광산에 마이스터가 있었어. 내가 교육을 받다가 나무동발을 세 번인가 떨어트렸어. 교육생이기 때문에 마이스터가 그걸 주워다 줘야 되요. 그걸 세 번 떨어트렸다고 3년 동안 얼마나 나를 미워하던지. 그 사람한테 그렇게 애를 먹었어요. 요즘 길거리 댕기다 보면 만나요. 이젠 둘 다 연금생활자니까 옛날 얘기도 하고 씩, 웃고 그러지. 근데 그래도 정이 안 가."

아직까지도 정이 안 가는 독일 사람들과 36년째 살고 있는 희철 씨. 간호사들에 비해 광부들은 독일사회에 적응할 수 있는 기회가 훨씬 적었다. 일상 속에서 독일인 환자들과 긴밀한 관계를 맺으며 일하던 간호사들은 독일어도 더 빨리 익혔고, 사회에 적응도 빨랐고, 집밖의 일처리도 능숙했다. 그에 반해 지하 노동자로 일하던 광부들은 극단의 노동 속에서 터져 나오는 짜증과 욕설을 가장 먼저 배웠고, 지상의 사회에 적응하기가 쉽지 않았다. 그들 중 한국에서 힘든 일을 해본 적 없는 고학력자들 중 몇몇은 광산 노동자라는 현실을 인정하지 못하고 스스로 직업적 정체성마저 부정하며 직장 동료와도 어울리지 않았다. 그렇게 사회로부터 소외되기도 했다.

"아! 여기 아는 형님 사는데."

불쑥 희철 씨의 차가 광산 사택 앞에 멈췄다. 이 도시의 광산도 이미 문을 닫았지만 광산 사택에는 여전히 사람들이 살고 있었다. 그래도 이렇게 갑작스레 들리는 건 독일식이 아니라고 하면서도, 희철 씨는 역시나 한국식으로 그 집의 초인종부터 누르고 있었다. 마침 희철 씨의 '형님'이 집에 있었고, 형님은 한국식으로 반갑게 우리를 맞아주었다. 이 거대한 광업도시, 그 안에 문을 닫은 광산, 여전히 옛 모습을 고스란히 간직하고 있는 광부 기숙사에서 한국 사람을 만나게 될 줄은 몰랐다. 게다가 그는 과거 이 광산에서 일했던, 한국에서 파독한 광부였다. 잠시 뒤 현관으로 나온 그의 아내도 한국에서 파독한 간호사였다. 자식들은 독립을 하고 이제는 부부만 사택에 남아 있었다. 그들처럼 독일에 살고 있는 한인 1세들은 이제 사회와 자식들로부터 벗어나 부부 단 둘이 사는 경우가 많았다. 그들은 직장을 그만두고 연금생활 중이었다. 그녀들 중 일부만이 퇴직 후에도 파트타

100년이 넘은 광산 사택. 1970년, 광부로 이곳에 온 보균 씨는 여전히 이 사택에 살고 있었다.

임으로 간호 일을 하고 있을 뿐이었다.

내가 거실의 테이블에 앉자마자 그는 테이블 밑에서 맥주병을 꺼냈다. 그의 아내는 부엌에서 쿠키와 견과류를 안주로 내왔다. 허리 디스크가 심하다는 아내는 몸을 가누기가 힘든 듯 보였다. 거실에도 그녀가 누울 수 있도록 간이침대가 놓여 있었다. 이들 부부는 한국에서 둘 다 공무원으로 일하던 중에 이미 결혼한 상태로 함께 파독한 경우였다.

오래된 외형과는 달리 광산 사택의 실내는 말끔하고 깨끗한 새집 같았다. 75평방미터 되는 공간은 식당, 욕실, 거실이 있는 1층과 침실이 있는 2층, 그 위는 작은 다락방으로 구성되어 있었다. 건물의 외형은 원형 보존을 위해 수리가 금지되어 있지만, 내부는 '금딱지'를 갖다 붙여도 상관하지 않는다고 했다. 그는 1979년부터 살기 시작한 이 집을 두 번에 걸쳐 수리했다. 1980년에 수리할 때는 희철 씨도 와서 도왔다. 희철 씨와 그는 눈동자가 맑아지며 잠시 그 옛날 집수리하던 때로 돌아갔다. 맥주를 한 잔 들이켜고 기분이 좋아진 희철 씨는 저녁에 형님네 집에서 파티를 하자고 제안했고, 그는 흔쾌히 수락했다. 레클링하우젠의 농림부장관인 희철 씨는 직위에 맞게 집에 가서 토종 한국음식들을 가지고 돌아오겠노라며 길을 떠났다. 그와 나는 가볍게 동네 산책을 나섰다.

호클라마 광산 산책

"한일합방 전에 외국에서 온 노동자들을 위해 이렇게 단단한 집을 지었다는 거야. 우리가 노비를 일하다 죽으면 버려버리는 소모품의 하나 정도로 생각할 때, 이 사람들은 이주노동자들을 위해 이렇게 건물을 잘 지어준 거야. 이것이 바로 인권이 아니겠어?"

그가 살고 있는 광산 사택은 1901년부터 1903년까지 지어진 광부들의 기숙사였다. 그의 말대로 100년이 넘은 이 건물들은 여전히 건재함을 과시하고 있었다. 1884년, 레클링하우젠의 광산이 문을 열자 먼저 폴란드, 일본, 터키로부터 노동자들이 이주해왔다. 이 광산 사택은 바로 그들을 위해 지어진 기숙사로, 건물 한 동에 네 가구씩 살도록 설계되어 있었다.

울퉁불퉁, 지면이 고르지 않은 낡은 차도를 거닐며 그의 이야기를 듣고 있었다. 어느새 그는 풋풋한 청년의 모습을 하고 있는 것 같았다. 그의 이야기를 들으며 광산이 한창 번창하던 시절을 그려보았다.

처음 광산의 개광開鑛이 시작되자, 광산 안에 화력발전소가 세워졌다. 그 화력발전소에서 구워진 벽돌들로 광부들이 지낼 기숙사가 만들어졌다. 광산 안에서 모든 걸 자급자족하며 온종일 일하고 나면, 광산 안 화력발전소에서 찍어낸 벽돌로 세운 기숙사로 돌아왔다. 1980년 광산이 문을 닫자, 나라에서는 광부들의 숙소였던 이곳을 불하했다. 거주하던 광부들에게 우선권을 주었다. 돈이 있던 광부들은 집을 사기도 했지만, 여의치

않던 사람들은 부담 없는 정도의 세를 내고 평생 동안 거주할 수 있도록
배려하였다. 가난하다고 하여, 이 공간을 지키던 사람들을 함부로 내쫓지
않았다. 그리고 남은 공간은 일반 시민들에게 불하했다. 지금은 독일인,
터키인, 한국인 등 다양한 사람들이 살고 있었다.

노랑머리를 길게 늘어뜨린 소녀가 자전거를 타고 우리 앞을 지나갔다.
기숙사 건물뿐만 아니라 1800년대 지어진 화력발전소는 아직도 효자 노
릇을 톡톡히 해내고 있었다.

"지금은 탄을 안 캐니까 화력발전소에서 폐열을 가정마다 나눠줘서 난방
을 하게끔 혀. 그게 참 잘되어 있어. 우리 집도 난방비가 굉장히 싸게 들어."

비슷비슷한 모양의 사택들을 지나다 보니 유독 눈에 띄는 건물이 보였
다. 일반 사택과는 다르게 좀 더 웅장하고 고풍스러웠다. 다른 일반 사택
들과 달리 담이 둘러쳐 있었고, 그 안에는 큰 건물과 작은 건물이 한 채씩
나란히 서 있었다.

"저 집은 관리인, 사무원들이 살던 데야. 사택을 관리하는 사무소였는

데 행정사법권까지 가져가꼬 제일 무서운 데였어. 그런데 그 관리가 뭐냐면, 말 안 듣는 광부들은 잡아다 유치시키는 거였어. 저쪽 째깐한 건물에. 긍께 무서운 데지."

우리의 발걸음은 호클라마Hochklmrk 광산까지 이어졌다. 당시 광산에서는 출퇴근길에 빵을 나누어줬는데, 아무리 몸이 아파도 그 빵을 받아먹기 위해 광산까지 걸어 나왔다고 했다. 청년 시절의 그가 빵을 타기 위해 문앞에 줄을 서 있는 것만 같았다. 역시 겉보기에는 평범한 건물에 불과했지만 그 옆으로 광산의 상징인 샤크트가 우뚝 솟아 있었다. 샤크트 앞에 서는 순간 그와 나는 개미만큼 작아졌다.

"이걸 타고 지하 1천 미터까지 내려가. 말하자면 막장으로 가는 엘리베이터야. 샤크트 문이 열려 있으면 이렇게 떨어져 죽어버릴까 생각했다고. 그러면 평생 가족이 상해보험 받을 텐데."

나보균, 그는 1943년생이며 1970년에 파독했다. 고향은 전라북도 김제, 올해 칠순을 맞았다. 고등학교 때 연극에 깊이 빠졌지만 아버지의 반대로 한양대 전기과에 입학했다. 그러나 학업에 집중할 수 없었고, 충무로에 들어가 감독이 되기 위해 아버지 몰래 학원을 다녔다. 그러나 아버지의 갑작스런 죽음과 함께 장남인 그의 인생은 한순간에 덜컥, 멈춰 섰다. 대학을 휴학하고 군에 입대했다. 제대를 3개월 앞둔 어느 날, 문득 60세까지의 인생 계획을 세워봤다. '내가 서른 살이 되면 어머니는 몇 살이고 동생들은 대학생이 되고, 그러면 돈이 얼마나 필요한가…… 내가 마흔이 되

호클리마 광산에 솟아 있는 샤크트. 보군 씨는 이 샤크트에 오를 때마다 떨어져 죽을까 생각했다고

면…… 내가 쉰이 되면…… 내가 예순이 되면…….' 도저히 한국에서의 벌이로는 미래에 대한 계산이 나오지 않았다. 암울했고 막막했다.

　제대한 뒤, 1969년에 결혼해서 다음 해에 큰애를 낳았다. 부부가 함께 공무원 일을 했고 적금을 들어 한 달에 779원씩 꼬박꼬박 저축했지만, 1년 만기 금액이 고작 1만 원이었다. 공무원 월급이 5만 원이 안 되던 시절이었다. 한국에서는 공무원 한 달 월급이 쌀 한 가마니 값이었던 그 시절에 독일에 가면 하루에 쌀 한 가마니 값을 벌 수 있다는 소문이 나돌았다. 아내는 간호학원을 다니기 시작했고 그는 광부 실습을 나갔다. 다른 선택의 여지가 없었다. 그리고 부부는 아이를 데리고 독일에 오게 되었다.

　"여기선 희망을 버리자. 가족을 위해 우리가 죽자. 독일에 가자. 이런 심정으로 온 거여."

그는 한국을 '친정'이라고 불렀다.

"우리는 이리로 시집온 거여. 누구는 국가가 돈 받고 우리를 여기다 팔았다는데 그건 아니여. 우리가 원해서 찾아온 거고 국가가 그 길을 터준 것이고. 그것만 해도 고마운 일이지. 친정에서 교육을 잘 받으면 시집와서 어려움이 없잖여. 한국에서 지키는 예의만 지키면 여기서도 대접받았어. 친정이 잘 살면 괜히 어깨가 으쓱으쓱하잖아. 한국이 잘 살게 돼서 좋아."

그와의 산책길은 독일로 시집왔다는 그가 시댁 구경을 시켜주는 것만 같았다. 이제는 그의 시집살이가 궁금해졌다.

엠셔 파크 오르기

뜨거운 물을 부은 컵라면이 익을 시간이 지났을 뿐이었다, 그가 정말 멋있는 것을 보여주겠다며 나를 차에 태우고 달린 것은. 3분 만에 그는 나를 거대한 녹색 언덕 아래에 내려놓았다. 녹색 언덕 너머로 해가 기울기 시작했다. 이곳의 이름은 엠셔 파크Emscher Landschafts Park. 이 거대한 녹색 언덕은 곧장 정상까지 오를 수 있는 일직선의 철제계단과, 쉬엄쉬엄 여유 있게 오를 수 있는 구불구불한 능선 길이 있었다. 그는 녹색 언덕의 꼭대기에 오르면 이 거대한 광업도시 전체를 내려다볼 수 있다고, 그 광경이 정말 기가 막히게 멋지다고 했다. 나는 망설일 이유가 없었다. 해가 지기 전에

그 모습을 보기 위해 오를 때는 철제계단을, 내려올 때는 구불구불한 능선을 타기로 했다. 계단을 오르기 시작했을 때, 나는 그에게 놀라운 얘기를 들었다.

"채탄을 하잖아. 그러면 거기서 나오는 자갈, 돌멩이, 그런 것들이 있어. 그것들을 모아서 버릴 데가 없으니까 쌓아서 산을 만든 거지. 우리가 얼마나 많은 탄을 캤겠어. 좋게는 돈을 벌었고 어렵게는 피땀을 흘렸고."

이 거대한 녹색 언덕이 광산에서 탄을 캐고 남은 불순물을 쌓아 만든 것이라니. 아헨에서 보았던 '검은 산'이 떠올랐지만, 레클링하우젠의 것은 검은 민둥산이 아닌 싱그러운 녹색 언덕이었다. 언덕의 아랫부분은 울창한 자작나무 숲이, 윗부분은 푹신푹신한 잔디가 심겨져 있었다.

아헨과 달리 레클링하우젠의 '검은

푸른 언덕으로 바뀐 '검은 산'. 엠셔 파크로 오르는 철제계단. 정상에 서면 레클링하우젠 전체를 조망할 수 있었다.

산이 '녹색 언덕'이 될 수 있었던 것은, 약 30년 전 불순물로 쌓아올린 검은 민둥산 위에 20~30센티미터 두께의 흙을 덮은 뒤 나무를 심었기 때문이었다. 그리고 오랜 시간 꾸준히 가꾸다 보니, 인공으로 조림되었다고는 믿기지 않을 만큼 울창한 녹색 언덕이 되었던 것이다.

"1989년도인가? 베를린에서 인공 조성한 공원 박람회를 할 때 여그가 1등 했어."

오르는 사이사이에 멈춰 서서 숨도 고를 겸 사진도 찍고 그와 이야기도 나누었다. 그 사이 히잡을 둘러쓴 여자가 남편인 듯한 남자의 손을 잡고 올라갔다. 노랑머리의 젊은 연인도 우리를 스쳐 지나갔다. 능선과 계단이 만나는 지점에서는 자전거를 탄 백인 남자가 페달을 힘껏 밟으며 능선을 올랐다.

희철 씨가 그를 내게 소개할 때, 한국 광부들의 통역을 돕기도 했다는 이야기가 생각났다. 어떻게 통역 일을 시작하게 되었냐고 물었다. 그는 이 나라에서 살아남으려면 말부터 배워야겠다고 생각했다. 광부 일이 없는 휴일에는 독일어를 가르쳐준다는 교회에 다녔다. 수업이 끝나면 교회 독일어 선생님에게 책을 읽어달라고 한 뒤 그것을 빠짐없이 녹음기에 녹음했다. 기숙사에 돌아와 그걸 들으며 혼자 열심히 공부했다. 점점 그가 독일어를 잘한다는 소문이 퍼졌다. 독일어에 서툰 한국 광부들은 고충이 많았다. 특히 한국 광부가 200여 명 정도 모여 사는 기숙사 앞 상점에서는 기괴한 풍경이 벌어지곤 했다.

"'우우~' 한다고. 그러면 소고기를 찾는 거여. '꿀꿀', '꼬꼬' 다 하지. 그러면 내가 옆에서 주인한테 뭘 찾는다고 얘기해주고 한국 광부한테는 비싼지, 싼지 그런 걸 얘기해줬어. 주인 놈이 얼마간 지켜보더니 나보고 와서 통역을 해달래."

그는 그렇게 광부 일과 더불어 통역 일을 시작했다. 오전근무를 하는 날에는 오후에, 야간근무를 하는 날에는 아침에 상점에서 통역을 했다. '투잡'이었던 셈이다. 통역으로 번 돈은 독일에서의 생활비로 썼고, 간호사 아내와 광부인 그의 월급은 전부 한국으로 송금했다. 그 돈으로 한국에 있는 부모님을 봉양하고, 동생들을 전부 대학까지 졸업시켰다. 그것은 '가족을 위해 우리가 죽자'라고 결심하고 파독했던 부부에게 큰 자부심이었다. 그는 한국에 있는 가족들을 위해 최선을 다해 열심히 살았다고 했다. 독일에서는 '젊음'과 내가 꼭 해야 한다는 '의지'만 있으면 뭐든 할 수 있었다고.

나는 그를 만나기 전에 광산에서 통역을 담당하던 사람들에 대해 많은 이야기를 들었다. 간혹, 그들이 한국 광부들의 권익을 챙겨주기보다는 오히려 광산 측이 이롭도록 일을 조장하기도 했다는 이야기, 광산 측 잘못이라 할지라도 한국 광부가 모든 책임을 지도록 교묘하게 중간에서 손을 썼다는 이야기, 또 1980년대 말까지만해도 주독한국대사관의 지시를 받아 정치 활동을 하는 경우도 있었다는 이야기…… 뒤스부르크에서 만났던 한 분도 그런 이야기에 의견을 보탰다.

"바른말을 잘하는 한국 광부가 있으면 통역하는 사람들이 그 사람을 보호해주기는커녕 그 사람 주변의 모든 관계를 단절시키고 그랬어요."

그러나 레클링하우젠에서 통역을 했던 그의 이야기는 좀 달랐다.

"여기가 그 사회보장제도가 잘되어 있잖아. 한국에 옻나무 있지? 옻올라서 피부병으로 약만 발라도 병가를 무지하게 잘 내줬어."

독일은 특히 유럽에서도 가장 진보적인 사회보장제도가 실현되고 있는 국가였다. 그 역사는 이미 비스마르크 시대까지 거슬러 올라간다. 노동자와 피고용인의 질병·상해·실업·양로·사망 등을 철저히 대비하여 보험에 가입시켰다. 의사 진단만 있으면 직장에서 자동적으로 병가가 나오고 그에 준한 생활보조비가 월급과 거의 비슷하게 나왔다. 구태여 석탄을 캘 필요가 없다는 생각에 그런 제도를 악용하는 얌체족들도 있었다고 했다.

"여기서 노동운동 한다는 사람들, 한국에서 많이 배운 사람들…… 일 안 한 날이 일한 날보다 훨씬 많아. 초를 훔쳐서 촛불을 켜고 성경을 읽는 것도 옳은 일인가? 정의 아닌 방법으로 정의를 쟁취하는 것도 옳은 방법인가? 이것도 생각해볼 문제란 말이여. 열심히 사는 사람이 대접받는 사회가 돼야지. 요령은 피워봤자 본전이여. 요령을 피우며 사는 사람은 옳게 사는 사람이 아니여. 어떤 불이익을 어째서 당했다는 그 얘기를 들어봤어? 그 얘기를 한 번 해보라고 해. 나도 궁금하니께."

그의 이야기는 우리가 발을 딛고 있는 녹색 언덕의 깊은 곳, 검은 불순물들에 스민 한국 광부들의 땀과 눈물에서 흘러나오는 것만 같았다.

엠셔 파크 정상에 오르다

"여긴 평야라 멀어서 안 보이지 가려져서 안 보이는 건 없어."

정상에는 '옥사바트리움Horizont Observatorium'이라는 거대한 해시계가 설치되어 있었다. 그리고 그의 말대로 레클링하우젠의 광활한 전경이 시원하게 펼쳐졌다. 그가 광부로 일하던 때만 해도 광산과 화력발전소에서 내뿜는 유해물질로 스모그가 가득해 눈이 침침했다는 이 도시. 그러나 과거 빛을 발하던 광산 시설물들과 광산 사택을 그대로 보존하고, 30여 년 전부터 '숲'을 가꾸기 시작한 이 도시. 이제는 울창한 숲 안에 폐광산이 포근하게 안겨 있는 듯했다. 세계적인 광공업 지역으로 명성을 떨치며 '라인 강의 기적'을 이룬 루르 지역의 광산은 이제 몇 개만 남겨두고 전부 폐광되었다. 2014년이면 전부 사라진다고 했다. 그러나 한국의 폐광산들처럼 그 흔적을 모두 없애고 테마파크나 카지노가 들어서는 일은 없었다. 그 원형은 그대로 보존한 채 시민들과 함께 향유할 수 있는 공간으로의 변화를 시도 중이었고, 그 중심엔 자연으로의 복원이 있었다.

"여기는 쑥이 많아. 쑥 캐는 사람들은 전부 한국 사람들이야. 쑥 캐다 쑥떡 해먹고."

    이곳을 찾는 사람들 중에 한국 사람을 구분하기는 제법 간단한 듯했다. 이 언덕에 쑥을 캐기 위해 오르는 사람들, 이제 레클링하우젠에는 소수만이 남아 있는 사람들, 한국 사람들. 그에게 왜 다른 도시로 떠나지 않고 여전히 광산 사택에서 살고 있냐고 물었다.

    "오래 있으려고 한 건 아냐. 다른 계기가 없던 거지. 뭐 다른 사람들은 장사한다고 나가고 어쩌고 그러는데 나는 계속 여기 일자리가 있었으니까. 해고 두 번째 당할 때까지는."

    친정에서 교육을 잘 받았다던 그는 왜 두 번의 해고를 당했을까. 해고에 대한 이야기를 물었지만 그는 쉽게 말문을 열지 않았다. 폐광산에 짙은 주홍빛 노을이 내려앉고 나서야, 어둠의 농도만큼 조금씩 말문을 열기 시작했다.

　광산은 광부들에게 정기적으로 건강검진의 기회를 제공했다. '주폐진폐증' 등의 질병을 초기에 발견해서 요양을 보내서라도 완치시키기 위해서였다. 그러나 광산에서 지정한 의료팀은 한국 광부들의 진료를 미루기만 했다. 외부 용역으로 일하는 노동자들을 검진하면 특별수당이 붙지만, 교육생 신분인 한국 광부들은 검진해봤자 수당이 붙지 않기 때문이다. 한국 광부들의 건강검진 순서는 하염없이 뒤로 밀릴 수밖에 없었다. 그가 광산 측에 항의를 하자, 광산은 그를 강제로 다른 부서로 옮기도록 지시했다.

　"임금님이 깨부쉈으면 임금이 그랬다고 얘기할 수 있는 사회가 되어야 하는데, 그 소리를 했다고 아주 나쁜 사무원 자리로 보냈어. 그래서 우와기를 거꾸로 입고, 빤쓰만 입고 그 자리에서 근무를 했어. 그럼 지나가는 사람들이 왜 그러냐고 그래. 그래서 이런저런 일이 있어서 그랬다고 말했지."

　그의 항의는 거기에서 그치지 않았다. 신문사를 찾아가 광산에게 당한 부당한 일에 대해 이야기했다. 신문사의 기자가 그의 근무지로 취재를 나왔고 그의 이야기가 신문에 실렸다. 광산에서는 회사 기밀을 외부에 유출했다는 이유로 그를 해고했다. 그는 광산을 대상으로 재판을 시작했다. 첫 번째 재판에서는 광산이 이겼고, 고등법원까지 가서 결국 그가 이겼다. 다시 본 업무로 복귀할 수 있었다.

　"내가 난리를 쳤으니까 이 사람들은 내가 싫은 거야. 어느 날 상사가 나를 불러서 얘기하더라고. '너도 나 싫지? 너 직급 하나 올려줄 테니까 그

쪽으로 가는 게 어떠냐?' 그래 그러자고 그러고 다른 데로 갔어."

그가 옮긴 곳은 '첸트랄바가지움'이라는, 광산의 주요 물자를 취급하는 부서였다. 그는 전산으로 물품을 관리하는 일을 맡았다. 저마다 고유의 번호가 매겨져 있는 고가의 기계들도 관리했다. 고가의 기계들이라 할지라도 고장이 나면 폐기물 처리하도록 되어 있었다. 그런데 어느 날 새 기계가 들어와 확인해보니 이미 폐기물 처리된 기계의 번호가 붙어 있었다. 멀쩡한 기계를 폐기물 처리해놓고 다시 번호만 바꿔 새 기계로 둔갑시켜 이윤을 챙기고 있던 것이다.

"그 기계가 굉장히 비싼 거거든. 그 짓 하라고 나한테 그 일을 맡겼나봐. 내가 그 일을 눈감았다 걸리면 또 해고를 당하게 되는 거야. 다른 길이 없었어. 또 싸웠지. 그러니까 집에서 쉬래. 집에 가 있어도 돈 준다고."

그는 이 사실을 또 고발했고, 두 번째 해고를 당했다.

"한 번 찍히면 못 버텨. 여럿이 작정하고 찍으니까. 다른 데 가도 그쪽 사람이 또 찍어, 계속 찍어. 못 당해. 그러면 거역해야 되는데, '임금님 귀는 당나귀 귀다' 하는 놈도 있어야지. 나는 그렇게 못 산다고."

희철 씨가 그의 집 앞에 차를 세우며 했던 말이 떠올랐다.

"이 형님은 제일 먼저 오셔가지고 돌팔매질하신 분이라 참 숱한 고생 많이 하고, 좋은 일도 많이 하고, 욕도 많이 먹고 그랬어요."

어렵사리 다시 복직한 곳은 막장이었다. 지하 800미터, 경사가 70도인 막장에서 탄을 캐는 작업은 매우 힘들었다. 그래도 보통 광부들이 48마르크를 받을 때, 그는 78마르크까지 받았다. 도급제였기 때문에 일한 것에 따라 더 많은 급여를 받을 수 있었다. 그러던 어느 날, 막장이 무너졌고 그는 돌 더미 속에 묻혔다. 그 사고로 그는 다시는 일을 할 수 없게 되었다.

그가 사고를 당하자 간호사로 일하던 아내마저 갑작스레 병원에서 쓰러졌다. 햇빛 한 번 제대로 못 보고 악착같이 야간근무까지 도맡아 하던 아내였다. 둘 다 병원에 입원해 있으니 어린 남매를 돌봐줄 사람이 없었다. 윗집에 살던 독일 노부부가 남매를 돌봐주었다고 했다.

"그때가…… 제일……."

그는 더 이상 말을 잇지 못했다.

"괜찮아. 나쁜 짓하다 아픈 거 아니니까. 야구장 가면 공 맞기도 하지? 그런 거야. 괜찮아."

떳떳하게, 당당하게, 시집살이를 견뎌온 그는 괜찮다고만 했다. 그의 눈에 어둠이 내려앉는 속도만큼 빠르게 눈물이 차올랐다.

내려오는 길은 구불구불 능선으로

"딸은 뛰고 나는 자전거 타고 자주 왔었지."

어느 순간 자전거를 타고 따라가는 것조차 지칠 때쯤 되니까, 딸은 독립을 해 지금은 베를린에서 일하고 있다고 한다. 딸은 큰 부딪침 없이 자랐는데 아들은 그렇지 않았다.

"우리는 '사회가, 나라가 편해야 나도 편하다'였는데, 아들은 그게 아니야. '내가 편해야 주위도 편하다' 주의야. 아들은 대한민국에 기여하기 싫대. 우선 자기가 행복한 삶을 살고 싶대. 한국 여자 만났으면 좋겠다고 했는데 여덟 살 어린 독일 여자랑 연애하고 있어. 많이 싸웠는데 결국 내가 졌어."

이제는 아들을 이해할 수 있을 것 같다고 했다. 한 발 물러나 보니 아들 말도 옳은 것 같았다. 한국에 있을 때는 몰랐는데 떠나와서 바라보니 생각이 좀 바뀌는 것도 있었다고 했다.

"한국에 있을 때는 당연히 그렇게 갈라져 살아야 되는 것이고, 이북이 미워야 하는 것이고, 다른 방법이 없는 줄 알았어. 근데 여기 와보니까 이웃 간에 잘 살아야 좋아. 우리 집도 독일인 이웃하고 잘 지내야 편해. 우리 집 개떡 하나 쪘으니까 하나 잡숴보라고 주면 독일 사람이 맛있다고 하고

다음에 뭐 주고, 그러다보면 편해져. 하물며 우리는 같은 민족이잖아. 지금 우리가 누구를 위해서 남북이 갈려 있어야 하는가, 생각해보라고."

그와 나는 어스름이 내려앉은 녹색 언덕을 구불구불 능선을 타고 내려오고 있었다. 어둑한 기운이 숲의 속살을 파고들기 시작했다. 고요한 자작나무 숲길에서 그가 갑자기 노래를 부르기 시작했다. 음량을 높이지는 않았지만 울림이 큰, 바리톤의 웅장한 느낌이 나는 보이스였다.

해는 져서 어두운데 찾아오는 사람 없어.
밝은 달만 쳐다보니 외롭기 한이 없다.
내 동무 어디 두고 이 홀로 앉아서.
이 일 저 일을 생각하니 눈물만 흐른다.

나도 모르게 그와 노래를 함께 부르고 있었다. 어두워지는 숲과 그의 노래는 잘 어울렸다.

"〈고향생각〉이라는 노래야. 한국 동요 참 좋아. 한 곡 더 부를까?"

그는 가곡 〈이별의 노래〉를 불렀다. 동요나 가곡, 군가를 부르며 아우토반을 달리는 것이 그의 유일한 스트레스 해소법이라고 했다. 이때 그의 핸드폰이 울렸다. 한국에 살고 있는 누나였다. 누나는 잠시 안부만 나누고 어머니를 바꿔주었다.

"엄니! 오늘이 어버이날이잖아. 내가 노래 불러줄게."

그는 치매에 걸린 98세 노모에게, 한국에서 수화기를 귀에 붙이고 계실 어머니에게, 노래를 불러주기 시작했다.

"나실 제 괴로움 다 잊으시고,"

그는 웃으며 노래를 시작했다.

"기르실 제 밤낮으로 애쓰는 마음,"

그의 입은 계속 웃고 있었지만 눈은 울고 있었다.

"손발이 다 닳도록 고생하시네,"

그는 거친 광부의 손등으로 눈물을 닦았다.

"어머님의 희생은 가이없어라,"

그는 다시 웃으며 수화기 속의 '엄니'를 찾았다.

"내 노래 들었어? 엄니! 엄니!"

치매의 노모가 노래를 들었는지 듣지 못했는지 알 수 없었다. 수화기 너머로는 누나의 음성이 들려왔다. 노모의, 그리고 서로의 건강에 대한 염려를 나눈 뒤 전화는 끊어졌다.

"아무리 어려운 데서도 민들레는 살아나잖아. 민들레의 기질을 가지고 있으면 살아. 우리는 여기서 그렇게 살았어."

우리가 출발했던 그 지점에 희철 씨가 기다리고 있었다. 유독 척박했던 이 도시의 지하를 파서 뿌리내린 그들은 거대한 폐광 도시가 울창한 자작나무 숲이 되는 사이, 민들레 홀씨처럼 새하얀 머리가 되어 있었다. 이제 나풀나풀 떠날 채비를 서두르고 있는 것만 같았다.

독립군이 입원한
광산 병원을 찾아서

그와 나 사이 운명의 간격은 '이틀'이었다.

독일 유랑을 준비하며 한국에서 인터뷰 섭외를 위해 전화를 걸었을 때 그는 유독 기억에 남는 사람 중 하나였다. 대부분 몇 차례 계속되는 부탁에 마지못해 허락을 했고, 일부는 처음부터 완강히 거절하기도 했다. '광부로 파독한 그들'의 섭외가 더 어려웠다. 그들은 '예전엔 그렇지 않았는데 지금은 한국이 잘 사니까 우리가 부끄럽게 느껴진다'는 이유를 달기도 했다. '간호사로 파독한 그녀들'도 '한국 사람들은 우리를 독일에 간 거지들로 보지 않냐'고 거절하기도 했다.

한국에 살고 있는 우리가 그들의 파독에 대한 편견이 있는 만큼, 그들도 우리에 대한 오해가 있었다. 그들은 너무 오래 떨어져 있었고, 우리는 너무 오래 그들을 잊고 있었던 것이다. 그러나 그만큼은 나와의 만남을 내일 첫 소풍이라도 떠나는 아이처럼 들떠했다. 나를 기꺼이 집으로 초대했고, 머물 곳이 마땅치 않으면 언제까지라도 좋으니 자기네 집에서 함께 지내자고 했다. 그처럼 나의 독일 유랑을 무조건 '환대'해주는 사람은 없었다.

독일에 도착한 후, 그와 약속한 날이 되었지만, 그를 만날 수 없었다. 나와의 약속 '이틀' 전, 그가 뇌졸중으로 쓰러진 것이다. 나와 만나기로 약속한 날, 그는 의식불명 상태였다. 그는 평생 중환자로 살아야 될지도 모르는 상태였고, 평소 혈압이 높던 그의 아내도 하루에 세 번씩 혈압이 200mmHg까지 치솟으며 위태로운 나날을 보내고 있었다. 급하게 다른 일정을 잡았지만, 나는 그가 계속 마음에 남았다.

그러던 중 그가 수술을 받았으며 상태가 좋았다, 나빴다를 반복하고 있다는 소식을 들었다. 병문안을 가보고 싶었으나 뇌수술을 받고 회복 중인 그에게 기억을 회귀해야 하는 시간이 결코 좋을 리 없었기 때문에 포기했다. 그러나 전화기 너머 들려오던 설레고 들뜬 아이와 같던 그의 목소리가 계속 귓전을 따라다녔다.

어느덧 독일에서의 유랑이 끝나가고 있었다. 한국으로의 출국 '이틀' 전, 낯선 번호로부터 전화가 걸려왔다. 그의 딸이었다. 그가 수술 후에 의식을 회복했는데 한국에서 온 나를 찾는다고 했다. 미안하지만, 아버지가 할 말이 있는 것 같으니 병원으로 와줄 수 있겠냐고 물었다. 나는 꼭 병문안을 가겠다고 약속했고, 독일에서의 마지막 날을 그의 병문안으로 채웠다.

이처럼 그와 나의 모든 운명의 간격은 '이틀'이었던 것이다.

레클링하우젠 반호프를 나오니 보균 씨가 기다리고 있었다. 그가 입원한 병원의 위치를 모르는 나를 위해 보균 씨가 함께 병문안을 가주기로 했다. 보균 씨와 그는 광산 동기이기도 했고, 여전히 레클링하우젠에 남아있는 몇 안 되는 한국 사람이기도 했다. 게다가 그 또한 보균 씨와 마찬가지로 여전히 광산촌의 기숙사에서 살고 있었다.

보균 씨는 하늘색 반팔 티에 청바지를 입고 있었다. 수영을 하고 오는 길이라는 그는 지난번에 만났을 때보다 한결 가벼워 보였다. 내일은 독일 사람들과 족구 대회가 있고, 연금생활 중이지만 눈코 뜰 새 없이 바쁘게 지내고 있다고 했다. 보균 씨뿐만 아니라 그들 대부분 일에서 놓여난 상태였지만, 너무나 바빴고 미리 일정을 잡지 않으면 만나기 힘들었다. 왜 그렇게 다들 바쁘게 사냐고, 조금 여유롭고 편하게 살 수도 있지 않냐고, 보균 씨에게 물었다.

"외국생활 오래하는 사람은 바빠야 혀. 그리운 게 제일 힘든 건데, 한가하면 더 그리워져."

노년의 그들은 그리움이 스밀 틈 없이 꽉 조여진 일상을 살고 있었다. 뜨겁게 사랑했던 연인과 이별한 뒤 정신없이 바쁘게 지내듯이, 그들은 40

년째 실연당한 청춘처럼 그렇게 살고 있었다.

레클링하우젠의 독립군이 된 사나이

광업도시에는 광부들을 위해 지정해놓은 병원이 있었다. 이제 광산은 문을 닫았지만, 그 병원은 여전히 문을 열고 있었다. 레클링하우젠의 광산 지정 병원 복도는 따뜻한 노란색이었다. 노란색 복도를 지나 병실 문을 열었다. 가장 안쪽 침대에 앙상하게 마른 동양 남자가 누워 있었다.

"어이 독립군! 머리 깎으니 예쁘네."

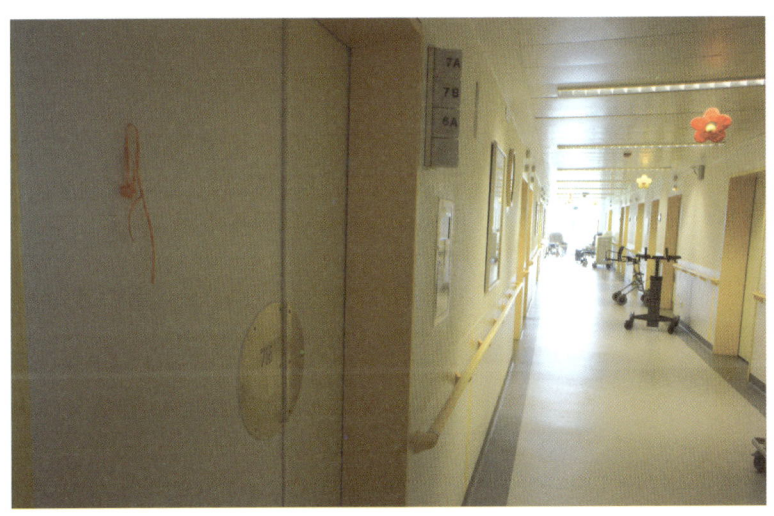

보균 씨는 그에게 심각한 안부를 묻는 대신 '예쁘다'고 말해주었다. 뇌졸중 수술을 위해 삭발한 민머리와, 한 뼘이 넘게 절개한 수술 부위를 꿰맨 흔적이 그를 더 작게 만들었다. 그는 우리를 보더니 침대에서 몸을 벌떡 일으켜 세우며 반가워했다. 그는 띄엄띄엄 어눌하게 말들을 늘어놓았는데 대부분 알아들을 수 없을 정도로 횡설수설했다. 아직도 기억회로가 온전하게 작동되지 않는 것 같았다. 그러던 중 나는 깜짝 놀라고 말았다. 나의 이름과 그를 만나러 온 이유만큼은 정확하게 기억하고 있었기 때문이었다. 엉켜버린 기억회로 속에서도 그는 어떤 이야기를 해주고 싶었던 것일까.

"우리 집에 가. 보여줄 게 많아."

그는 침대에서 일어나 점퍼를 주섬주섬 주워 입으며 집에 가자고 했다. 보균 씨가 병원 밖으로 나갈 수 없다고 그를 잡아끌었다. 그는 계속 집에 가야 된다고 나의 손을 끌었고 보균 씨는 안 된다고 그의 어깨를 눌렀다. 내가 중간에 끼어 휘청휘청하는 사이 간호사가 들어왔다. 간호사는 우리에게 독일어로 무언가를 물었고, 보균 씨가 독일어로 응수를 했다. 독일어를 알아듣지 못하는 나는 멍하니 그들을 보고 있었다.

"통역 가능한지 묻네."

통역이라니? 여기서 통역이 필요한 사람은 나뿐인데, 간호사가 환자도 아닌 나랑 대화를 나눌 것도 아닌데, 도대체 왜 통역이 필요하지? 그러나 통역이 필요한 사람은 내가 아니었다.

"독립군이 독일말을 못해."

한국을 떠나올 때까지만 해도, 아니 한국으로 돌아가기 이틀 전까지만 해도, 한 번도 생각해보지 못한 일과 맞닥뜨렸다. 젊은 시절 파독해 노인이 될 때까지 독일에 살고 있으면서도, 여전히 독일어를 못하고 있는 한인이 있을 거라고는 생각해보지 못한 것이다.

그는 독일에 온 지 35년이 넘었지만, 독일어를 하지 못했다. 통역해주는 사람이 없으면, 독일인과 의사소통이 되지 않았다. 진료 시간이 이미 지났는데도, 통역해줄 사람이 없어서 진료를 받지 못하고 있었던 것이다.

"등허리에 딱지 붙여서 다녔던 사람이야. 그러니 웃는 거지, 사람들이."

광산에서 함께 일했던 보균 씨는 누구보다 그를 잘 알고 있었다. 집을 떠나 낯선 곳에 갈 일이 생기면 그는 등에 목적지를 적은 종이를 붙이고 기차나 버스에 올랐단다. 주변의 독일인들이 그것을 보고 알려주면 목적지를 찾아 내리는 것이고, 묵인해버리면 내릴 곳을 지나쳐버리는 것이고……

우리는 함께 그의 담당의사를 만나러 진료실에 들어갔다. 체격이 큰 여자 의사였다. 그녀 앞에 마주앉은 그는 더 왜소해 보였다. 그 옆에 서서 누워 있는 그를 보자니 민머리의 수술 자국이 더욱 선명해서 마치 살아 움직이는 것만 같았다. 그는 대뜸 의사에게 'South Korean'을 외쳤다. 그리곤 헤헤헤, 실없는 웃음을 흘렸다. 보균 씨가 의사의 말을 통역해서 그에게 전달했다. 상태가 어떠냐고 물었지만 그는 의사에게 어디 사냐고 한국어로 되물었고 다시 헤헤헤, 웃었다. 이런 과정이 몇 차례 반복되자 의사도 웃고 말았다. 통역하는 사람이 있다고 해도 원활한 진료를 할 수 없었다. 성과가 있었다면 잠시 바깥 산책을 허락받았다는 것 정도였다.

우리는 그와 함께 유아 병동처럼 따뜻한 노란색의 복도를 빠져나왔다. 그는 유아 병동에 입원한 아이처럼 한 손은 보균 씨의 손을, 나머지 한 손은 나의 손을 꼭 잡고 아장아장 걸었다.

독일에 와서 보니 한인사회에서 그는 유명한 사람이었다. 한인들 중에 그를 모르는 사람은 없었다. 그는 김대천이라는 이름보다 '독립군'이라는 별명으로 불렸다. 대부분은 그를 별종이라 이야기하며 내게 꼭 그의 집에 가보라고 당부하기도 했지만, 일부는 그런 사람은 만나지 말고 돌아가라고 충고하기도 했다. 그의 집 정원에 김일성 동상이 있고, 집 안 곳곳에 김일성 사진이 걸려 있다고 수군거렸고, 북한에 자주 왕래한다며 '빨갱이'라고 칭하기도 했다. 나는 사람들의 입에서 회자되는 '독립군'이라는 별명에서 '그리움'이 만져지는 것만 같았다.

그의 손을 잡고 병원 앞 정원을 걸었다. 그는 환자복 위에 군데군데 단추가 떨어져나간 점퍼를 걸치고 있었다. 발걸음을 맞추어 걸으며 나는 그에게 일상적인 대화를 시도했지만, 그는 헤헤헤, 웃거나 알아들을 수 없는 말들로 얼버무렸다. 그의 기억도 떨어져나간 점퍼의 단추처럼 사라져버린 것만 같았다. 나는 그가 잃어버린 단추를 찾지 못할까봐 덜컥 겁이 나서 그의 손을 더 꼭 잡았다. 보균 씨가 태연하게 그를 대신해 몇몇 대답을 해주었다. 보균 씨의 입을 통해 들은 그는 이러했다.

이름은 김대천, 1942년생이며 경북 상주가 고향이다. 1977년 희철 씨와 같은 비행기를 타고 마지막 광부로 파독했다. 독일에 도착할 때 그의 나이 서른다섯이었고, 한국에는 아내와 두 아이가 남겨져 있었다. 3년 후 그는 가족을 독일로 초청했고, 1980년에 아내와 중학교 1학년 딸, 초등학교 6학년 아들이 독일에 왔다. 결혼한 상태로 혼자 독일에 온 후, 나중에 한국의 가족들을 초청해서 지금까지 모두 독일에 정착해 살고 있는 경우였다.

병원 앞 정원에는 몸에 좋은 약초들이 곳곳에 심겨져 있었다. 그때 먼 발치에서 동양 여자 둘이 걸어오고 있었다. 잠시 외출했던 그의 아내와 딸

이었다. 그의 아내는 놀란 토끼 눈을 하고 있었다. 독일에 온 후, 놀라고 겁나는 일이 많아서 심약한 토끼 눈으로 변한 것인지, 한국에서부터 그런 눈이었는지는 알 수 없었다. 그녀 옆에 있는 여자가 그녀의 딸이라는 것을 바로 알아챈 것도 바로 꼭 빼닮은 토끼 눈 때문이었다. 그의 딸이 먼저 다가와 인사를 건넸다.

"와줘서 고마워요. 아빠가 자꾸만 찾아서."

그의 아내는 딸과의 팔짱을 풀지 않은 채 토끼 눈만 껌뻑였다. 타인에 대한 경계심이 신체의 일부인 것만 같았다. 벤치에 앉아 잠시 휴식 중인 그를 보균 씨와 딸에게 맡기고 나는 그녀와 산책을 하기로 했다. 그의 가장 가까운 곳에서 독일생활을 함께한 그녀와.

모형 토끼를 쫓는 하운드레이싱처럼

"저 사람이 초청해서, 좋아서 애들까지 데려왔죠."

그녀는 토끼 눈을 껌뻑이며 말했다. 마스카라를 덧칠한 속눈썹이 토끼 눈을 더 커 보이게 하고 있었다. 한창 사춘기에 접어든 자식들을 데리고 말도 통하지 않는 낯선 나라로의 이주가 '좋았다'는 그녀의 말이 의아했다.

"한국에서 우리가 고생을 무지하게 했거든. 그러니까 너무 빚을 많이 져서 사글세도 못 내고, 요리 쫓겨 댕기고 조리 쫓겨 댕기다가 광부 뽑는다고 하니까 온 거야."

그녀의 이름은 송세원, 충청북도 음성 대성면, 그녀의 말대로라면 '아주 시골'에서 태어났다. '아주 시골'은 척박하고 가난했다. 게다가 계집아이는 공부는커녕, 열여덟 살만 되면 쫓아내듯 시집을 보냈다. 그녀는 중매로 그를 만났다. 그는 유리 끼우는 일을 하는 남자였다. 그녀는 지지리도 가난한 '아주 시골'이 싫어서 그와 결혼했다. 그가 덜 가난한 곳으로 데려가줄 것이라 믿었다. 결혼과 함께 정착한 서울, 그곳은 '아주 시골'보다는 덜 가난했지만, 부부는 더 가난했다.

여기저기 빚을 얻어 유리 공장을 차렸지만, 새집을 많이 짓는 가을에만 반짝했다. 결국 공장은 문을 닫았고 얻었던 빚보다 더 많은 빚을 고스란히 안게 되었다. 그때부터 네 식구는 도주의 나날을 이어갔다. 봇짐을 둘러메고 서울의 변두리만 쥐 잡듯이 헤매고 다녔다. 그러던 중 그는 독일에 갈 광부를 뽑는다는 말에 귀가 쫑긋했고, 파독 광부들을 태운 마지막 비행기에 몸을 실은 것이다.

아이 둘과 한국에 남겨진 그녀는 밤낮으로 식당에서 설거지를 해서 겨우 끼니를 해결했다. 그가 독일에서 붙여주는 돈으로 조금씩 빚을 갚아나가기 시작했다. 시간이 흘러 아현동 굴레방다리 산비탈 아래 10만 원짜리 전세를 얻었다. 그때부터 그녀는 설거지 일을 그만두고 하루 일당 500원짜리 제본소에 다녔다. 제본소 일로 번 돈과 독일에서 오는 돈으로 꾸준히 빚을 갚아나갔고, 그러는 사이 3년이 흘러갔다. 그는 가족을 독일로 불러

들였다. 그녀와 아이들은 좋았다. 지긋지긋하게 가난한 굴레방다리를 떠
난다는 것만으로도 충분히 좋았다. 그곳이 독일이든, 멕시코든, 우주의 어
느 별이든 상관없었다.

독일에서의 수입은 오직 그의 광부 월급이 전부. 그걸로는 네 식구 먹
고 살기도 빠듯해서, 한국 가족들에게 돈을 보낸다는 것은 상상도 못할 일
이었다. 한국에서는 단 한순간도 일을 손에서 놓은 적이 없었던 그녀는 독
일에서는 한 번도 일을 하지 못했다.

"독일말을 못하는데 누가 써? 말 못해도 그렇게 뭐 나쁘고 그런 거 없었
어. 한국서 하도 고생을 해서 여기 와서는 일도 안 하고 오히려 좋았지."

그녀도 그와 마찬가지로 독일어를 못하는 채, 35년이 넘도록 독일에서
살고 있었다. 그래도 한국보다는 독일에서 사는 게 좋았다고 했다. 물건을
살 때도 돈을 내고 거스름돈만 받으면 됐다. 독일 사람들은 속이질 않으니
신경 쓸 일이 없었다. 학비도 무료라 아이들 교육비 걱정도 해본 적이 없
었다. 그가 벌어다주는 돈으로 살기만 하면 되는 것이었다. 말을 못하는
것 정도는 가난에 비하면 아무것도 아니라고 했다. 언어를 잃는 것보다 더
두려웠던 한국에서의 가난이란 무엇일까.

자식들과 주변 한인들의 도움으로 독일어를 못해도 그럭저럭 살아가고
있던 부부. 그러나 나이가 들어 노년에 접어들다 보니 걱정이 생기기 시작
했다. 이번처럼 갑작스레 병원에 갈 일이 잦아졌던 것이다. 그때마다 멀리
프랑크푸르트에 사는 딸과 뮌헨에 사는 아들이 와줄 수는 없었다. 이웃에

사는 한국 사람들도 부부만큼 늙어가고 있었다. 나는 왜 독일어를 배우지 않았냐고 물었다. 그녀는 놀란 토끼 눈을 살짝 찡그리며 배시시 웃었다.

"중학교, 고등학교 나온 사람들은 아무래도 말이 빠르잖아. 그런 사람들은 잘하고 국민학교 나온 사람들은 겨우 더듬더듬 말하고. 우리같이 아주 안 나온 사람은 아예 꼬부랑글씨를 모르니까 아주 못하고 그래. 워낙 배운 게 없으니까 독일말은 엄두를 못 내."

한글조차도 제대로 배워보지 못한 그와 그녀에게 꼬부랑글씨는, 아무리 손을 뻗어도 닿을 수 없는 거리에 놓인 선물상자와도 같은 것이었다. 그들에게 독일어는, 모형에 불과한 토끼를 잡으려 뛰고 또 뛰어도 결코 잡을 수 없는 게임과 같은, 잔인한 릴레이 경주 하운드레이싱Houndracing과 같은 것이었다.

베를린에 다녀오던 길

"베를린에 꼭 가야 된다고 해서 그럼 혼자 가지 말라고 그랬어. 그런데 혼자 갔다 오다가 저렇게 된 거야."

지난 2월, 그는 베를린에 다녀오는 길이었다. 1년에 한 번씩 정기적으로 열리는 김일성 관련 행사에 참석하기 위해서였다. 그런데 돌아올 시간이 되어도 그는 오지 않았다. 전화를 하니 한 시간 반 뒤면 도착한다고 했다. 그때가 이미 자정이 넘은 시간이었다. 그러나 밤이 새도록 그는 돌아오지 않았다. 날이 밝아지고 나서야 도착한 그는 혼자가 아니었다. 윤씨 아저씨와 함께였다. 윤씨 아저씨는 독일어를 못하는 부부를 도와주는, 같은 동네에 사는 한국 사람이었다. 혼자 길을 떠났던 그가 윤씨 아저씨와 함께 왔다는 것은 무슨 사고가 있었다는 것을 뜻했다.

"사고 났어?"

그녀는 직감으로 물었다.

"범퍼 앞에 조금."

그는 대수롭지 않게 대꾸했다. 윤씨 아저씨는 곧 돌아갔고, 그녀는 크게 의심하지 않았다. 시간은 지나갔다. 그런데 범퍼만 조금 구겨졌다는 차가 정비소에 맡긴 지 두 달이 넘어도 돌아오지 않았다. 아무리 다그쳐도 그는 그저 모르겠다고만 대꾸했다. 걱정되는 마음에 윤씨 아저씨에게 전화를 걸었다. 그날 그는 고속도로에서 큰 사고가 났고, 앞 범퍼가 다 부서져 폐차 직전의 차를 윤씨 아저씨의 도움으로 몰고 왔던 것이었다. 그는 그날의 일이 까맣게 기억이 나지 않는다고만 했다. 사고에 비해 그의 겉모습은 멀쩡했다. 그녀는 대수롭지 않게 그냥 넘겼다. 평상시와 다름없는 날들이 얼마간 지나갔다. 그 사이 그는 베를린에 살고 있는 친구의 집 유리도 갈아주고 왔다.

"아이쿠! 뒤로 넘어질 뻔했네. 왜 이러지? 왜 이러지?"

그는 종종 휘청거리며 중얼거렸다. 피곤하다며 며칠 동안 잠만 자더니 잠깐 외출해서는 맨홀에 빠져서 옷을 홀딱 적셔오기도 했다. 두 달 전에는 미나리를 뜯다가 풀썩 쓰러졌다. 대낮에 만취한 사람처럼 말을 더듬기 시작하더니, 머리가 아프다며 며칠 앓고 나서부터 아예 말을 하지 못했다. 화장실에 가보니 대변이 묻은 휴지가 바닥에 흐트러져 있었다. 그녀는 왈칵 겁이 났다.

"치매야? 왜 똥 닦은 걸 바닥에 뒀어?"

그는 픽픽 웃더니 푹 고꾸라졌다. 너무 놀란 그녀는 윤씨에게 전화를 걸었다. 그는 윤씨의 도움으로 앰뷸런스에 실려 병원에 왔다. 교통사고 당시 충격으로 머리에 피가 고였는데 그것을 방치해서 생긴 일이었다. 장시간에 걸쳐 뇌수술을 받아야 했다.

"수술을 하고 중환자실에 있다 일반 병실에 옮겼더니, 그때부터 고래고래 소리 지르고 벌떡벌떡 일어나고 머리에 꽂은 걸 막 잡아떼고 그랬어. 그래서 재수술한 거야. 아직 정신이 오락가락해."

그는 어떤 이유로 베를린에서 열리는 행사에 참여했던 것일까.

"저 양반은 해마다 행사 있을 때마다 가. 이북이 그렇게 좋다는 거야. 인간 차별도 안하고 평등하게 분배하고. 한국에서 하도 고생을 해서 그런지."

한국에서 그는 어떤 삶을 살았던 것일까. 그녀는 단 한 번, 북한에 다녀왔다고 했다.

"1980년대 초반에 이북서 비행기 한 대를 베를린으로 보냈어. 그래서 독일에서 무지하게 많은 사람들이 갔어. 난 그때 한 번 갔다 왔지."

그녀는 북한이 마냥 신기했다. 한국에 살던 당시 북한에는 가게 하나 없고, 거지만 들끓는다고 알고 있었다. 그러나 1980년대 초반에 실제로 가본 북한은 한국보다 가게도 훨씬 많고, 더 잘 살고 있었다. 가게만 있으면 들어가서 구경하고, 이것저것 음식도 사먹고, 서커스 구경도 하고, 그녀는 마냥 신났던 기억만 늘어놓았다.

"우린 그런 일을 했기 때문에 바로 독일 시민권을 받았어. 붙들려 갈까봐 한국에는 갈 수도 없었고."

그녀는 토끼 눈을 껌뻑이며 말했다. 붙들려 갈까봐 잔뜩 겁을 먹은 토끼처럼.

단 한 번의 한국 나들이

그녀는 지금껏 본 표정 중에 가장 환한 미소를 지었다. 놀란 토끼 눈에서 유일하게 겁이 사라지는 순간이었다. 병원에 입원해 있는 그의 존재도 까맣게 잊은 듯했다. 그녀는 2005년, 단 한 번 한국에 다녀온 기억을 떠올리고 있었다. 독일에 온 지 25년이 지난 어느 날의 일들을.

"아이고 말도 말아! 나는 어디가 어딘지 찾지도 못했어. 다 부자가 되어가꼬. 나 있을 때만 해도 가난한 초가집에 살던 친척들이 다 집 사고 그랬지 뭐야."

그녀는 25년 만에 찾은 한국이 너무 좋아서 독일로 돌아오기가 싫었다. 여행 비자를 2년 연장해서 혼자 세를 얻고 한국에 살았다. 25년의 시간이 흘렀지만, 그녀가 한국에서 머물 수 있는 곳은 봉천동 산비탈 아래 16만 원 짜리 월세 방뿐이었다. 거기 지내면서 약장수 구경도 다니고 시장도 다니고 즐겁게 지냈다. 한국에서 먹고 살 돈은 스스로 벌어야 했기 때문에 일도 구했다. 하루에 일당 2만 5천 원을 준다는 공장에 다녔다. 25년 사이 한국에서의 그녀의 일당은 500원에서 2만 5천원으로 50배가 껑충 뛰었다.

"이제 돈이 없으니까, 봉천동 거기에 '뽕 공장'이 있대? 한 달에 일 많으면 40만 원 탔어. 그 돈으로 밥만 먹고 살다가 기한 다 돼서 다시 독일 왔지."

그녀가 한국에 머무는 동안 일했다는 공장, '뽕'의 정체가 궁금했다. 건전하게는 '누에의 뽕', 비밀스럽게는 '흥분제의 뽕' 정도로 짐작했지만, 그녀의 뽕은 '어깨의 뽕'이었다.

그녀가 한국에 다녀온 이듬해 그도 한국에 다녀왔다. 민주화운동을 하는 모임에서 초청을 해서 돈을 들이지 않고 다녀왔다고 했다. 그렇게 부부는 단 한 번, 그것도 각자 다른 이유로 한국에 다녀올 수밖에 없었다.

현재 부부는 그의 연금 1200유로(한화 약 170만 원)로 빠듯한 생활을 하고 있었다. 광부로 파독한 그들의 노년은 파독한 시기와, 독일에서의 정착과정에 따라 크게 차이를 보였다. 일찍 독일에 와서 간호사와 결혼하여 정착한 경우는 비교적 안정적인 노년을 보내고 있었다. 광부로 일한 기간이 길어 어느 정도의 연금이 보장되었고, 간호사의 연금이 광부의 것보다 많기 때문에 둘을 합하면 부족함 없이 지낼 수 있었다. 그러나 그의 경우처럼 마지막으로 가장 늦게 독일에 온 경우는 광부로 일한 기간이 상대적으로 짧기 때문에 연금이 적었다. 게다가 그녀 역시 간호사가 아닌 초청으로 왔기 때문에 일자리를 구하기가 어려웠다. 하는 수 없이 가족은 남편의 월급에 기대어 살 수밖에 없었다. 노년이 되어서도 부부는 얼마 안 되는 남편의 연금으로 함께 생활해야 하기 때문에 생활이 여유롭지 못했다.

그렇다고 한국으로 돌아갈 수도 없었다. 한국으로 돌아가고 싶은 마음이야 가득했다. 하지만 살 집도 없을뿐더러, 한국에서는 독일에서 받는 연금을 보장받을 수가 없었다. 무엇보다 부부의 국적은 독일이었고, 북한을 빈번히 오갔던 그를 한국사회가 받아주지 않을 거라고 생각했다.

부부에게 한국은, 독일은, 북한은, 어떤 의미일까.

이제는 안녕, 안녕

"영감이 차차 나아지면 프랑크푸르트에 있는 딸한테로 가서 합치던지 해야지. 독일말도 못하고 맨날 남 신세 질 수 있어? 이제 가고 싶어도 한국은 포기해야지. 한국 가면 집도 없고 먹고 살 게 없는데 어떻게 살아. 여기는 연금이 나오니까 사는 거지."

그녀와 짧은 산책을 마치고 다시 그가 있는 벤치로 돌아가는 길이었다. 먼발치에서 나를 발견한 그는 또 벤치에서 벌떡 일어나서 반색했다. 또 다시 집에 가자고 졸랐고, 중국식당에 밥 먹으러 가자고 손을 끌었다. 그의 딸은 다음에 다시 오면 그때 가라고 그를 타일렀다.

"언제 올 건데? 내일? 내일 올 거야?"

그는 내게 다그쳐 물었고 나는 대답을 하지 못했다. 그의 딸이 그를 잡아끌었지만 소용이 없었다. 그의 딸은 단호하게 말했다.

"아빠! 작가님도 다른 데를 가봐야 돈을 벌잖아."

그는 '돈을 벌잖아'라는 말에 고개를 끄덕이며 얌전해졌고, 그녀와 딸에게 손이 잡힌 채 병동으로 들어갔다. 아기처럼 아장아장…… 그와 제대로 인사도 나누지 못한 채, 나와 보균 씨만 그 자리에 남겨졌다. 몸에 좋은 약초가 자라는 정원에서 우리는 말없이 그의 쾌유를 빌었다.

우리는 이렇게 울울한 마음으로 헤어지기 싫었다. 보균 씨와 나는 40년 전 레클링하우젠으로 온 그들이 독일 사람들과 어울릴 수 있었던 울창한 숲과 숲속의 축구장을 거닐었다. 그는 보여주고 싶고, 이야기하고 싶은 것이 많았다. 나는 속주머니가 주렁주렁 달린 버버리를 입은 형사처럼 그 공간과 그의 이야기를 차곡차곡 안으로 넣었다. 그렇게 나는 그와 함께 독일 유랑의 마지막 날을 걷고 있었다.

"지금 여기 남은 사람들은 안쓰러운 사람들이야. 독일 시민권이 있으면 뭘 해? 외국인일 뿐이지. 우리가 지나가면 독일 사람이라고 하는 사람 없어. 오리가 백조 노릇을 하고 살았어. 그래봤자 미운 오리 새끼여. 부모는 자식을 못 떠나도 자식은 부모를 떠나. 옆에서 빙빙 도는 게 짐이 돼. 아무도 우리를 거둬줄 2세들이 없다는 거여. 그래도 자식 뭐라 할 수 없는 거야. 나도 우리 엄니 한국에 놓고 여그 왔잖아. 처량해. 앞으로 10년 뒤면 실성해서 길거리를 헤매는 한국 노인이 많을 거야. 실성하면 독일말 못해. 치매 걸리면 가장 먼저 잊어버리는 게 독일말이거든."

내가 10년 뒤에 다시 독일을 찾아온다면, 동요나 군가를 부르며 고속도로를 달리는 게 스트레스를 해소하는 유일한 방법이라는 보균 씨를 또 다시 만날 수 있을까.

"98세 치매에 걸린 엄니가 내 전화를 안 받아. 목소리를 들으면 자꾸 들

레클링하우젠을 떠나기 전
보균 씨와 사진을 찍었다
그의 눈빛 속에 너무나 많은
이야기들이 흐르고 있었다

고 싶고 생각난다고."

어느덧 우리는 기차역에 도착했다. 내가 저녁식사를 대접하고 싶다고 하니, 보균 씨는 그런데 돈 쓸 필요가 없다며 거절했다. 그는 여러 번 저녁식사를 대접해주지 못해서 미안하다고 말했다. 나는 괜찮다고 더 여러 번 말했다. 사실 아내의 건강이 겉으로 보이는 것보다 더 많이 안 좋다고 했다. 지난번 보았던 그의 아내 모습이 떠올랐다.

"아무래도 그 사람이 먼저 갈 것 같아. 아내가 요즘 그런 말을 많이 한다고. 그럼 내가 그래, 묘지에 묻고 뾰족한 비석 세워서 거기에 머리 박고 바로 쫓아간다고."

그는 〈어버이 은혜〉를 부르던 그때처럼 입은 웃었지만 눈은 울고 있었다. 나는 좀처럼 인터뷰한 사람과는 사진을 찍지 않았는데, 그와는 그 순간 꼭 사진을 찍고 싶었다. 내가 풀어내는 길고 긴 글줄보다 그의 눈빛에 담긴 웅숭깊은 이야기를 들려주고 싶기 때문에…… . 그의 눈빛과 함께 독일 유랑의 마지막 날이 저물고 있었다. 안녕, 안녕.

파독 광부, 간호사 50년의 흔적들

"우리는 민들레 홀씨야. 빈 몸으로 날아와 아무데다 시멘트 뚫고 살았고 번식력도 강하니까."

1960~70년대 한국을 떠난 그들은 국경을 넘어 8천 킬로미터를 날아 독일이라는 낯선 땅에 내려앉았다.

7,936명의 청년들은 지열 40도가 넘는 지하 1천 미터의 막장에서 광부로, 10,032명의 아가씨들은 온갖 허드렛일을 도맡아 병원에서 간호사로 일하며 땀과 눈물로 뿌리를 내렸다.

그 후 50년이 지난 어느 날, 나는 그들을 만나기 위해 독일에 갔다. 5월, 때마침 봄날의 독일에는 민들레 홀씨가 흩날리고 있었다. 공중을 부유하는 민들레 홀씨를 쫓아, 그들이 유랑하며 뿌리내린 이주사의 흔적을 찾아나섰다.

"비행기 뭐 타고 왔어요?"

프랑크푸르트 공항으로 마중 나온 그의 첫 질문이었다. 루프트한자를 타고 왔다고 하니 그가 말했다.

"우리는 고국 떠나 힘들 게 번 돈으로 아시아나만 타요. 우리 꺼!"

그는 여행용 캐리어 두 개와, 숄더백 네 개를 공항 카트에 척척 실었다. 그리고 힘차게 카트를 밀며 미로같이 복잡한 공항을 유유히 빠져나가기 시작했다. 한국 나이로 일흔넷이었지만 훨씬 젊어 보였고, 다부진 어깨에 서는 여전히 힘이 느껴졌고, '레이디'라는 호칭을 사용하며 '젠틀'했다.

이때, 주차장으로 내려가는 에스컬레이터가 등장했다. 나는 잠시 당황했지만, 그는 묵중한 짐이 실린 카트를 에스컬레이터 가볍게 걸쳤다. 평평한 무빙워크도 아닌 계단식 에스컬레이터였는데 말이다! 마치 날마다 하는 일처럼 능숙하게. 그 동작 하나에서 그가 무거운 짐들이 실린 카트를 끌고 얼마나 많은 날들을 드나들었을지, 그 세월과 고단함이 읽히는 것만

같았다. 그는 법학과 출신의 '학사 광부'였고, 어느덧 파독한 지 50년이 되었다.

"우리가 종잣돈을 벌어줬다고 하는데 나는 그렇게 생각하지 않아. 우리는 극히 미세한 일부야. 흐르는 강에 물 한 컵 보탠 거지."

그는 나와 짐들을 숙소까지 데려다주었다. 아빠 미소를 보이며 독일에서 무슨 일이 생기면 언제든 연락을 하라며 손을 흔들었다. 인천공항을 출발할 때의 두려움과 불안이 그의 손인사와 함께 사라졌다.

프랑크푸르트 한국정원

　　2005년 프랑크푸르트 도서전의 주빈국은 한국이었다. 이를 기념하고
자, 독일은 토지를, 한국은 자재와 인력을 동원해 정원을 만들었다. 독일
에서 유일하게 한국 기와를 볼 수 있는 프랑크푸르트 한국정원이다.

　　내가 그 정원을 찾았던 날(2012년 5월 1일)은 마침 '재독어린이 그림그리
기 대회'가 열리고 있었다. 한인 3세들을 위한 한인 행사는 처음이라고 했

다. 한인 3세들을 데려온 할머니, 할아버지들은 대부분 광부, 간호사로 파독한 사람들이었다. 손녀들을 행사에 참석시키기 위해 1박2일에 거쳐 이곳을 찾았다는 노부부는 말했다.

"살아 있는 동안 한인들 행사에 참여를 시켜야 우리가 죽더라도 연결고리를 이어가겠죠."

〈애국가〉가 행사의 시작을 알렸다. 아이들은 정원 곳곳에 엎드려 김밥을 나눠먹으며 그림을 그렸고, 〈강변 살자〉가 한국정원을 울렸다. 아이들은 태극기, 용, 엄마, 아빠 등을 그렸다.

그중 유독 나를 졸졸졸 따라다니던 다섯 살 유진이는 내 손을 잡고 잔디에 주저앉더니 "어디 보자" 하면서 민들레 한 송이를 골라 꺾었다. 그리고 〈클라멘타인〉을 흥얼거리며 무언가를 만들기 시작했다.

나는 이날, 독일의 한국정원에서 다섯 살짜리 한인 3세에게 꽃반지를 선물 받았다.

뒤스부르크 한글학교

독일에는 33개의 한글학교가 있지만 독일 정부의 지원을 받는 곳은 뒤셀도르프와 뒤스부르크, 단 두 곳뿐이다. 내가 찾아간 곳은 30주년을 맞이한 뒤스부르크 한글학교였다. 가장 규모가 큰 프랑크푸르트 한글학교의 학생 수는 400명이었지만, 그에 비해 뒤스부르크 한글학교는 50명 정도가 다니고 있는 아담한 규모였다. 하지만 그중에는 100킬로미터나 떨어진 쾰른에서 통학하는 학생도 있었다.

뒤스부르크 한글학교를 만든 김영애(1954년생, 1981년 간호사로 파독, 경북 김천이 고향) 씨는 1979년에 간호사로 파독한 언니를 따라와 6개월 동안 독일에 머물렀다. 이때 독일이 너무 좋았던 그녀는 1980년 5월, 비자 기간이 만료되어 한국으로 돌아갔다. 그런데 당시 한국은 광주민주화운동이 일어났고, 공항에는 총을 메고 다니는 군인들밖에 없었다. 그녀는 한국을 떠나 다시 독일에 가고 싶었다. 다음 해 간호보조원 자격증을 받아서 파독했다. 그 후, 교회봉사 활동으로 2세들에게 한글을 가르치다가 정식으로 한글학교를 세우게 되었다.

아이들은 내게 호기심을 느끼면서 자기들끼리 독일어로 장난을 치고 귓속말을 했다. 이때 한 아이가 울음을 터트렸다.

"엄마! 앙앙~"

독일어가 익숙한 아이들도 울 때는 '엄마'를 찾았다.

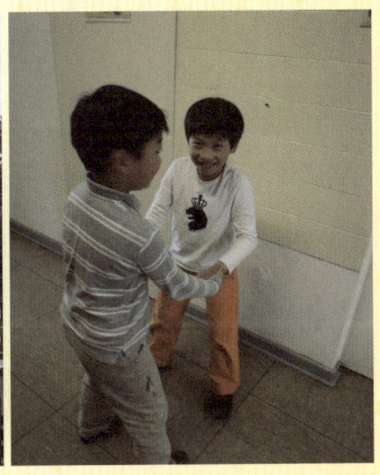

에센Essen 파독광부기념회관

에센Essen엔 파독광부기념회관재독한인문화회관이 있다. 한국 광부들이 찾아가지 않았던 연금과 퇴직금을 독일 정부가 수소문해서 한국 정부에 돌려줬고, 여기에 한국 정부가 돈을 보태고, 각종 성금이 모아져 마침내 2009년 성탄절에 문을 연 곳이다. 각종 한인단체 사무실과 재독동포의 문화 공간으로 활용되고 있다. 현재는 운영에 대한 지원이 이뤄지지 않아 여러 가지 경제적 어려움을 겪고 있지만, 이 공간은 그들의 자부심이 느껴지는 곳이었다.

파독광부기념회관 앞에서 천명윤 씨를 만났다. 그가 초등학교 4학년 때 6·25가 터졌고, 집이 다 불타버렸고, 죽기 직전까지 굶주렸다고. 그 후 이사만 스무 번 넘게 다녔다고 했다. 그 시절의 공포가 아직도 남아 있는 그는 이런 마음으로 살았다고 했다.

'가난하면 안 되는데, 도움 받으면 안 되는데.'

독일에서 이주민으로서의 삶이 어떠했냐고 물었다.

　"독일은 이민국이 아니었어요. 우리는 노동 인력일 뿐이었지요. 10년 넘게 한쪽 발만 걸치고 있는 기분이었어요. 문 앞에 서 있는 심정이었지만 문을 열고 받아주지 않았어요. 이제 와서 한국에 가면 또 이방인인 거예요. 영원한 이방인의 삶이에요."

도르트문트 아리랑무용단

　　1995년 광복절 50주년 행사가 베를린에서 열렸다. 행사장 구석에 있던 정숙 씨의 귀에 장구 소리가 들렸다. 그 소리가 하루 종일 가슴을 울려서 눈물이 났다. 1996년 1월에 몇몇이 마음을 모아 '아리랑무용단'을 창단했다. 1년에 두 번 선생님을 모셔와 배우고 나머지 날들은 한 달에 한 번씩 문화회관에 월세를 얻어 연습을 한다. 회원은 간호사로 파독한 한독 가정의 여성 열네 명. 프랑크푸르트, 마인츠Mainz에서 300킬로미터를 달려오는 사람도 있다. 그들의 평균연령은 65세!

나는 그녀들과 함께 비밀리에 진행됐던 파티 현장을 찾아갔다. 정숙 씨와 함께 파독한 간호사이자, 정숙 씨와 마찬가지로 한독 가정을 이룬 서영희 씨의 딸이 결혼하는 날이었다. 딸에게 특별한 선물을 주고 싶었던 영희 씨가 아리랑무용단을 초청한 것이다. 영희 씨만 알고 모든 식구들에게는 비밀리에 진행됐던 '서프라이즈 선물'이었다. 도르트문트 교외의 레스토랑에 마련된 피로연장에서 그녀들의 공연이 시작되었다. 내 심장이 어찌나 뛰던지, 내 가슴이 어찌나 울컥거리던지. 그녀들이 부채춤을 추는 동안 독일인들은 모두 활짝 웃고 있었는데, 극소수의 한국 사람들은 눈물을 그렁거렸다.

그녀들은 10월에 한국에 가서 가족들을 모아놓고 공연할 예정이라고 했다.

"우리 엄마가 팔순 넘겼는데 돌아가시기 전에 보여주고 싶어. 요렇게 예쁘게 살았다고."

보훔 서예반

보훔에 있는 폐교 운동장에선 독일 아이들이 공놀이를 하고 있었다. 그
곳 작은 교실에서 이제는 일에서 놓여난 광부, 간호사들이 붓글씨를 쓰며
시간을 나누었다. 보훔, 에센, 뒤스부르크, 오버하우젠에서 모인 열네 명
의 회원들이 8년째 서예반을 이어가고 있었다. 서예반을 만든 선생님은
한국에 나갈 때마다 두 달, 세 달씩 교습 받아온 것을 회원들에게 가르쳐
주고 있었다. 그러나 선생님이 따로 없이 서로 쓰고 의논하고 또 쓰고 의
논한다고.

그곳을 방문했을 때 나는 그들의 열정에 한 번 놀랐고 또 한 번 놀란 것
이 있었으니, 바로 간식이었다. 쑥인절미, 깨강정, 한과, 누룽지튀각까지,
한국에서도 쉽게 먹을 수 없는 간식들이 그곳에 놓여 있었기 때문이었다.
독일에서 가장 한국적인 간식을 맛보았다.

이 모임에서 가장 고령인 최경주(75세) 씨는,

"이제 한국에 가도 가족은 죽었고, 친척들도 노인이 돼서 서로 못 알아

봐요. 잠잘 곳이 없어서 호텔에서 자. 잃어버린, 변해버린, 갈 곳이 없는 고향이 되어버렸어. 다시 비행기를 타고 구라파 영공에 오면 여기가 내 고향이 아닌데 안도감이 들어. 이건 정상이 아니잖아요? 나 같은 사람이 되면 안 돼요."

라며 이제 그만 가자, 다짐하고도 또 가게 되는 곳이 한국이라고 했다.

미자소피 김의 한글담요

뒤셀도르프에서 만난 다섯 살 꼬마의 이름은 '미자소피 김'이었다. 파독 광부, 간호사 부부 사이에서 태어난 아들과 독일 며느리 사이에서 태어난 아이가 미자소피 김이었다. 부부가 예쁜 한국 이름을 종이에 적어줬더니 아들이 '미자'를 골랐고, 독일 며느리가 거기에 '소피'를 더했고, 할아버지의 성을 따라 '김'을 붙여 완성된 이름이었다. 미자소피 김은 바쁜 부모를 대신해서 할머니, 할아버지가 키우고 있다.

"우리 애들 키울 때는 크는 걸 못 봤잖아요. 애들 맡기고 3교대로 일했으니까. 애들 빨리 크는 것만 기다렸어요. 너무너무 생활이 힘들어서. 근데 손녀 보면 이렇게 움직이는 것 하나하나가 다 귀여워요. 이제야 애들 키우는 재미를 아는 것 같아."

미자소피 김의 할머니인 신귀숙 씨는, 간호 일을 하던 당시 일이 끝나고 집에 돌아와, 밤마다 6개월 동안 만들었다는 선물을 내게 보여주었다. 그것은 한글 담요였다!

미자소피 김은 할머니, 할아버지, 밥, 기쁨, 행복, 엄마 이름캔트룣 등의
한글을 덮고 잔다.